U0093419

一笑

古龍　著

國際學術研討會

古龍武俠小說 領先時代半世紀

【記者賴素鈴／報導】江湖代有才人出，這廂古龍凋零二十載，那廂今朝懸賞百萬獎新秀，浪淘不盡，唯有武俠熱愛，不隨時間變易，在學術研討會上更見分明。以「一代鬼才：古龍與武俠小說」爲主題，淡江大學第九屆文學與美學國際學術研討會昨起在國家圖書館，展開爲期兩天的議程，紀念武俠小說家古龍逝世二十周年，新生代學者與古龍故舊齊聚一堂，以文論劍話武俠。

日前與淡大中文系教授林保淳共同發表《台灣武俠小說發展史》，武俠小說評論家葉洪生昨天在專題演講中，直批胡適1959年底發表「武俠小說下流論」是「胡說」，學界泰斗的不當發言以及隨即展開的「暴雨專案」，反而促成1960年起台灣武俠新秀的繁興，「武俠小說迷人的地方，恰恰在門道之上。」，葉洪生認定，武俠小說審美四原則在文筆、意構、雜學、原創性，他強調：「武俠小說，是一種『上流美』。」

集多年心血完成《台灣武俠小說發展史》，葉洪生認爲他已爲從十歲起迷上武俠小說的半世紀畫上完美句點，並且宣布他「以後決心退出武俠論壇，封劍退隱江湖」。

雖然葉洪生回顧武俠小說名家此起彼落，套太史公名言「固一世之雄也，而今安在哉？」，認爲這是值得深思的嚴肅課題，昨天意外現身研討會而備受矚目的溫世禮，則爲了紀念同是武俠迷的哥哥溫世仁，推出第一屆「溫世仁武俠小說百萬大賞」，即日起至今年10月3日截止收件，經兩階段評選後於明年12月7日公布首獎得主，預料將會是一場武林新秀的龍虎爭霸戰。

看明日誰領風騷？風雲時代出版社發行人陳曉林眼中的古龍，其實領先他的時代半世紀，以致如今雖然古龍逝世20年，陳曉林認爲大家對古龍的了解仍然有限，預言未來世代更能和古龍的後設風格共鳴。

昨天這場研討會，也凸顯武俠小說作爲一項文學研究門類，仍有待開發學習空間。多位與會者都指出，武俠小說的發表、出版方式和管道具考證難度，學術理論與論文格式的建立待加強。而武俠名家的版權之爭、市場競爭力，也增加出版推廣困難，古龍武俠小說的版權糾紛、司馬翎作品的版權官司也成爲研討會的場外話題。

與

武俠小說

第九屆文學與美

古龍兄為人慷慨豪邁，跌蕩自如，變化多端，文如其人，且復多奇氣，惜英年早逝。余與古兄當年交好，且喜讀其書，今既不見其人，又無新作可讀，深自嗟惜。

金庸

一九九六、十、十一、香港

陸小鳳傳奇

(三) 銀鉤賭坊

古龍精品集27

陸小鳳傳奇（三）

銀鉤賭坊

目錄

一 冰山美人

一

夜。秋夜。

殘秋。

黑暗的長巷裡靜寂無人，只有一盞燈。

殘舊的白色燈籠幾乎已變成死灰色，斜掛在長巷盡頭的窄門上，燈籠下卻掛著個發亮的銀鉤，就像是漁翁用的鉤一樣。

銀鉤不停的在秋風中搖晃，秋風彷彿在嘆息，嘆息著這世上為何會有那麼多人願意被釣上這個銀鉤上？

方玉飛從陰暗潮濕的冷霧中，走進了燈火輝煌的銀鉤賭坊，脫下了深色的斗篷，露出了他那件剪裁極合身，手工極精緻的銀緞子衣裳。

每天這時候，都是他心情最愉快的時候，尤其是今天。

因為陸小鳳就站在他身旁，陸小鳳一向是他最喜歡、最尊敬的朋友。

陸小鳳心情也很愉快，因為他自己就是陸小鳳。

佈置豪華的大廳裡，充滿了溫暖和歡樂，酒香中混合著上等脂粉的香氣，銀錢敲擊，發出一陣陣清脆悅耳的聲音。世間幾乎沒有任何一種音樂能比得上。

他喜歡聽這種聲音，就像世上大多數別的人一樣，他也喜歡奢侈和享受。

銀鉤賭坊實在是個很奢侈的地方，隨時都在爲各式各樣奢侈的人，準備著各式各樣奢侈的享受。

其中最奢侈的一樣，當然還是賭。

每個人都在賭，每個人都聚精會神在他們的賭注上，可是陸小鳳和方玉飛走進來的時候，大家還是不由自主要抬起頭。

有些人在人叢中就好像磁鐵在鐵釘裡，陸小鳳和方玉飛無疑都是這種人。

「這兩個自命不凡的年輕人是誰？」

「穿銀緞子衣裳的一個，就是這賭坊大老闆的大舅子。」說話的人又乾又瘦，已賭成了精。

「你說他就是藍鬍子那新夫人的哥哥？」

「嫡親的哥哥！」

「他是不是叫做『銀鷂子』方玉飛？」

「就是他。」

「聽說他本來就是個很有名的花花公子，吃喝嫖賭，樣樣精通，輕功也很不錯。」

「所以還有很多人說他是個採花盜！」賭精微笑道：「其實他想要女人，用手指勾一勾就來了，根本用不著半夜去採花。」

「聽說他妹妹方玉香也是個很有名的美人！」

「比花花解語，比玉玉生香。」一個人眯著眼睛嘆了口氣：「那女人又豈是『美人』兩個字所能形容的，簡直是個傾國傾城的尤物！」

「方玉飛旁邊那小子又是誰？怎麼長著兩撇和眉毛一模一樣的鬍子？」

「假如我沒有猜錯，他一定就是那個長著四條眉毛的陸小鳳！」

「陸小鳳！」

有些人在活著時就已成爲傳奇人物，陸小鳳無疑也是這種人。

提起了他的名字，每個人的眼睛立刻都盯在他身上，只有一個人例外。

這個人居然是個女人！

她穿著件輕飄飄的，蘋果綠色的，柔軟的絲袍，柔軟得就像皮膚一般貼在她又苗條、又成熟的胴體上。

她的皮膚細緻光滑如白玉，有時看來甚至像是冰一樣，幾乎是透明的。

她美麗的臉上完全沒有一點脂粉，那雙清澈明亮的眸子，已是任何一個女人夢想中最好的裝飾。

她連眼角都沒有去看陸小鳳，陸小鳳卻在全心全意的盯著她。

方玉飛笑了，搖著頭笑道：「這屋子裡好看的女人至少總有七八個，你爲什麼偏偏盯上了她？」

陸小鳳道：「因爲她不睬我。」

方玉飛笑道：「你難道想所有的女人一看見你，就跪下來吻你的腳？」

陸小鳳嘆了口氣，道：「她至少應該看我一眼的，我至少不是個很難看的男人。」

方玉飛道：「你就算要看她，最好也離她遠一點！」

陸小鳳道：「爲什麼？」

方玉飛壓低了聲音，道：「這女人是個冰山，你若想去動她，小心手上生凍瘡！」

陸小鳳也笑了。

他微笑著走過去，筆直的向這座冰山走過去，無論多高的山嶺他都攀登過，現在他只想登上這座冰山。

冰山很香。

那當然不是脂粉的香氣，更不是酒香。

有種女人就像是鮮花一樣，不但美麗，而且本身就可以發出香氣。

她無疑就是這種女人。

陸小鳳現在又變得像是隻蜜蜂，嗅見花香就想飛到花蕊上去。

幸好他還沒有醉，總算在她身後停了下來。

冰山沒有回頭，纖柔而美麗的手上，拿著一疊籌碼，正在考慮著，不知道是該押大的？還是該押小的？

莊家已開始在搖骰子，然後「砰」的一聲，將寶匣擺下，大喝道：「有注的快押！」

冰山還在考慮，陸小鳳眨了眨眼，湊過頭去，在她耳畔輕輕道：「這一注應該押小！」

纖手裡的籌碼立刻押了下去，卻押在「大」上。

「開！」

掀開寶匣，三粒骰子加起來也只不過七點。

「七點小，吃大賠小！」

冰山的臉色更蒼白，回過頭狠狠瞪了陸小鳳一眼，扭頭就走。

陸小鳳只有苦笑。

有些女人的血液裡，天生就有種反叛性，尤其是反叛男人。

陸小鳳本該早就想到，她一定就是這種女人。

冰山已穿過人叢往外走，她走路的時候，也有種特別的風姿。

「像這種氣質的女人，十萬個人裡面也沒有一個，錯過了實在可惜得很，你若不追上去，一定會後悔的！」陸小鳳在心裡勸告自己。

他一向是個很聽從自己勸告的人，所以他立刻就追了上去。

方玉飛卻迎了上去，慢慢道：「你真的要去爬冰山？」

陸小鳳道：「我不怕得凍瘡！」

方玉飛拍了拍他的肩，道：「可是你總得小心，冰山上很滑，你小心摔下來！」

陸小鳳道：「你摔過幾次？」

方玉飛笑了，當然是苦笑，直到陸小鳳走出了門，他才嘆息著喃喃道：「從這座冰山上摔下來，最多只能摔一次，因爲一次已經可以把人摔死。」

二

黑暗的長巷裡還是同樣黑暗。

夜已很深了。

車馬都停在巷外，無論什麼樣的人，要到銀鈎賭坊去，都得自己走過這段黑巷。

這使得銀鈎賭坊又增加了幾分神秘和刺激——神秘和刺激豈非永遠都是最能吸引人的？

銀鈎猶在風中搖晃，被這隻銀鈎釣上的人，也許遠比漁翁釣上的魚更多千百倍。

夜色淒切，燈光朦朧。

冰山在前面走，身上已多了件淡綠的披風。

陸小鳳在後面跟著，淡綠的披風在燈光下輕輕波動，他就像是個愛做夢的孩子，在追逐著一朵飄飄的流雲。

黑巷裡沒有別的人，巷子很長。

冰山忽然回過身，盯著陸小鳳，一雙眸子看來比秋星還冷。

陸小鳳也只好停下腳步，看著她笑。

冰山忽然道：「你跟著我幹什麼？」

陸小鳳笑道：「我害你輸了錢，心裡也很難受，所以……」

冰山道：「所以你想賠償我？」

陸小鳳立刻點頭。

冰山道：「你想怎麼樣賠償？」

陸小鳳道：「我知道城裡有個吃宵夜的地方，是通宵開著的，酒菜都很不錯，現在夜已很深，你一定也有點餓了！」

冰山眼珠子轉了轉，道：「這麼樣不好，我有更好的法子。」

陸小鳳道：「什麼法子？」

冰山居然笑了笑，道：「你過來，我告訴你。」

陸小鳳當然過去了。

他想不到這座冰山也有解凍的時候，更令他想不到的是，他剛走過去，一個耳刮子已摑在他左臉上，接著右臉也挨了一下。

這冰山的出手還真快，不但快，而且重。

陸小鳳也許並不是避不開，也許只因爲他沒想到她的出手會這麼重。

不管怎麼樣，他的確是挨了兩巴掌，幾乎被打得怔住。

冰山還在笑，卻已是冷笑，比冰還冷：「像你這種男人我見得多了，就像是蒼蠅臭蟲，我一看見就想吐！」

這次她扭頭走的時候，陸小鳳臉皮再厚，也沒法子跟上去了，只有眼睜睜的看著這朵美麗的流雲從他面前飛走。

巷子很長，她走得並不很快，忽然間，黑暗中衝出了四條大漢，兩個人扭住她的手，兩個人抓住她的腳。

她驚呼一聲，也想給這些人幾個耳光，只可惜這些人絕不像陸小鳳那麼憐香惜玉，七手八腳，已將她硬生生抬了起來。

陸小鳳的臉還在疼，本不想管閒事，只可惜他天生就是個喜歡管閒事的人，若要他看著四條大漢在他面前欺負一個女人，那簡直比要他的命還難受。

四條大漢剛得手，就發現一個鬍子長得像眉毛的人忽然到了他們面前，冷冷道：「先放下她，再爬出去，誰敢不聽話，我就打歪他的鼻子！」

這些大漢當然都不是聽話的角色，可是等到有兩個人的鼻子真的被打歪之後，不聽話的也只好聽話了。

於是四個人都乖乖的爬在地上，爬出了巷子，兩個人的鼻子一路都在滴血！

後來有人問他們：「你的鼻子怎麼被打歪的？」

他們的回答是：「不知道！」

他們真的不知道，因爲他們根本沒有看清楚陸小鳳是怎麼出手的。

這時候冰山彷彿已剛剛開始溶化，因爲她整個人都已被嚇軟了，居然在求陸小鳳：「我就住在附近，你能不能送我回去？」

她住得並不近，陸小鳳卻一點也沒有埋怨，事實上，他只希望她住得愈遠愈好。

因為她一直都倒在陸小鳳懷裡，好像已連坐都坐不直，幸好車廂裡窗門都是關著的，窗簾也拉得很密。車馬已走了將近半個時辰，他們也說了不少話——斷斷續續的在說！

「我不是蒼蠅，也不叫臭蟲，我姓陸，叫陸小鳳。」先開口的當然是他。

冰山笑了，這次是真的笑：「我姓冷，冷若霜。」

陸小鳳也笑了，他覺得這名字倒真的是名如其人。

「剛才那四個人你認得？」

冷若霜搖搖頭。

「他們為什麼要欺負你？」陸小鳳又問。

冷若霜想開口，卻又紅著臉垂下頭。

陸小鳳沒有再問，男人欺負女人，有時候根本就不需要什麼理由。

何況，一個像她這麼樣動人的少女，本身就已經是種很好的理由，足夠讓很多男人想要來「欺負」她。

車馬走得並不快，車廂裡很舒服，坐在上面就好像坐在搖籃裡一樣。

冷若霜身上的香氣，彷彿桂花，清雅而迷人。

這段路就算真要走三天三夜，陸小鳳也絕不會嫌太長。

冷若霜忽然道：「我的家就住在永樂巷，靠左邊第一棟屋子！」

陸小鳳道：「永樂巷在哪裡？」

冷若霜道：「剛才我們已經走過了！」

陸小鳳道：「可是你……」

冷若霜道：「我沒有叫車子停下來，因爲我今天晚上不想回家去！」

陸小鳳忽然發覺自己的心在跳，跳得比平常快了兩三倍。

若有個像她這麼樣的女孩子，依偎在你身旁，告訴你今夜她不想回家去，我可以保證你的心一定跳得比陸小鳳更厲害。

冷若霜道：「今天晚上我一直都在輸，我想換個地方，換換手氣！」

陸小鳳的心又冷了，很久以前他就警告自己，千萬莫要自我陶醉，可是這毛病老是改不過來。

男人們又有幾個能改掉這自我陶醉的毛病？

冷若霜道：「你知不知道這裡還有個金鈎賭坊？」

陸小鳳不知道，甚至連聽都沒有聽說過。

冷若霜道：「你是從外地來的，當然不會知道！」

陸小鳳道：「那地方很秘密？」

冷若霜眼波流動，瞟了他一眼，忽又問道：「今天晚上你有沒有別的事？」

回答果然是：「沒有！」

冷若霜道：「你想不想我帶你到那裡去看看？」

陸小鳳道：「想！」

冷若霜道：「可是我答應過那裡的主人，絕不帶陌生人進去的，你若真的想去，那也得答應我一個條件！」

陸小鳳道：「你說。」

冷若霜道：「讓我把你的眼睛蒙起來，而且答應我絕不偷看！」

陸小鳳本來就想去的，現在更想去了。

他本來就是個很好奇的人，喜歡的就是這種神秘的冒險和刺激。

所以他想也沒有想，立刻就說：「我答應！」

他盯著她身上那件薄如蟬翼的輕羅衫，微笑著又道：「你最好用厚一點的布來蒙我的眼睛，有時候我的眼睛會透視。」

三

黑暗是什麼？

一個人若是日日夜夜，年年月月，都得無窮無盡的留在黑暗裡，心裡是什麼滋味？

陸小鳳忽然想到了花滿樓，他覺得花滿樓實在是個很偉大的人，上天雖然給了他如此般殘酷的折磨，他非但毫無怨尤，對人世間的萬事萬物，還是充滿了仁慈的同情和博愛。

要做到這一點並不容易。

陸小鳳嘆了口氣，他眼睛被蒙上還不過片刻，就已覺得無法忍耐。

車馬彷彿經過了一個夜市，然後又經過了一道流水，他聽見了人聲和流水聲。

現在車已停下，冷若霜拉住他的手，柔聲道：「你慢慢的走，跟著我走，我保證這地方絕不會讓你失望的。」

她的手又細又滑又軟。

現在他們好像是在往下走，風中有蟲語蟬鳴，附近顯然是個曠野。

然後陸小鳳就聽見了敲門聲。

走進了門，彷彿是條通道，通道並不太長，走到盡頭處，就可以隱約聽見呼盧喝雉聲、骰子落碗聲、銀錢敲擊聲，男人和女人的笑聲。

冷若霜道：「到了！」

陸小鳳鬆了口氣，道：「謝天謝地！」

前面又響起敲門聲，開門聲，門開了後，裡面各式各樣的聲音就聽得更清楚。

冷若霜拉著他走進去，輕輕道：「你先在這裡站著，我去找這裡的主人來！」

她鬆開了他的手，醉人的香氣立刻離他遠去，忽然間，「砰」的一聲，有人用力關上了門，屋子裡的人聲、笑聲、骰子聲，竟忽然也跟著奇蹟般消失了。

天地間忽然變得死一般靜寂。

陸小鳳就像是忽然從紅塵中一下子跌進了墳墓裡。

這是怎麼回事？

「冷姑娘，冷若霜！」

他忍不住呼喚，卻沒有回應，屋子裡那麼多人，難道也全都被縫起了嘴？

陸小鳳終於拉開了蒙在眼睛上的布，然後就覺得全身上下都已冰冷僵硬。

屋子裡根本沒有人，連一個人都沒有。

剛才那些人到哪裡去了？

若說他們在這一瞬間就已走得乾乾淨淨，那是絕不可能的事。

這種絕不可能的事，是怎麼會發生的？

屋子並不大，有一張床、一張桌子，桌上擺著酒菜，酒菜卻原封未動。

陸小鳳又不禁打了個寒噤，他忽然發現這屋子裡根本就不可能有那麼多人。

事實上，無論誰都看得出，這屋子裡剛才根本就沒有人，連一個人都沒有。

可是陸小鳳剛才卻明明聽見了很多人的聲音。

他若相信自己的眼睛，就不能相信自己的耳朵，可是他的耳朵一向很靈，一向沒有毛病。

這又是怎麼回事？

若說一間沒有人的屋子裡，會憑空有各式各樣的聲音，那更是絕不可能的事。

這種絕不可能的事，卻又偏偏讓陸小鳳遇見。

難道這是間鬼屋？

難道老天還覺得他遇見的怪事不夠多，還要叫他真的遇見一次鬼？

陸小鳳忽然笑了。

他決定絕不再想這些想不通的事，先想法子出去再說。

他出不去。

這屋子裡根本沒有窗戶，四面的牆壁和門，竟赫然全都是好幾寸厚的鐵板。

陸小鳳又笑了。

遇見無可奈何的事，他總是會笑。

他自己總是覺得這是他有限的幾樣好習慣其中之一。

——笑不僅可以使別人愉快，也可以使自己輕鬆。

可是現在他怎麼輕鬆得起來？

桌上的四樣下酒菜，一碟是松子雞米，一碟是醬爆青蟹，一碟是涼拌鵝掌，一碟是乾蒸火方，不但做得精緻，而且都是陸小鳳平時愛吃的。

佈下這陷阱的人，對陸小鳳平日的生活習慣，好像全都知道得很清楚。

酒是陳年的江南女兒紅，泥封猶在，酒罈下還壓著張紙條子：

「勸君且飲一杯酒，此處留君是故人。」

故人的意思就是老朋友，也只有老朋友，才會這麼了解他。

但陸小鳳卻想不起自己的老朋友中，有誰要這麼樣修理他。

紙條字旁邊，還有兩行很秀氣的字：「留君三日，且作小休，三日之後，妾當再來。」

下面雖沒有署名，卻顯見是那冰山般的冷若霜留下的。

她好像已算準了陸小鳳一定會上當。

他們算得這麼精，設下這圈套，爲的只不過是要將陸小鳳留在這裡住三天？

陸小鳳不信，卻又猜不出他們還有什麼別的目的，所以他就坐下，拿起筷子，先挑了塊有肥有瘦的乾蒸火方，送進自己的嘴。

筷子是銀的，菜裡沒有毒，他們當然也知道，要毒死陸小鳳並不容易。

於是陸小鳳又捧過那罈酒，一掌拍開了泥封，突聽「啵」的一響，一股輕煙從泥封中噴了出來，又是「砰」的一響，酒罈子跌在地上，摔得粉碎。

陸小鳳看著流在地上的酒，想笑，卻又笑不出。

然後他就暈了過去。

四

霧已散，繁星滿天，風中不時傳來蟬鳴蟲語，泥土已被露水打濕。

陸小鳳的衣裳也已濕透。

他醒來時，恰巧看見東方黑暗的穹蒼，轉變成一種充滿了希望的魚肚白色。

他醒來時，大地也正在甦醒。

等他站起來時，灰暗的遠山已現出碧綠，風中也充滿了從遠山帶來的木葉清香。

山坳間炊煙四起，近處卻看不見農舍人家。

假如這裡就是他昨夜停車下來的地方，那座用鐵板搭的屋子呢？

假如這裡不是他昨夜去的地方，他又是怎麼會到這裡來的？

那些人辛辛苦苦，佈下個圈套，讓他上了當，爲的就是要把他送到荒郊野外來睡一夜？

陸小鳳更不信，卻還是想不出他們會有什麼別的目的？

所以他就脫下了身上的濕衣裳，搭在肩上，開始大步走回去。

他就住在城裡的五福客棧裡，現在他只想先去洗個熱水澡，好好的吃一頓，睡一覺，再來想這些想不通的問題。

五福客棧的肉包子很不錯，雞湯麵也很好，床上的被單，好像還是昨天才換的。

遠遠看見五福客棧的金字招牌，他就已將所有不愉快的事全都忘了，因爲所有愉快的事，都已在那裡等著他。

誰知在那裡等著他的，竟是兩柄劍、四把刀、七桿紅纓槍，和一條鐵鍊子。

他剛走進門，就聽見一聲暴喝，十三個人已將他團團圍住。

接著，又是「嘩啦啦」一聲響，一條鐵鍊子，往他脖子上直套了下來。

好粗好重的一條鐵鍊子，套入脖子的手法也很有技巧，很熟練。

陸小鳳卻只伸出兩根手指來一夾，一條鐵鍊子立刻被夾成了兩條，被夾斷的半截「叮」的跌落在地上。

拿著另外半條鐵鍊子的人踉蹌倒退幾步，臉色已嚇得發青，伸出一隻不停發抖的手，指著陸小鳳道：「你……你敢拒捕？」

「拒捕？」

陸小鳳看了看這人頭上的紅纓帽，皺眉道：「你是從衙門裡來的？」

這人點點頭，旁邊已有人在叱喝：「這位就是府衙裡的楊捕頭，你敢拒捕，就是叛逆！」

陸小鳳道：「你們是來拿我的？我犯了什麼罪？」

楊捕頭冷冷的笑道：「光棍眼裡不揉沙子，真人面前不說假話，人證物證俱在，你還裝什麼蒜？」

陸小鳳道：「人證在哪裡？物證在哪裡？」

櫃台後面坐著七八個人，穿著雖然都很華麗，臉色卻都很難看，一個個指著陸小鳳，紛紛呼喝：「就是他！」

「昨天晚上，就是這個臉上長著四條眉毛的惡賊，強姦了我老婆！」

陸小鳳怔住。

楊捕頭厲聲道：「你昨晚上，一夜之間做了八件大案！這就是人證。」

另一個戴著紅纓帽的官差，指著堆在櫃台後面地上的包袱，道：「這都是從你屋裡搜出來的，這就是物證。」

陸小鳳笑了，道：「我若真的偷了人家東西，難道會就這麼光明正大的擺在屋子裡，難道我看來真的這麼笨？」

楊捕頭冷笑道：「聽你的口氣，難道還有人冒險去搶了這麼多東西來送給你？難道你是他的親老子麼？」

陸小鳳又說不出話了。

突聽一個人冷冷道：「殺人越貨，強姦民婦，全都不要緊，只要我們不管這件事，還是一樣可以逍遙法外。」

遠處角落裡擺著張方桌，桌上擺著一壺茶、一壺酒，三個穿著墨綠繡花長袍，頭戴白玉黃金高冠的老人，陰森森的坐在那裡，兩個人在喝茶，一個人在喝酒。

說話的人，正是這個喝酒的人——喝酒的人是不是總比較多話？

陸小鳳又笑了，道：「殺人越貨，強姦民婦，全都不要緊？什麼事才要緊？」

喝酒的老人翻了翻白眼，目中精光四射，逼視著陸小鳳，冷冷道：「不管你做什麼事都不要緊，但你卻不該惹到我們身上來！」

陸小鳳道：「你們是哪一方的神聖？」

綠袍老人道：「你不認得？」

陸小鳳道：「不認得！」

綠袍老人端起酒杯，慢慢的啜了口酒，他舉杯的手乾枯瘦削如鳥爪，還留著四五寸長的指甲，墨綠色的指甲。

陸小鳳好像沒看見。

綠袍老人道：「現在你還是不認得？」

陸小鳳道：「不認得！」

綠袍老人冷笑了一聲，慢慢的站起來，大家就看見繡在他前胸衣裳上的一張臉，眉清目秀，面目娟好，彷彿是個絕色少女。

等他站直了，大家才看出繡在他衣服上的，竟是個人首蛇身，鳥爪蝠翼的怪獸。

大家雖然不知道這怪獸的來歷，這怪獸雖然只不過是繡在衣服上的，可是只要看見它的人，就立刻會覺得有種說不出的寒意從心裡升起，禁不住要機伶伶打個寒噤。

陸小鳳還是好像看不見。

綠袍老人道：「現在你認不認得？」

陸小鳳道：「還是不認得！」

綠袍老人乾枯瘦削的臉，似乎也已變成墨綠色，忽然伸出手，往桌上一插。

只聽「奪」的一響，他五根鳥爪般的指甲，竟全都插入桌子裡，等他再抬起手，兩三寸厚的木板桌面，已赫然多了五個洞。

又是「嘩啦啦」一聲響，半截鐵鍊子落在地上，楊捕頭已嚇得連手腳都軟了。

屋子裡忽然有了股說不出的惡臭，三個捕頭奪門而出，褲管已濕透。

陸小鳳也不能再裝作看不見了，終於嘆道：「好功夫！」

綠袍老人冷笑道：「你也認得出這是好功夫？」

陸小鳳微笑點頭。

其實他早已看出這三個怪異老人的來歷，他臉上雖在笑，手裡也在捏把冷汗。

綠袍老人忽然閉起眼睛，仰面向天，曼聲而吟。

「九天十地，諸神諸魔，俱入我門，唯命是從！」

陸小鳳又嘆了口氣，道：「現在我總算已知道你們是誰了！」

綠袍老人冷笑。

陸小鳳苦笑道：「但我卻還是不知道，我有什麼地方得罪了你們？」

綠袍老人盯著他，忽然揮了揮手。

後面的院子裡立刻響起了一陣怪異的吹竹聲，如怨婦悲哭，如冤鬼夜泣。

然後就有四個精赤著上身，胸膛上刺滿了尖針的大漢，抬著塊很大的木板走進來，木板上堆滿了墨綠色的菊花。

這些大漢們兩眼發直，如癡如醉，身上雖然插滿了尖針，卻沒有一滴血，也沒有痛苦，臉上反而帶著種鬼詭可怕的微笑。

坐著喝茶的老人也站了起來，三個人一起走到這塊堆滿墨菊的木板前合什頂禮，喃喃的唸道：「九天十地，諸神諸魔，俱來護駕，同登極樂！」

陸小鳳忍不住走過去，從木板上拈起了一朵菊花，一隻手忽然冰冷。

他剛拈起這朵菊花，就看見花下有一隻眼睛，在直勾勾的瞪著他。

這隻眼睛白多黑少，眼珠子已完全凸出，帶著種說不出的驚惶恐懼。

陸小鳳倒退了幾步，長長吐了口氣，道：「這個人是誰？」

綠袍老人冷冷道：「現在已是個死人！」

陸小鳳道：「他活著的時候呢？」

綠袍老人又閉上眼睛，仰面向天，緩緩道：「九天十地，諸神之子，遇難遭劫，神魔俱泣。」

陸小鳳動容道：「難道他是你們教主的兒子？」

綠袍老人道：「哼！」

陸小鳳道：「難道他是死在我手上的？」

綠袍老人冷冷道：「殺人者死！」

陸小鳳又倒退了兩步，長長吐出口氣，忽然笑道：「有人要抓我去歸案，有人要我死，我只有一個人，怎麼辦呢？」

綠袍老人冷冷的看了楊捕頭一眼，道：「你一定要他去歸案？」

楊捕頭道：「不……不……不一定！」

一句話未說完，已「噗咚」一聲跪在地上，竟連腿都嚇軟了！

陸小鳳嘆道：「這麼樣看來，好像我已非死不可。」

綠袍老人道：「但是我也知道，你臨死之前，必定還要拚一拚！」

陸小鳳道：「一點也不錯！」

他忽然出手，奪下了一口劍、一把刀，左手刀，右手劍，左劈右刺，一連三招，向綠袍老人攻出去，不但招式怪異，居然還能一心兩用。

綠袍老人冷笑道：「你這是班門弄斧！」

一心二用，正是他教中的獨門秘技，陸小鳳三招攻出，他已看出了破法，已經有把握在三招中叫陸小鳳的刀劍同時脫手。

就在這時，突聽「嗆」的一聲，陸小鳳竟以自己左手的刀，猛砍在右手的劍上。刀劍相擊，同時折斷。

綠袍老人竟看不懂他用的這是什麼招式，只看見兩截折斷了的刀劍，同時向他飛了過來。

陸小鳳的人，也已凌空飛起，用力擲出了手裡的斷刀折劍，人卻向後倒竄了出去。

沒有人能形容這種速度，甚至連陸小鳳自己都想不到自己能有這種速度。

一個人在掙扎求生所發揮的潛力，本就是別人難以想像的。

門外有風。

陸小鳳在風中再次翻身，乘著一股順風，掠上了對面的屋脊。

還沒有人追出來，綠袍老人淒厲的呼聲已傳了出來：「你殺了諸神之子，縱然上天入地，也難逃一死。」

五

陸小鳳既沒有上天，也沒有入地，他又到了銀鈎賭坊外那條長巷，僱了輛馬車，再回到今天早上他醒來時那地方去。

這究竟是怎麼回事，現在他總算有幾分明白。

那些人要他在荒郊野外睡一夜，只不過想陷害他，要他揹黑鍋。

他自己也知道，昨天晚上他遭遇到的事，說出來也不會有人信。

那位冰山般的美人，當然更不會替他作證，何況她現在早已芳蹤杳杳，不見蹤影。

他只有自己找出證據來，才能替自己洗清這些百口難辯的罪名。

車子走了一段路，果然經過夜市的市場，然後又經過一道流水，才到了今晨他醒來的地方。

——難道他昨天晚上真是走的這條路？

——難道這地方真是昨夜冷若霜拉著他走下來的地方？

但這裡卻偏偏是一片荒野，連個草寮都沒有，哪裡來的金鈎賭坊？

陸小鳳躺了下來，他躺在一棵木葉已經枯黃的大樹之下，看著黃葉一片一片的被風吹下來，吹在他的身上。

泥土還是潮濕的，冷而潮濕。

他的人也剛剛冷靜。

——我明明走的是這條路，到了金鈎賭坊，可是這裡卻沒有屋子。

——我明明聽見屋裡有人聲，可是屋子裡卻連一個人影都沒有。

——紙條上明明是要我在那裡留三天，卻又偏偏把我送走。

他愈想愈覺荒謬，這荒謬的事，連他自己都不信，何況別人？

他既沒法子證明自己的行蹤，難道就得永遠替人揹黑鍋？

陸小鳳嘆了口氣，實在連笑都笑不出了。

樹後面好像有隻小鳥在吱吱喳喳的叫個不停，陸小鳳皺著眉，敲了敲樹幹，落葉紛飛，後面的小鳥居然還在叫，還沒飛走。

這隻小鳥的膽子真不小。

陸小鳳忍不住用一隻手支起了頭，往後面看去，誰知樹後吱吱喳喳的鳥語，竟然變成了汪汪的狗叫。

一隻鳥怎麼會變成一條狗的？這豈非也是絕不可能的事？

陸小鳳正在奇怪，忽然看見樹後伸出一個孩子的頭來，朝他吐了吐舌頭，作了個鬼臉。

原來狗吠和鳥語，都是這孩子學出來的，他顯然是個聰明的孩子，學得居然維肖維妙。

這孩子又向陸小鳳擠了擠眼睛，道：「我還會學公狗和母狗打架，你若給我兩文錢，我就學給你聽！」

陸小鳳的眼睛發亮了，忽然跳起來，抱起這孩子來親了親，又塞了一大錠銀子在他懷裡，不停的說：「謝謝你，謝謝你！」

孩子不懂，眨著眼道：「你給了我這麼多銀子，爲什麼還要謝我？」

陸小鳳道：「因爲你剛救了我的命。」

他大笑著，又親了親這孩子的臉，也學了三聲狗叫，一個跟斗翻出去兩丈。

孩子吃驚的看著他，直到很多很多年之後，這孩子已長大成人，跟朋友談起這件事，還確定那天自己遇見的是個瘋子。

「可是那樣的瘋子實在少見得很。」他向他的朋友們保證：「他不但很有錢，而且很開心，我保證你們從來沒有遇見過那麼開心的瘋子。」

若有人告訴他，這「開心的瘋子」剛上了個天大的當，又受了天大的冤枉，幾乎連命都難保，我也可以保證他絕不會相信。

——你若要別人不斷的花錢，不但要讓他花得愉快，而且還得讓他有賺錢的時候。

藍鬍子一向是個有原則的人，這就是他的原則。

所以銀鉤賭坊並不是十二個時辰都在營業的，不到天黑，絕不開賭，未到天亮，賭已結束。

六

——白天是賺錢的時候，就該讓別人去賺，晚上才有錢花。

現在天還沒有黑。

陸小鳳穿過靜寂的長巷，走進銀鉤賭坊時，賭檯還沒有開。

門卻是開著的，天黑之前，本不會有人進來，這裡的規矩熟客人都知道。

不熟的客人，這裡根本不接待。

陸小鳳推門走進去，剛脫下新買的黑披風，摘下低壓在眉毛上的大風帽，已有兩條彪形大漢走過來，擋住了他的路。

無論什麼樣的賭場裡，一定都養著很多打手，銀鉤賭坊裡的打手也不少，大牛和瞎子正是其中最可怕的兩個。

瞎子其實不是真的瞎子，正在用一雙白多黑少的怪眼上上下下的打量著陸小鳳，冷冷道：

「這地方你來過沒有？」

陸小鳳道：「來過。」

瞎子道：「既然來過，就該知道這地方的規矩！」

陸小鳳道：「賭場也有規矩？」

瞎子道：「不但有規矩，而且比衙門的規矩還大。」

陸小鳳笑了。

大牛瞪眼道：「不到天黑，就算天王老子來，我們也一樣要請他出去！」

陸小鳳道：「難道我進去看看都不行？」

大牛道：「不行！」

陸小鳳嘆了口氣，提著披風走出去，忽又轉過身，道：「我敢賭五百兩銀子，賭你一定沒法子舉起這石凳子來。」

門內走廊上，一邊擺著四個石凳子，份量的確不輕。

大牛冷笑著，用一隻手舉起了一個。

這小子若不是力大如牛，別人又怎麼會叫他「大牛」？

陸小鳳又嘆了口氣，苦笑道：「看樣子這次是我輸了，這五百兩銀子已經是你的！」

他居然真的拿出張五百兩的銀票，用兩根手指拈著，送了過去。

五百兩這數目並不小，兩個人到杏花閣去喝酒，連酒帶女人樂一夜，也用不了二十兩。

大牛還在遲疑，瞎子已替他接了過來——見了錢，連瞎子都開眼。

銀票當然是貨真價實的。

瞎子臉上已露出笑容，道：「現在離天黑已不遠，你到外面去轉一轉再回來，我可以替你找幾個好腳，痛痛快快的賭一場！」

陸小鳳微笑道：「我就在這裡面轉一轉行不行？」

大牛搶著道：「不行！」

陸小鳳沉下了臉，道：「既然不到天黑，絕不開賭，你剛才爲什麼要跟我賭？」

大牛道：「我沒有！」

陸小鳳冷冷道：「你若沒有跟我賭，爲什麼收了我五百兩銀子？」

大牛急得脹紅了臉，連脖子都粗了，卻又偏偏沒法子反駁。

講理講不過別人的時候，只有動拳頭。

大牛的拳頭剛握緊，忽然看見這個臉上好像有四條眉毛的小子，用手指在他剛放下的石凳子上一戳，這石凳子赫然多了一個洞。

他的臉立刻變得發青，握緊的拳頭也已鬆開。

瞎子乾咳了兩聲，用手肘輕輕撞了撞他，滿面堆笑，笑道：「現在反正天已快黑了，這位客人又是專程來的，咱們若真把人家趕出去，豈非顯得太不夠意思！」

大牛立刻點頭，道：「反正這裡既沒有灌鉛的骰子，也沒有藏著光屁股的女人，咱們就讓他到處看看也沒關係！」

他看來雖然像條笨牛，其實一點也不笨。

陸小鳳又笑了，微笑著拍了拍他的肩，道：「好，夠朋友，賭完我請你們到杏花閣喝酒去！」

杏花閣是城裡最貴的妓院，氣派卻還是遠不及這裡大，佈置也遠不及這裡華麗。

一眼看過去，這大廳真是金碧輝煌，堂皇富麗，連燭台都是純銀的，在這種地方輸個千兒八百兩銀子，沒有人會覺得冤枉。

大廳裡擺滿了大大小小、各式各樣的賭桌，只要能說出名堂的賭具，這裡都有。

四面的牆壁粉刷得像雪洞一樣，上面掛滿了古今名家的字畫。

最大的一幅山水，掛在中堂，卻是個無名小卒畫的，把雲霧淒迷的遠山，畫得就像是打翻了墨水缸一樣。

這幅畫若是掛在別的地方，倒也罷了，掛在這大廳裡，和那些名家傑作一比，實在是不堪入目，令人不敢領教。

陸小鳳卻好像對這幅畫特別有興趣，站在前面左看右看，上看下看，居然看得捨不得走。

大牛和瞎子對望了一眼，兩個人臉上的表情都很奇怪。

瞎子兩眼翻白，忽然道：「這幅畫是我們老闆以前那位大舅子畫的，簡直畫得比我還糟，那邊有幅江南第一才子唐解元的山水，那才叫山水！」

大牛立刻接著道：「我帶你過去看看，你就知道這幅畫簡直是狗屁了！」

陸小鳳道：「我寧可看狗屁！」

大牛道：「爲什麼？」

陸小鳳笑了笑，道：「山水到處都可看見，狗屁卻少見得很！」

大牛怔住，一張臉又急得通紅。

人家看人家的狗屁，他著的什麼急？

瞎子又悄悄向他打了個眼色，兩個人悄悄轉到陸小鳳身後，忽然同時出手，一左一右，將陸小鳳一下挾了起來。

陸小鳳居然完全不能反抗。

瞎子冷笑道：「這小子鬼鬼祟祟，一看就不是好東西，留不得他！」

大牛道：「對，咱們先請他出去，廢了他一雙手再說！」

兩個人一擊得手，洋洋得意，就好像老饕剛抓住肥羊。

只可惜這條肥羊非但不肥，而且不是真的羊，卻是條披羊皮的老虎。

他們正想把陸小鳳挾出去，忽然覺得這個人變得重逾千斤，他們自己的人反而被舉了起來。

陸小鳳雙臂一振，「咚」的一聲響，大牛的腦袋，就不偏不倚恰巧撞上了瞎子的腦袋，兩個人的腦袋好像都不軟。

所以兩個人一下子就暈了過去。

陸小鳳放了這兩個人，抬起頭，又看了看牆上的山水，搖著頭嘆了口氣，喃喃道：「你們說得不錯，這幅畫實在是狗屁！」

他忽然伸出手，把這幅一丈多長、四五尺寬的山水扯了下來，後面竟有扇暗門。

陸小鳳眼睛亮了，微笑著又道：「畫雖然狗屁，真正的狗屁，看來還在後面哩！」

開賭場當然是種不正當的職業，幹這行的人，生活當然也很不正常，連吃飯睡覺的時候都跟別人完全不一樣。

現在正是他們吃飯的時候，所以大廳裡只有大牛和瞎子留守。

這兩個人倒了下去。

陸小鳳搓了搓手，閉上了眼睛，用一根手指沿著牆上的門縫摸上去，上上下下摸了兩遍，忽然用力一推，低喝道：「開！」

就像是奇蹟一樣，這道暗門果然開了，從門後面十來級石階走下去，下面就是條地道。

地道裡燃燈。燈下又有道門，門邊兩條大漢，佩刀而立。

兩個人眼睛發直，就像是木頭人一樣，陸小鳳明明就站在他們面前，他們偏偏好像沒看見。

陸小鳳輕輕咳嗽了一聲，這兩個人居然也聽不見。

只聽「格」的一響，石階上的暗門突然又關了起來。

陸小鳳試探著往前走，這兩條大漢既不動，也不喊，更沒有阻攔。

他索性伸手去推門，居然立刻就推開了。

門裡面燈光輝煌，坐著三個人，其中竟有兩個是陸小鳳認得的。

一個艷如桃李的絕色麗人，手托著香腮，坐在盛滿了琥珀美酒的水晶樽旁，她冷冷的看著陸小鳳，冷冷的說道：「你怎麼到現在才來？」

二 西方玉羅剎

一

「這女人是座冰山，你若想去動她，小心手上生凍瘡。」

琥珀的酒，透明的水晶樽，輕飄飄的，蘋果綠色的輕衫。

這冰山般的女人就坐在這裡，就坐在方玉飛的正對面。

「冰山上很滑，你小心摔下來！」

方玉飛正在微笑，微笑著向陸小鳳舉杯。

陸小鳳也笑了，大笑。

方玉飛道：「聽說你很生氣的時候也會笑！」

陸小鳳笑個不停。

方玉飛的笑卻已變成苦笑，道：「我知道你在生我的氣，可是我勸過你！」

陸小鳳笑道：「我記得的確有個朋友勸過我，勸我莫要爬冰山，我那個朋友叫方玉飛！」

方玉飛展顏道：「我知道你一定記得的！」

陸小鳳道：「你知道？難道你真的就是那個方玉飛？」

方玉飛又嘆了口氣，苦笑道：「我本來也想扮成別人的，卻又扮得不像！」

陸小鳳道：「你至少可以扮成陸小鳳！」

方玉飛臉色變了變，連苦笑都笑不出了。

陸小鳳已轉過頭，微笑道：「你呢？你是不是那個冷若霜？」

方玉飛又搶著道：「她不姓冷！」

方玉飛道：「誰也沒有我知道得清楚！」

陸小鳳道：「你知道她是誰？」

陸小鳳道：「爲什麼？」

方玉飛道：「因爲她出生的時候我就在旁邊。」

陸小鳳道：「她就是你妹妹！」

方玉飛道：「她就是方玉香！」

陸小鳳又笑了。

坐在他兄妹之間的，是個穿著很講究，神態很斯文，風度也很好的中年人，長得更是眉目清秀，唇紅齒白，年輕的時候，一定有很多人會說他像女孩子，現在雖然年紀大了，陸小鳳還是看他像是個女孩子。

這人也正在微笑。

陸小鳳看看他，道：「既然她是方玉香，你就應該是藍鬍子！」

這人微笑道：「我本來就是！」

陸小鳳道：「可是你沒有鬍子，黑的、白的、紅的、藍的都沒有！」

藍鬍子道：「你有鳳？」

陸小鳳道：「沒有！」

藍鬍子道：「陸小鳳可以沒有鳳，藍鬍子當然也可以沒有鬍子！」

陸小鳳又盯著他看了半天，苦笑著道：「你說得雖然有理，但我卻還是想不通，像你這麼樣一個人，爲什麼要叫藍鬍子？」

藍鬍子道：「開賭場並不是件容易的事，你若吃不住別人，別人就會要來吃你，像我這樣的人，本不該吃這行飯的。」

陸小鳳道：「因爲別人看你這麼斯文秀氣，一定會認爲你是好欺負的人，就想來吃你！」

藍鬍子點點頭，嘆道：「所以我只好想個特別的法子！」

陸小鳳道：「什麼法子？」

藍鬍子沒有直接回答這句話，卻轉過頭去，用長袖掩住了臉。

等他再回過頭來時，一張臉已變了，變得青面獠牙，粗眉怒目，而且還多了一嘴大鬍子，黑得發藍的鬍子。

陸小鳳怔了怔，忽然大笑道：「現在我總算明白了，藍鬍子果然有兩套，果然沒讓我失望。」

藍鬍子笑了笑，道：「陸小鳳果然是陸小鳳，也沒有讓我失望！」

陸小鳳道：「哦？」

藍鬍子道：「我們早就已算準，你遲早總會找到這裡來的！」

陸小鳳嘆了口氣道：「我自己倒沒有想到我能找到這裡來！」

藍鬍子道：「可是你來了！」

陸小鳳道：「那只不過因爲我運氣好，遇見了個會學狗叫的孩子！」

藍鬍子道：「會學狗叫的孩子很多！」

陸小鳳道：「但有些人除了會學狗叫外，單憑一張嘴，就能發出各式各樣的聲音！」

藍鬍子又笑了笑，道：「我就知道一個人，甚至可以把流水的聲音、車子過橋的聲音、很多人買東西討價還價的聲音，都學得像真的一樣！」

陸小鳳道：「看來這個人不但會口技，還會腹語！」

藍鬍子道：「想不到你也是內行！」

陸小鳳道：「一百樣事裡，有八十樣我是內行，像我這樣聰明的人，本該發大財的，只可惜我有個毛病！」

藍鬍子道：「哦？」

陸小鳳道：「我喜歡女人，尤其喜歡不該喜歡的女人。」

他嘆了口氣，接著道：「所以我雖然又聰明、又能幹，卻還是時常上當！」

藍鬍子微笑道：「沒有上過女人當的男人，就根本不能算是個真正的男人！」

陸小鳳嘆道：「就因爲我是個貨真價實的男人，所以才會自告奮勇去做你老婆的護花使者，坐在馬車裡陪她兜圈子，還像個呆子一樣，乖乖的讓她蒙起眼睛！」

藍鬍子道：「那時你想不到她又把你帶回這裡？」

陸小鳳道：「直到我遇見那孩子後，才想到我們經過的夜市和流水，全都在一個人的嘴裡！」

藍鬍子笑道：「這人不但會口技，還會趕馬車。」

陸小鳳道：「那空房子裡的聲音，當然也是他裝出來的！」

藍鬍子道：「不是！」

陸小鳳怔了怔，道：「不是？空房子也能發出聲音？」

藍鬍子道：「那空房子就在賭場下面，只要打開個通氣孔，上面的聲音就傳了下來！」

陸小鳳苦笑道：「難怪我一直想不通她是怎麼走出那屋子的！」

藍鬍子道：「現在你當然已想到，我們為什麼要這樣做了？」

陸小鳳道：「你們故意整得我暈頭轉向，讓我自己也弄不清自己昨天晚上究竟在哪裡，再冒充我去做案，讓我來替你們揹黑鍋！」

藍鬍子道：「不對！」

陸小鳳道：「真的不對？」

藍鬍子道：「我並不想要你揹黑鍋，只不過想要你替我們去做一件事！」

方玉飛接著道：「只要這件事成功，我們立刻把你的冤枉洗清，而且隨便你要什麼都行！」

陸小鳳冷笑道：「我要你做我的大舅子行不行？」

藍鬍子道：「行！」

他微笑著又道：「朋友如手足，妻子如衣服，衣服隨時都可以換的！」

陸小鳳道：「你換過幾次？」

藍鬍子道：「只換過一次，用四個換了一個！」

陸小鳳大笑，道：「想不到你這種人居然也會做蝕本生意！」

後面的壁架上擺著幾捲畫，藍鬍子抽出了一捲，交給陸小鳳。

陸小鳳道：「這是誰的畫？」

藍鬍子道：「李神童！」

陸小鳳道：「李神童是何許人也？」

藍鬍子道：「是我以前的小舅子！」

陸小鳳已接過了這幅畫，立刻又推出去，道：「別人的畫我都有興趣，這位仁兄的畫我卻實在不敢領教。」

藍鬍子笑道：「但你卻不妨打開來看看，無論多可怕的畫，只看兩眼也嚇不死人的！」

陸小鳳苦笑道：「我倒不怕被嚇死，只怕被氣死！」

他畢竟還是把這捲畫展開，上面畫的居然是四個女人——

三個年輕的女人有的在摘花，有的在撲蝴蝶，還有個年紀比較大，樣子很嚴肅的貴婦人，端端正正的坐在花棚下，好像在監視著她們。

藍鬍子道：「這四個女人本來都是我的妻子！」

陸小鳳看了看畫上的女人，又看了看方玉香，喃喃道：「原來你這趟生意做得也不蝕本！」

藍鬍子道：「我那小舅子天不怕，地不怕，就怕他姐姐，畫這幅畫時，當然不敢把姐姐畫得太難看，卻把別人畫得醜了些，只看這幅畫，你就算找到她們，也未必能認得出來！」

陸小鳳瞪眼道：「我爲什麼要去找她們？」

藍鬍子道：「因爲我要你去找的！」

陸小鳳道：「難道你想把自己不要的女人推給我？」

藍鬍子道：「我只不過要你去問她們討回一件東西來！」

陸小鳳道：「什麼東西？」

藍鬍子道：「羅刹牌。」

陸小鳳皺起了眉，連臉色都好像有點變了。他沒有見過羅刹牌，可是他也聽說過。

羅刹牌是塊玉牌，千年的古玉，據說幾乎已能比得上秦王不惜以燕雲十八城去換的和氏璧。

玉牌並不十分大，正面卻刻著七十二天魔、三十六地煞，反面還刻著部梵經，從頭到尾，據說竟有一千多字。

藍鬍子道：「這塊玉牌不但本身已價值連城，還是西方魔教之寶，遍佈天下的魔教弟子，看見這面玉牌，就如同看見教主親臨！」

陸小鳳道：「我知道。」

藍鬍子道：「你當然知道！」

陸小鳳道：「但我卻不知道這塊玉牌怎麼會到你手上的？」

藍鬍子道：「有人輸得脫底，把它押給了我，押了五十萬兩，一夜之間又輸得精光！」

陸小鳳笑道：「這人倒真能輸！」

藍鬍子道：「十三年來，在銀鉤賭坊裡輸得最多的就是他！」

陸小鳳道：「那時你還不知道他是誰？」

藍鬍子道：「我只知道他姓玉，叫玉天寶，卻連做夢也沒有想到他就是西方玉羅刹的兒子！」

西方玉羅刹究竟是怎麼樣的人？是男是女，是醜是美？

沒有人知道。沒有人見過他的真面目。

可是每個人都相信，近年來武林中最神秘、最可怕的人，無疑就是他！

他不但身世神秘，還創立了一個極神秘、極可怕的教派——西方魔教。

陸小鳳道：「當時他是一個人來的？」

藍鬍子道：「不但是一個人來的，而且好像還是第一次來到中原！」

年輕人久居關外，又有誰不想來見識見識中原的花花世界。

陸小鳳嘆了口氣，道：「也許就因爲他是第一次來，所以一下子就掉了下去！」

藍鬍子道：「我認出了他的來歷後，本不敢接下他的玉牌，可是他卻非要我收下不可！」

陸小鳳道：「他一定急著想要那五十萬兩銀子作賭本。」

藍鬍子道：「其實他並不是急著要翻本，他輸得起！」

陸小鳳道：「喜歡賭的人，就喜歡賭，輸贏都沒關係，可是沒有賭本就賭不起來，有很多人爲了找賭本，連老婆都可以押出去！」

藍鬍子道：「只不過老婆可以不必贖，他這塊玉牌卻非贖回去不可，所以我收下他的玉牌後，真是膽顫心驚，不知道該藏在哪裡才好！」

陸小鳳道：「你藏在哪裡？」

藍鬍子道：「本來是藏在我床底下的一個秘密鐵櫃裡。」

陸小鳳道：「現在呢？」

藍鬍子嘆了口氣，道：「現在已不見了！」

陸小鳳道：「你知道是誰拿走的？」

藍鬍子道：「那鐵櫃外還有三道鐵門，只有兩個人能打得開！」

陸小鳳道：「除了你之外還有誰？」

藍鬍子道：「李霞！」

陸小鳳道：「就是坐在花棚下看書的這個？」

藍鬍子冷笑，道：「她嫁給我已十多年，我好像從來也沒有看見她拿過一本書！」

陸小鳳道：「她嫁你已十幾年，你隨隨便便的就把她休了！」

藍鬍子道：「我給了她們每個人五萬兩！」

陸小鳳冷冷道：「用五萬兩銀子，就買了一個女人十幾年的青春，這生意倒做得！」

藍鬍子嘆道：「我也知道她們一定不滿意，所以就……」

陸小鳳道：「就偷走了那塊玉牌出氣？」

藍鬍子苦笑道：「可是她做得也未免太狠了些，她明明知道我若交不出玉牌來，西方魔教門下的人一定不會放過我的。」

陸小鳳道：「愛之深，恨之切，也許她就是想要你的命！」

藍鬍子道：「但我卻並不想要她的命，我只想把玉牌要回來！」

陸小鳳道：「你知道她的下落？」

藍鬍子道：「她已出關，本來好像要往北走，不知爲了什麼，卻在松花江上的拉哈蘇附近停留了下來，好像準備在那裡過冬。」

陸小鳳道：「現在已經是十月，你真的要我到萬里之外，那個冷得可以把人鼻子都凍掉的鬼地方去找人？」

藍鬍子道：「你可以先找塊羊皮把鼻子蓋住！」陸小鳳不說話了。

藍鬍子道：「你若有什麼意見，也不妨說出來大家商量！」

陸小鳳沉吟著，道：「我只有一句話要說！」

藍鬍子道：「只有一句話？」

陸小鳳道：「這句話只有兩個字！」

藍鬍子道：「兩個字？」

陸小鳳道：「再見！」

說完了這兩個字，他站起來就走。

藍鬍子居然沒有阻攔他，反而微笑道：「你真的要走了？不送不送！」

他就算要送也來不及了，陸小鳳就像是隻受了驚的兔子，早已竄出了門。

門外的兩條大漢還是木頭人一樣的站著，只聽方玉飛在屋裡嘆息著道：「放著這麼好的酒不喝就走了，實在可惜。」

方玉香冷冷道：「有的人天生賤骨頭，敬酒不喝，偏偏要吃罰酒！」

陸小鳳只有裝作聽不見。

這幾個月來他惹的痲煩已太多，他決心要好好休養一陣子，絕不再管別人閒事。

何況，歐陽情還在京城裡，一面養傷，一面陪西門吹雪的新婚夫人生產。

他答應過她們，開始下雪的時候，他一定回京城陪她們吃涮羊肉。

想到歐陽情那雙脈脈含情的眼睛，他決定明天一早就動身回京城去。

十八級石階，他三腳兩步就跨了上去，上面的密門雖然又關了起來，他有把握能打開。

「銀鉤賭坊……冰山美人……鐵打的空屋子……西方玉羅刹……」

他決心把這些事都當做一場噩夢。只可惜這些事全都不是夢。

他剛將密門推開一線，就聽見外面有人帶著笑道：「你老人家要喝酒，要賭錢，都算我的！」

另一個人冷冷道：「算你的？你算什麼東西？」

這人說話的聲音生硬尖刻，自高自大，好像一開口就要罵人。

陸小鳳嘆了口氣，連看都不必看，就已知道這人是誰了！

但他卻還是忍不住要看，用一根手指把門外掛的那幅畫撥開一點，就看見了那個衣服上繡著怪獸的綠袍老人，正背著雙手站在門口，目光炯炯，不停的東張西望。

在他後面陪著笑說話的，卻是那平時官腔十足的楊捕頭。

再往旁邊看，另外兩個綠袍老人也來了，臉色也是同樣嚴肅冷漠，眼睛也同樣亮得可怕，兩邊太陽穴高高凸起，就像是兩個肉球一樣，稍微有點眼力的人一定都看得出，他們的內功都已深不可測。

——這三個老怪物是從哪裡鑽出來的？

陸小鳳又嘆了口氣，輕輕的拉起門，一個跟斗倒翻下石階。

那兩個木頭人一樣的大漢看著他走回來，眼睛裡也彷彿有了笑意。

這次陸小鳳好像根本沒有看見他們，大搖大擺的走進去，還大聲道：「你們快準備酒吧，敬酒不吃，吃罰酒的人來了。」

酒早已準備好。

陸小鳳一口氣喝了十三杯，方家兄妹和藍鬍子就看著他喝。

「我們早就知道你會回來的！」這句話他們並沒有說出來，也不必說出來。

陸小鳳又喝了三杯，才歇了口氣，道：「夠不夠？」

藍鬍子笑了笑，道：「罰酒是不是真的比敬酒好喝？」

陸小鳳也笑了笑，道：「只要不花錢的酒都好喝！」

藍鬍子大笑，道：「那麼我就再敬你十六杯！」

陸小鳳道：「行。」

他居然真的又喝了十六杯，然後就一屁股坐在椅子上，兩眼發直，直勾勾瞪著藍鬍子，忽然說道：「你真的怕西方玉羅刹？」

藍鬍子道：「真的！」

陸小鳳道：「但你卻有膽子殺玉天寶！」

藍鬍子道：「我沒有這麼大的膽子，他並不是死在我手裡的！」

陸小鳳道：「真的不是？」

藍鬍子搖搖頭，道：「但我卻知道兇手是誰，只要你能替我找回羅刹牌，我就能替你找出兇手來，交給歲寒三友！」

陸小鳳道：「歲寒三友？是不是崑崙絕頂『大光明境』小天龍洞裡的歲寒三友？」

藍鬍子道：「他們隱居在那裡已二十年，想不到你居然也知道他們！」

陸小鳳嘆了口氣，道：「我也想不到他們居然還沒有死！」

藍鬍子道：「你只怕更想不到他們現在都已是西方玉羅刹教中的護法長老！」

陸小鳳道：「他居然能把這三個老怪物收伏，看來本事倒真不小！」

藍鬍子道：「幸好我還有個對付他的法子！」

陸小鳳道：「什麼法子？」

藍鬍子道：「先找回羅剎牌還給他，再找出殺他兒子的兇手交給他，然後就躲得遠遠的，永遠再也不去惹他。」

陸小鳳苦笑道：「看來這只怕已經是唯一的法子了！」

藍鬍子道：「所以你最好趁還不太冷，趕快到『拉哈蘇』去！」

陸小鳳道：「你能確定你那個李霞一定在那裡？」

藍鬍子道：「她一定在！」

陸小鳳道：「你怎麼知道的？」

藍鬍子道：「我當然有法子知道！」

陸小鳳道：「到了那裡，我就一定能夠找得到她？」

藍鬍子道：「只要你肯去，就算找不到她，也有人會幫你去找！」

陸小鳳道：「什麼人？」

藍鬍子道：「你一到那裡，自然就有人會跟你連絡！」

陸小鳳道：「誰？」

藍鬍子道：「你去了就會知道的！」

陸小鳳道：「那三個老怪物堵在外面，我怎麼出去？」

藍鬍子笑了笑，道：「狡兔三窟，這地方當然也不會只有一條出路！」

他轉過身，扳開了後壁上的梨花門，就立刻又出現了扇密門。

陸小鳳什麼話都不再說，站起來就走。

毛。」

藍鬍子道：「你也不必怕他們去追你，他們若知道你是去找羅剎牌的，絕不會碰你一根寒

陸小鳳繞過桌子，從後面的密門走出去，忽又回頭，道：「我還有件事要問！」

藍鬍子在聽。

陸小鳳道：「玉天寶既然是西方玉羅剎的兒子，當然絕不會太笨！」

藍鬍子承認。

陸小鳳道：「那麼是誰贏了他那五十萬兩銀子？」

方玉香道：「是我！」

陸小鳳笑了。

方玉飛嘆道：「只可惜來得容易，去得也快，不到兩天，她又把那五十萬兩輸了出去！」

陸小鳳道：「輸給了誰？」

藍鬍子道：「輸給了我！」

陸小鳳大笑。「這才叫龍配龍，鳳配鳳，賭鬼配賭鬼，臭蟲配臭蟲！」

他大笑著走出去，外面還有扇門，伸手去敲敲，「叮叮」的響，果然是鐵鑄的。

再走過條地道，走上十來級石階，就可以看見了滿天星光。

星光燦爛，夜已很深了。

一陣風吹過來，陸小鳳忽然覺得很冷，因爲他忽然想到了他馬上就要去那段遙遠的路，想到了那冰封千里的松花江，想到了那冰上的拉哈蘇。

他忽然覺得冷得要命。

現在還是秋天。

殘秋。

三　缺了半邊的人

一

大家都知道陸小鳳是個浪子。

流浪也是種疾病，就像是癌症一樣，你想治好它固然不容易，想染上這種病也同樣不容易。

所以無論誰都不會在一夜間變成浪子，假如有人忽然變成浪子，一定有某種特別的原因。

據說陸小鳳在十七歲那年，就曾經遇到件讓他幾乎要去跳河的傷心事，他沒有去跳河，只因爲他已變成浪子。

浪子是從來不會去跳河的——除非那天的河水碰巧很溫暖，河裡碰巧有個美麗的女孩子在洗澡，他又碰巧是個水性很好的人。

浪子們一向不願意虐待自己，因爲這世上唯一能照顧他們的人，就是他們自己。

陸小鳳對自己一向照顧得很好，有車坐的時候，他絕不走路，有三兩銀子一天的客棧可以住，他絕不住二兩九的。

天福客棧中「天」字號的幾間上房，租金正是三兩銀子一天。

到天福客棧去住過的人，都認爲這三兩銀子花得並不冤。

寬大舒服的床、乾淨的被單、柔軟的鵝毛枕頭，還隨時供應洗澡的熱水。

陸小鳳正躺在床上，剛洗過熱水澡，吃了頓舒服的晚飯，還喝了兩斤上好的竹葉青。

無論誰在這種情況下，唯一應該做的事，就是閉起眼睛來睡一覺。

他已閉上了眼睛，卻偏偏睡不著，他有很多事要去想——這件事其中好像還有些漏洞，可是他又偏偏想不出。

只要他一閉上眼睛，眼前就會出現兩個女人。

一個女人穿著件輕飄飄的、蘋果綠色的、柔軟的絲袍，美麗的臉上完全不著一點脂粉，神情總是冷冰冰的，就像是座冰山。

另一個女人卻像是春天的陽光，陽光下的泉水，又溫柔、又嫵媚、又撩人。

尤其是她那雙眼睛，看著你的時候，好像一下子就能把你的魂魄勾過去。

陸小鳳的魂還沒有被勾過去，只因爲她根本沒有正眼看過陸小鳳。

可是陸小鳳卻一直在看著她，而且這兩天來，幾乎時時刻刻都能看到她。

因爲她一直都跟在陸小鳳後面，就好像有根看不見的線把她吊住了。

陸小鳳盯過別人的梢，也被別人盯過梢，只不過同時居然有三撥人跟他的梢，這倒還是他平生第一次。

三撥人並不是三個人。

那春水般溫柔的女孩子，只不過是其中一個──第一撥只有她一個。

第二撥人就有五個，有高有矮，有老有少，騎著高頭大馬，佩著快劍長刀，一個個橫眉怒眼，好像並不怕陸小鳳知道。

陸小鳳也只有裝作不知道。事實上，他的確也不知道這五個人是什麼來歷？爲什麼要盯他的梢？

第三撥人是三個戴著方巾，穿著儒服的老學究，坐著大車，跟著書僮，還帶著茶具酒壺，好像是特地出來遊山玩水的。

陸小鳳卻知道他們並不是出來遊山玩水的，他一眼就認出了他們，無論他們打扮成什麼樣子，他都認得出。

因爲他們雖然能改變自己的穿著打扮，卻沒法子改變臉上那種冷漠傲慢，不可一世的表情。

這三個老學究，當然就是今日的西方魔教護法長老，昔日崑崙絕頂，大光明境，小天龍洞的「歲寒三友」。

陸小鳳並不想避開他們，他們也只不過遠遠的在後面跟蹤，並沒有追上來。

因爲藍鬍子已告訴過他們。

「這世上假如有一個人能替你們找回羅剎牌，這個人就是陸小鳳。」

陸小鳳投宿在天福客棧，這三撥人是不是也在天福客棧住了下來？

他們對陸小鳳究竟有什麼打算？是不是準備在今天晚上動手？

陸小鳳從心裡嘆了口氣，他並不怕別人來找他的麻煩，可是就這樣眼睜睜的等著別人來找麻煩，滋味卻不好受。

就在他嘆氣的時候，外面忽然有人敲門。

——來了，總算來了。

——來的是哪一撥，準備幹什麼？

陸小鳳索性躺在床上，非但沒有動，連問都沒有問，就大聲道：「進來！」

門一推就開，進來的卻是店小二！

陸小鳳雖然鬆了口氣，卻又覺得失望。他非但不怕別人找麻煩，有時甚至很希望別人趕快來找麻煩。

店小二雖然說是來沖茶加水的，看起來卻有點鬼鬼祟祟的樣子，一面往茶壺裡沖水，一面搭訕著道：「好冷的天氣，簡直就像是臘月一樣！」

陸小鳳看著他，早就算準了這小子必定還有下文。

店小二果然又接著道：「這麼冷的天氣，一個人睡覺實在睡不著！」

陸小鳳笑了：「你是不是想替我找個女人來陪我睡覺？」

店小二也笑了：「客官是不是想找個女人？」

陸小鳳道：「女人我當然想要的，只不過也得看是什麼樣的女人。」

店小二瞇著眼笑道：「別的女人我不敢說，可是這個女人，我保證客官一定滿意，因爲……」

陸小鳳道：「因爲什麼？」

店小二又笑了笑，笑得很曖昧、很神秘，壓住了聲音道：「這個女人不是本地貨色，本來也不是幹這行的，而且，除了客官你之外，她好像還不準備接別的客！」

陸小鳳道：「難道還是她要你來找我的？」

店小二居然在點頭。

陸小鳳的眼睛亮了，眼前彷彿又出現了那個春水般溫柔的女人。

他沒有猜錯。

店小二帶來的果然是她。

「這位是丁姑娘，丁香姨，這位是陸公子，你們兩位多親近親近！」

店小二鬼鬼祟祟的笑著，躡著腳尖溜了出去，還掩上了門。

丁香姨就站在燈下，垂著頭，用一雙柔白纖秀的手，弄著自己的衣角。

她不開口，陸小鳳也不開口。

他決心要看看這個女人究竟想在他面前弄什麼花樣——他很快就看見了。

燈光朦朧，美人在燈下。

她沒有開口，但陸小鳳忽然用兩根手指輕輕一拉她的衣帶。

衣帶鬆開了，衣襟也鬆開了，那玉雪般的胸膛和嫣紅的兩點，就忽然出現在陸小鳳面前。

陸小鳳嚇了一跳。

他實在想不到她的衣服只用一根帶子繫著，更想不到她衣服下面連一根帶子都沒有。

這種衣服實在比嬰兒的尿布還容易脫下來。

於是剛才那風姿綽約，羞人答答的淑女，現在忽然變得像是個初生的嬰兒一樣，除了自己的皮膚外，身上幾乎什麼都沒有。

陸小鳳嘆了口氣，道：「你做別的事是不是也這麼乾脆？」

丁香姨搖搖頭，道：「我捉迷藏的時候就喜歡兜圈子。」她微笑著，用一雙天真無邪的眼睛直視著他，「但你卻不是找我來捉迷藏的？」

陸小鳳只有承認：「我不是！」

丁香姨嫣然道：「我也不是來陪你捉迷藏的！」

陸小鳳苦笑道：「我看得出！」

丁香姨柔聲道：「你既然知道我是來幹什麼的，我也知道你要的是什麼，那末我們爲什麼還要像捉迷藏一樣兜圈子？」

她笑得更嫵媚、更迷人，只不過她身上最迷人的地方，卻絕不是她的微笑，而是一些男人不該去看，卻偏偏要去看的地方。

陸小鳳是男人。他忽然覺得自己心跳已加快，呼吸急促，連嘴裡都在發乾。

丁香姨顯然已看出他身上這些變化，和另外一些更要命的變化。

「我看得出你已是個大男人，我知道你一定也不喜歡捉迷藏！」

她慢慢的走過去，忽然鑽進了他的被窩，就像是一條魚滑進水裡那麼輕巧、靈敏、自然。

可是她的身子卻不像魚。

無論江裡、河裡、海裡，都絕不會有一條魚像她的身子這麼光滑、柔軟、溫暖。

陸小鳳又嘆了口氣，在心裡罵了句：「他媽的！」

每當他發覺自己已不能抗拒某種誘惑時，他都會先罵自己一句。然後他就已準備接受誘惑。

他的手已伸出去——

忽然間，「噗、噗、噗」三聲響，三枚金梭、三柄飛刀、三枝袖箭，同時從窗外飛入，往他們身上打了過來，來勢又急又快。

丁香姨臉色變了，正準備大叫。

她還沒有叫出來，這九件來勢快如閃電的暗器，竟然又憑空落下，每件暗器都斷成了兩截。

丁香姨剛張開嘴，已怔住，突聽「砰」的一聲，一個人手揮鋼刀，破門而入。

這人勁裝急服，不但神情兇猛，動作也極驃悍，顯見是外家高手。

誰知他剛衝進來，突然又凌空倒翻了出去，就像是有隻看不見的手，從後面揪住了他的脖子。

接著，又是「砰」的一響，窗戶震開，一個人揮動著雙刀，狂吼著從窗外飛入，又狂吼著從對面一扇窗戶飛了出去，「叭噠」一聲，重重的摔在窗外石板地上。

丁香姨眼睛都直了，實在看不出這究竟是怎麼回事？

就在這時，門外又有個人衝了進來，筆直衝到床頭，手裡一柄鬼頭刀高高揚起，瞪著陸小鳳，厲聲道：「我宰了你這……」

這句話他只說了一半，手裡的刀也沒有砍下來，他自己反而倒了下去，四肢收縮，臉已發黑，又像是突然中了邪，在地上一彈一跳，忽然滾出門外。

滿屋子刀劍暗器飛來飛去，好幾個魁梧大漢跳進跳出，陸小鳳好像沒看見，居然還是躺在那裡，動也不動。

一陣風吹過，被撞開的門忽又自動關上，被震開的窗戶也闔起。

陸小鳳還是神色不變，好像早已算準了，就算天塌下來，也會有人替他撐住的。

丁香姨吃驚的看著他，慢慢的伸出手，摸了摸他的額角，又摸了摸他的心口。

陸小鳳笑笑，道：「我還沒有被嚇死！」

丁香姨道：「你也沒有病？」

陸小鳳道：「一點病都沒有！」

丁香姨嘆了口氣，道：「那麼你上輩子一定做了不少好事，所以才能逢凶化吉，遇難呈祥，無論到了什麼地方，都有鬼神在暗中保護你！」

陸小鳳道：「一點也不錯，九天十地，諸神諸魔，都在暗中保護我！」

他露出了一口白牙，陰森森的笑著，雖然沒有鏡子，他也知道自己的樣子很陰險，幾乎已變得和西方魔教中那些人同樣陰險。

丁香姨卻笑了，眨著眼笑道：「既然有鬼神保護你，我也不怕了，我們還是……」

她的手在被窩裡伸了出來——

陸小鳳就好像忽然觸了電一樣，吃驚的看著她：「經過了剛才的事，你還有興趣？」

丁香姨媚笑著，用動作代替了回答。

就在這時，燈忽然滅了，屋子裡一片黑暗。

在這麼黑暗的屋子裡，無論什麼事都會發生的。

誰知道這屋子裡將要發生什麼事？

二

陸小鳳睡得很甜，他已很久沒有睡得這麼甜了。

他不是聖人。

她更不是。

等到他醒來時，枕上還留著餘香，她的人卻已不見了。

陸小鳳睜著眼睛，看著屋頂，癡癡的發了半天怔：「她一路盯著我，難道只不過想跟我……」

他禁止自己再想下去，很久以前，他就已發誓絕不再自作多情，自我陶醉。

紅日滿窗，天氣好得很。

天氣好的時候，他心情總是會特別愉快，可是他一推開窗子，就看見了五件很不愉快的事。

他看見了五口棺材。

十個人，抬著五口嶄新的棺材，穿過了外面的院子，抬出了大門。

棺材裡躺著的，當然一定就是那五個騎著高頭大馬，在後面跟蹤他的人。

他們究竟是什麼人？爲什麼要盯他的梢？爲什麼想要他的命？

陸小鳳完全不知道。

他只知道這五個人，一定是死在對面屋簷下那三個「老學究」手裡的。

他也知道他們要保護的並不是他，而是他要去找的那塊羅剎牌。

「這世上假如還有一個人能替你們找回羅剎牌，這個人一定就是陸小鳳！」

對面的三個「老學究」正在冷冷的看著他，兩個在喝茶，一個在喝酒，三個人的眼睛裡，都帶著一種比針還尖銳的譏誚之意，好像在告訴陸小鳳：「你要是找不回那塊羅剎牌，我們還是一樣可以隨時殺了你！」

陸小鳳關了窗子，才發現昨夜被打落在地上的暗器已不見了，只剩下八九塊碎石。

丁香姨卻又出現了。

她端著個熱氣騰騰的湯碗從門外走進來，看見陸小鳳，臉上立刻露出天使般的甜笑，柔聲道：「我算準了你這時候一定會醒的，特地到廚房去替你煮了碗雞湯，快乘熱喝下去！」

陸小鳳完全沒有反應。

丁香姨盯著他看了半天，又笑道：「你看見我好像很吃驚，是不是認爲我本來已應該走了？」

陸小鳳完全沒有否認。

丁香姨坐了下來，笑得更甜，用眼角瞟著他，道：「可是我還不想走，你說怎麼辦呢？」

她笑得彷彿很神秘、很奇怪。

陸小鳳忽然想起來了，有些事做完了之後，是要付錢的。

她盯了他兩天，也許就因爲早已看準了他是個出手大方的人，早已準備狠狠的敲他一槓子。

「幸好我沒有自作多情，也沒有自我陶醉！」

陸小鳳笑了笑，對自己這種成熟的判斷覺得很滿意。

一個人對自己覺得滿意的時候，對別人也會變得大方些的，何況陸小鳳本來就不是個小氣的人。

他身上好像還有四五張銀票，好像都是壹千兩的，等他伸手進去時，才發現已只剩下兩張，他還是抽出了一張，擺在丁香姨面前。

丁香姨看了看這張銀票，又看了看他：「這是給我的？」

陸小鳳點點頭。

丁香姨笑了，笑得更奇怪。

難道她還嫌少？

陸小鳳立刻把最後一張銀票也掏出來，這已是他全部財產，用完了之後怎麼辦？他根本連想都沒有去想過。

丁香姨又看了看這張銀票，看了看他，忽然也從懷裡掏出疊銀票，每張都是壹千兩的，至少有四五十張。

陸小鳳道：「這是給我的？」

丁香姨道：「全都給你！」

陸小鳳怔住，臉上的表情，就好像一個人在打呵欠的時候，半空中突然落下個肉包子掉在他嘴裡。

他這一生中，也不知遇見過多少凶險詭秘的事，卻從來也沒有現在這麼樣吃驚。

丁香姨忽然又問道：「你知不知道『吃軟飯的』是什麼意思？」

陸小鳳搖搖頭。

丁香姨道：「你知不知道這世上有種最古老的賺錢法子？」

陸小鳳點點頭。

丁香姨道：「用這種法子賺錢的女人，通常都叫做婊子！」

陸小鳳道：「用這種法子賺錢的男人，就叫做吃軟飯的？」

丁香姨笑道：「我就知道你是個聰明人，一點就透！」

陸小鳳的臉居然紅了，臉上的表情，又好像嘴裡被人強迫塞進了個臭鴨蛋。

丁香姨看著他，吃吃的笑道：「我雖然長得不好看，可是也從來沒有倒貼過小白臉！」

陸小鳳現在絕不是小白臉，是大紅臉。

丁香姨道：「何況，你雖然把我看成婊子，我卻知道你絕不是這種人！」

陸小鳳鬆了口氣，心裡居然好像很感激。

丁香姨道：「這五萬兩銀子，並不是我給你的！」

陸小鳳忍不住問道：「是誰給我的？」

丁香姨道：「是我表姐！」

陸小鳳道：「你表姐是誰？」

丁香姨道：「我表姐就是藍鬍子的老婆、方玉飛的妹妹！」

陸小鳳失聲道：「方玉香？」

丁香姨笑道：「她還有個名字，叫香香！」

陸小鳳又怔住。

丁香姨道：「她知道你出手一向大方，生怕你路上沒錢花，又怕你晚上睡不著，所以……」

她咬著嘴唇，用眼角瞟著陸小鳳道：「所以她就要我來陪你！」

陸小鳳忽然冷笑，道：「她不是要你來監視我？」

丁香姨嘆了口氣，道：「我就知道你一定誤會她了，她表面上看來，雖然冷冰冰的，其實卻是個很熱心的人，尤其對你……」

陸小鳳道：「對我怎麼樣？」

丁香姨又笑了笑，笑得更神秘：「你們兩個在一輛黑黝黝的馬車裡泡了大半夜，她對你怎麼樣，你心裡難道沒有數？又何必來問我？」

陸小鳳板著臉，不停的冷笑，但是也不知爲了什麼，心裡彷彿有點甜絲絲的，覺得很舒服。

就只這麼點甜甜蜜蜜、舒舒服服的感覺，已足夠男人心甘情願的把脖子往繩圈裡套。

所以等到陸小鳳走出天福客棧的時候，身上的銀票已多了五十張，後面盯梢的人，卻已經少了六個——五個進了棺材，一個進了他的懷抱。

這兩件事雖然都不是他故意造成的，可是他也沒有想法子避免。

就像我們這世界上絕大多數人一樣，對自己有利的事，他總是不太願意想法子去避免的。

三

——你有沒有同時被九個人跟蹤過？

——假如你有過，等到你發現九個已變成三個時，你就會知道那種感覺是多麼輕鬆了。

只可惜這種輕鬆的感覺，陸小鳳並沒有能保持多久。

到了第二天，他就發現後面跟蹤的人，又由三個變成了十個。

爲了不想晚上失眠，陸小鳳只有盡量不回頭，盡量裝作沒看見。

丁香姨卻一直在不停的回頭，從車後的小窗往外面瞧。

她終於忍不住問道：「後面那些人又是來跟蹤你的？」

陸小鳳滿心不情願的點了點頭。

丁香姨道：「他們好像從昨天晚上就開始盯上你了！」

陸小鳳道：「哦？」

丁香姨道：「你知不知道他們是什麼人？」

陸小鳳道：「不知道！」他真的不知道。

丁香姨關起小窗，忽然鑽進陸小鳳懷裡，小巧溫暖的身子緊貼著他的胸膛，一雙手卻比冰還冷。

「我怕！」她緊緊抱著他。

「怕什麼？」

「後來那七個人裡，有個『缺了半邊』的，樣子長得好兇！」

缺了半邊是什麼意思？

缺了半邊的意思，就是這個人的左眼已瞎了，左耳已不見了，左手已變成個鐵鈎子，左腿也變成木頭的。

丁香姨道：「最可怕的，還是他沒有缺的那半邊！」

他右邊的眼睛、鼻子、嘴，都是歪斜的，而且已扭曲變形。

丁香姨用力握著陸小鳳的手，道：「這個人看起來簡直就像是個縮了水的布娃娃，又被人撕下了左邊一半！」

陸小鳳道：「布娃娃？」

丁香姨道：「他年紀並不大，個子也很小，一張臉本來一定是圓圓的娃娃臉，可是現在……」

她沒有說下去，她已看出陸小鳳眼睛裡露出的憎惡之色，立刻改口道：「你知道他是誰？」

陸小鳳道：「嗯！」

丁香姨道：「你認得他？」

陸小鳳搖搖頭。

他好像很不願意說起這個人，正如他也不願意一腳踩在毒蛇上。

可是丁香姨卻偏偏還要問：「可是你一定知道他是什麼人？」

有種女人天生就喜歡追根究柢，她若是想知道一件事，你若不告訴她，她甚至會不停的問你三天三夜。

陸小鳳嘆了口氣，道：「他本來叫做『陰陽童子』，遇見司空摘星後，才改了名！」

丁香姨道：「改什麼名字？」

陸小鳳道：「陰童子！」

丁香姨笑了，眨著眼笑道：「他本來叫陰陽童子，一定是因爲他本來是個不男不女的陰陽人！」

陸小鳳道：「嗯！」

丁香姨道：「可是司空摘星卻將他男人那一半毀了，所以他就只能叫陰童子！」

陸小鳳道：「嗯！」

丁香姨道：「司空摘星爲什麼不索性殺了他？」

陸小鳳道：「因爲司空摘星一向很少殺人！」

丁香姨道：「是不是也因爲司空摘星覺得他女人那一半並沒有做什麼壞事？」

陸小鳳道：「嗯。」

丁香姨眼波流動，突然道：「有時候我真想找個陰陽人來看看，我一直想不通他們長得究竟是什麼樣子？」

陸小鳳道：「我也有件事想不通！」

丁香姨道：「什麼事？」

陸小鳳道：「你爲什麼從來也不會臉紅呢？」

四

現在丁香姨的臉就很紅，卻並不是因爲害羞，而是因爲她剛洗了個熱水澡。

吉祥客棧的房間也是三兩銀子一天，也是不分晝夜都供應熱水的。

她一隻手挽著髮髻，一隻手拿著絲巾，從走廊那邊的浴室走過來，用屁股撞開了房門，嬌笑著，道：「這裡的房間太貴了，生意也不好，外面一個人也沒有，你應該也跟我一起去洗的！」

陸小鳳沒有聽見。他正在全神貫注的研究一隻木箱子。

這口箱子就擺在他面前的方桌上，上面雕刻著很精緻的花紋，還用金箔包著角，就像是富貴人家用來收藏珠寶的那種箱子一樣。

丁香姨轉回身，立刻也看見了這口箱子：「這是哪裡來的？」

陸小鳳道：「店小二送來的！」

丁香姨道：「是誰叫他送來的？」

陸小鳳道：「不知道！」

丁香姨道：「箱子裡有什麼？」

陸小鳳也不知道。

丁香姨走過來，道：「你爲什麼不打開來看看，難道你怕裡面會鑽出條毒蛇來？」

陸小鳳道：「我只怕裡面會鑽出個女人來，像你一樣的女人！」

丁香姨瞪了他一眼，又笑道：「我倒希望裡面能有個男人鑽出來，最好是像你一樣的男人！」

她打開了箱子，臉上的笑容立刻凍結，整個人都嚇呆了。

木箱裡裝著的，竟是一百多顆白森森的牙齒，還有五根黑帶子。

染著血的黑帶子。

——以牙還牙，以血還血——

丁香姨牙齒開始打戰之後，才能發出聲音：「這……這是人的牙齒？」

陸小鳳點點頭，臉色看來也有點發白。

丁香姨道：「這五根黑帶子又是什麼意思？」

陸小鳳道：「不知道！」

丁香姨嘆了口氣，道：「你好像什麼事都不知道！」

陸小鳳道：「我只知道一件事！」

丁香姨道：「你說！」

陸小鳳道：「男人的事，女人最好不要多管，也不要多問！」

這次丁香姨居然很聽話，居然乖乖的坐下來，而且閉上了嘴。

這只不過因爲她的人已嚇軟了，等她稍微恢復了一點力氣，立刻又說道：「今天在後面盯著你的那七個人，身上繫的好像也是黑腰帶！」

陸小鳳板著臉，心裡卻也不能不佩服，她觀察得實在很仔細。

女人好像天生就比男人更細心的，尤其是這種喜歡追根究柢的女人。

丁香姨道：「今天這七個人，難道跟那天晚上死的五個人是一夥的？」

陸小鳳看著她，忽然道：「你是不是決心要管我的事？」

丁香姨嫣然道：「你應該知道，至少我們已不是陌生人！」

陸小鳳道：「那麼你就該替我去做一件事。」

丁香姨道：「什麼事？」

她的臉已因興奮而發紅，就像是個剛聽見大人要帶她去廟會的小女孩。

這是陸小鳳第一次看見她臉紅，他忽然發現她臉紅的時候，那雙狡黠迷人的眼睛，就會變得像小女孩般天真無邪。

他盯著她足足看了好半天，才想起現在已輪到他應該說話的時候。

現在他應該扮的是個狠心的角色，不應該盯著女孩子這麼樣看。

所以他立刻清了清喉嚨，用最冷靜的聲音道：「把這口箱子替我送到對面去！」

丁香姨叫了起來：「你說什麼？」

陸小鳳道：「我要你把這口箱子送到對面去，因爲真正殺死這五個人的兇手，一定住在對面！」

丁香姨吃驚的看著他，臉色又變得像紙一樣蒼白。

陸小鳳冷冷道：「你若連這點事都不敢做，憑什麼去管別人的閒事？」

丁香姨咬了咬牙，跺了跺腳，「砰」的一聲，把箱子關上，閉著眼睛提了起來，頭也不回的衝了出去。

陸小鳳故意連看都不看她，他忽然發覺自己的心腸確實比以前硬得多了，對一個像他這樣的江湖浪子說來，這無疑是種好現象。只可惜他心裡還是有點難受。

叫一個女孩子提著口裝滿了死人白牙的木箱，去送給三個冷酷的兇手，畢竟還是件殘忍的事。

「但是我一定要讓他們知道這件事！」他在心裡安慰自己：「我只有讓她去了，那三個老怪物自恃身分，總不會欺負一個女孩子！」

等到他良心稍微覺得平安一點的時候，他才開始去想一些他早已應該想的事。

——這些人究竟跟我有什麼深仇大怨？爲什麼要這樣子苦苦追蹤我，一定要置我於死地？

——爲什麼他們每個人身上都繫著條黑帶子？他們究竟屬於哪一個秘密組織？

黑帶子，黑腰帶。

陸小鳳垂下頭，想看看自己的腰帶是什麼顏色，卻先看見了腳上穿的一雙白襪子。

他立刻就聯想到紅鞋子、青衣樓。

只不過那些驚心動魄的往事，現在看起來好像也變得很平淡了。現在最可怕的，還是黑帶子。

連陰童子這種人都已投入他們屬下，可見他們這組織一定很嚴密、很可怕。

陸小鳳正在搜索記憶，想找出這個組織的來歷，丁香姨已回來了，空著手回來的。

「箱子已送過去了？」

「嗯！」

「他們說了些什麼？」

「什麼都沒有說！」丁香姨還是板著臉，道：「因爲他們的人根本不在，我就把箱子交給了他們的書僮！」

「書僮也不知道他們在哪裡？」

丁香姨搖搖頭，忽然冷笑道：「不管你把箱子送到哪裡去，那個陰陽人還是會來找你的！」

陸小鳳道：「他絕不會找來！」

丁香姨道：「爲什麼？」

陸小鳳道：「因爲我現在就要去找他了！」

丁香姨吃了一驚，雖然還想作出生氣的樣子，眼睛裡卻已露出關切之色：「你知不知道他們有幾個人？」

陸小鳳道：「七個。」

丁香姨道：「你知不知道七個人就有十四隻手？」

陸小鳳道：「我算得出！」

丁香姨道：「但是你卻只有一雙手！」

陸小鳳笑了笑，道：「是一兩金子値錢，還是一斤鐵値錢？」

丁香姨道：「當然是金子！」

陸小鳳淡淡道：「所以一雙手有時候也同樣比十四隻手有用！」

丁香姨看著他轉身走出去，已走到門口，忽然又問道：「你有沒有把握活著回來？」

陸小鳳笑笑。

丁香姨道：「你有幾成把握？」

陸小鳳忍不住回過頭，道：「你爲什麼要問得這麼清楚？」

丁香姨板著臉，冷冷道：「你若連一半的把握都沒有，就不如先把那些銀票留下來，我就算要做寡婦，也得做個有錢的寡婦！」

陸小鳳看著她，看了半天，慢慢的掏出銀票，擺在桌上，忽然笑了笑，道：「你放心，你這輩子都絕不會做寡婦的！」

丁香姨道：「爲什麼？」

陸小鳳道：「因爲我保證世上絕沒有人敢娶你做老婆。」

陸小鳳已走了，就像是去散步一樣，連衣襟都沒有攏，就隨隨便便的走了出去。

可是他爲什麼要把銀票留下來？是不是因爲他並沒有十分把握能活著回來？

那個陰童子究竟是個多麼可怕的人？

丁香姨看著桌上的銀票，忽然嘆了口氣，喃喃道：「你若不回來，我雖然不會做寡婦，有人卻要做鰥夫了。」

四 意外中的意外

一

吉祥客棧的院落有四重，陰童子他們，好像是住在第四重院子裡，把整個跨院都包了下來。

陸小鳳剛才好像還聽見那邊有女子的調笑歌唱聲，現在卻已聽不見。

他從後面的偏門繞過去，連一個人都沒有看見，這地方的生意看來確實不好。

院子裡雖然還亮著燈，卻連一點呼吸咳嗽聲都聽不見。他們的人難道也不在？

陸小鳳腳尖一墊，就竄上了短牆，燈光照著窗戶，窗上看不見人影。

院子裡彷彿還留著女人脂粉和酒肉的香氣，就在片刻前，這院子裡還有過歡會，有些人無論在幹什麼的時候，都少不了酒和女人。

可是現在他們的人呢？

一陣風吹過來，陸小鳳忽然皺了皺眉，風中除了酒肉和脂粉的香氣外，好像還有種很特別的氣味。

——一種通常只有在屠宰場才能嗅到的氣味。

他故意弄出了一點聲音，屋子裡還是沒有動靜，他正在遲疑，不知道是不是應該闖進去，卻忽然聽見了一聲慘呼。

呼聲尖銳刺耳，聽來幾乎不像是人的聲音。

假如你一定要說這呼聲是人發出的，那麼這個人就一定是個殘廢的怪物。

陸小鳳立刻就想起了那個「缺了半邊」的人——難道「歲寒三友」又比他快了一步？

他掠過屋脊，身形如輕煙，呼聲是從後面傳來的，後面的兩間屋子，燈光比前面黯淡，兩扇窗戶和一扇門卻都是虛掩著的。

血腥氣更濃了。

陸小鳳飛身掠過去，在門外驟然停下，用兩根手指輕輕推開了門。

門裡立刻有人獰笑道：「果然來了，我就知道箱子一送去，你就會來的，快請進來。」

陸小鳳沒有進去。

他並非不敢進去，而是不忍進去。

屋子裡的情況，遠比屠宰場還可怕，更令人作嘔。

三個發育還沒有完全成熟的少女，白羊般斜掛在床邊，蒼白苗條的身子，還在流著血，沿著柔軟的雙腿滴在地上。

一個缺了半邊的人，正惡魔般箕踞在床頭，手裡提著把解腕尖刀，刀尖也在滴著血。

「進來！」他的聲音尖銳刺耳如夜梟：「我叫你進來，你就得趕快進來，否則我就先把這三個臭丫頭大卸八塊。」

陸小鳳緊緊咬著牙，勉強忍住嘔吐，嘔吐通常都會令人軟弱。

陰童子獰笑道：「這三個臭女人雖然跟你沒有關係，可惜你卻偏偏是個憐香惜玉的人，絕不忍看著她們死在你面前的。」

這惡毒的怪物確實抓住了陸小鳳的弱點，陸小鳳的心已在往下沉。

他的確不忍。

他的心遠不如他自己想像中那麼硬，就算明知這三個女孩子遲早總難免一死，他也還是不忍眼看著她們死在自己面前。

他只有硬著頭皮走進去。

陰童子大笑，道：「我們本來並不想殺你的，但你卻不該……」

笑聲驟然停頓，三點寒星破窗而入，光芒一閃，已釘入了少女們的咽喉。

陰童子狂吼著飛撲而起，並不是撲向陸小鳳，而是要去追窗外那個放暗器的人。

可是陸小鳳已不讓他走了。

少女們已死，陸小鳳已不再有顧忌，他還能往哪裡走？

陰童子凌空翻身，左手的鐵鈎往樑上一掛，整個人忽然陀螺般旋轉起來，一條假腿夾帶著凌厲的風聲，赫然也是精鐵鑄造的。

這種怪異奇詭的招式一使出來，無論誰也休想能迫近他的身。

陸小鳳也不能，只有眼睜睜的看著他旋轉不停，突然間，鐵鈎一鬆，他的人竟藉著這旋轉之力急箭般射出了窗戶。

他不求制人，只求脫身，顯然還有自知之明，知道自己絕不是陸小鳳敵手。

只可惜他還是低估了陸小鳳。

他的人飛出，陸小鳳的手忽然抬起，伸出兩根手指輕輕一點。

只聽「叮」的一聲響，他的人已重重摔在窗外，鐵腳著地，火星四濺。

陸小鳳並沒有制他於死，只不過以閃電般的手法，點了他的穴道，他正想跟出去，追查他的來歷和來意。

院子裡卻又有寒芒一閃，釘入了陰童子的咽喉。

「什麼人？」

夜色沉沉，星月無光，哪裡看得見人影？既然看不見，又怎麼能去追？

陸小鳳嘆了口氣，喃喃道：「幸好他們來了七個人，還剩下六個活口。」

這句話剛說完，他身後就已有人冷冷道：「只可惜現在已連半個活口都沒有了。」

說話的只有一個人，地上卻有三條人影，被窗裡的燈光拖得長長的。

「歲寒三友。」

陸小鳳慢慢的轉過身，苦笑道：「另外的六個已經不是活口？」

老人冷冷道：「他們還活著，你剛才只怕就沒有那麼容易走出這屋子。」

另外六個人，想必一定是在四面黑暗中埋伏著，等著陸小鳳自投羅網，卻想不到無聲無息的就在黑暗中送了命，這六個人無疑都是高手，要殺他們也許不難，要無聲無息的同時殺了他們六人，就絕不是件容易事了。

歲寒三友武功之高，出手之狠毒準確，實在已駭人聽聞。

陸小鳳嘆了口氣，在心裡警告自己，不管怎麼樣，都不能輕舉妄動。

這老人手裡居然還帶著個酒杯，杯中居然還有酒，除了歲寒三友中的孤松先生外，只用一隻手就能殺人於刹那間的，天下還有幾人？

孤松先生淺淺的啜了口酒，冷笑道：「我們本想留下這半個活口的，只可惜你雖有殺人的手段，卻沒有救人的本事。」

陸小鳳道：「剛才不是你們出手的？」

孤松先生傲然道：「像這樣的凡銅廢鐵，老夫已有多年未曾入手。」

釘在陰童子咽喉上的暗器，是一根打造得極精巧的三稜透骨釘，那些少女們也同樣是死在這種釘下的，就在這片刻間，他們的臉已發黑，身子已開始收縮，釘上顯然還淬著見血封喉的劇毒。

陸小鳳也知道這些暗器絕不是歲寒三友用的。

一個人若是已有了百步飛花，摘葉傷人的內力，隨隨便便用幾塊碎石頭，也能憑空擊斷別人的弩箭飛刀，就絕不會再用這種歹毒的暗器。

他不能不問一問，只因爲他實在想不出這是誰下的毒手？

孤松先生冷冷的打量著他，道：「我久聞你是後起一輩的高手中，最精明厲害的人物，但是我卻一點也看不出。」

陸小鳳忽然笑了，道：「有時我照鏡子的時候，也總是對自己覺得很失望。」

孤松先生道：「但是這一路上你最好還是小心謹慎些，多加保重。」

陸小鳳道：「因爲我還沒有找到你們的羅刹牌，還死不得。」

孤松先生又冷笑了一聲，長袖忽然捲起，只聽「呼」的一聲，院子裡樹影婆娑，秋葉飛舞，他們三個人都已不見了。

絕頂高明的輕功，絕頂難纏的脾氣，無論誰有了這麼樣三個對頭，心裡都不會太愉快的。

陸小鳳用兩根手指夾住了一片落葉，看了看，又放下去，喃喃道：「葉子已枯透了，再往北走兩天，就要下雪了，不怕冷的人儘管跟著我來吧！」

二

屋子裡還有燈。

他剛才臨走的時候，燈光本來很亮，現在即已黯淡了很多。

門還是像他剛才走的時候那麼樣虛掩著，他忽然想到了一個他從來沒有想到過的問題：

「她是不是還在等我？」

他本來只希望丁香姨趕快走的，走得愈遠愈好，但是現在她如果真的走了，他心裡一定會覺得不太好受。

不管怎麼樣，假如你知道有個人在你的屋子裡等著你，那麼你心裡總會有種溫暖的感覺，這種感覺就好像一個孤獨的獵人，在寒冷的冬天回去時，發現家裡已有人爲他升起了火，他已不再寒冷和寂寞。

只有陸小鳳這樣的浪子，才能了解這種感覺是多麼珍貴。

所以他推開門的時候，心裡居然有點緊張。

這種時候，這種心情，他實在不願一個人走入一間冷冰冰的空屋子。

屋子裡有人，人還沒有走。

她背對著門，坐在燈下，烏黑柔軟的長髮披在肩上。

她正在用一把烏木梳子，慢慢梳著頭——女人爲什麼總喜歡用梳頭來打發寂寞的時刻？

看見了她，陸小鳳忽然覺得連燈光都亮得多了。

不管怎麼樣，有個人陪著總是好的，他忽然發現自己年紀愈大，反而愈不能忍受孤獨。

可是他並沒有把自己心裡的感覺表現出來，只不過淡淡的說了句：「我總算活著回來了。」

「嗯。」她沒有回頭。

陸小鳳道：「我還沒有死，你也沒有走，看來我們兩個人好像還沒有到分手的時候。」

她還是沒有回頭，輕輕道：「你是不是希望我永遠也不要跟你分手？」

陸小鳳沒有回答。

他忽然發覺這個坐在他屋子裡梳頭的女人，並不是丁香姨。

她彷彿在冷笑，拿著梳子的手，白得就像是透明的，指甲留得很長。

她還是在梳著頭，愈來愈用力，竟好像要拿自己的頭髮來出氣。

陸小鳳眼睛亮了，失聲道：「是你？」

她冷笑著道：「你想不到是我？」

陸小鳳承認。

「我實在想不到。」

「我也想不到你居然真的是個多情種子，見一個就愛一個。」

她終於回過頭，蒼白的臉，挺直的鼻子，眼睛亮如秋夜的寒星。

陸小鳳嘆了口氣，苦笑道：「這次我並沒有想去爬冰山，冰山難道反而想來爬我？」

假如方玉香真的是座冰山，那麼冰山就一定也有臉紅的時候。現在她的臉已經紅了，用一雙大眼睛狠狠的瞪著陸小鳳，狠狠道：「你是不是從來都不會說人話的？」

陸小鳳笑了笑，道：「偶爾也會說兩句，卻只有在看見人的時候才會說。」

——難道我不是人？

這句話她當然不會說出來，她的眼睛當然瞪得更大。

陸小鳳又笑了笑，道：「前兩天我還聽人說，你的樣子看來雖兇，其實卻是個很熱情的人，只可惜我隨便怎麼看都看不出。」

方玉香道：「有人說我很熱情？」

陸小鳳道：「嗯。」

方玉香道：「是誰說的？」

陸小鳳道：「你應該知道是誰說的。」

方玉香冷笑道：「是不是我那位多情的小表妹丁香姨？」

陸小鳳輕輕咳嗽了兩聲，算做回答，他忽然發覺自己的臉好像也有點紅。

他的心實在沒有他自己想像中那麼黑，臉皮也沒有自己想像中那麼厚，只要做了一點點虧心事，還是會臉紅的。

方玉香冷冷的看著他，又問道：「這兩天，她想必都跟你在一起？」

陸小鳳只有承認。

方玉香道：「現在她的人呢？」

陸小鳳怔了怔，道：「你也不知道她的人到哪裡去了？」

方玉香道：「我剛來，我怎麼會知道！」

陸小鳳嘆道：「也許她生怕我回來時，也會變成了個缺鼻子少眼睛的怪物，不忍心看到我那種樣子，所以只好走了。」

方玉香冷冷道：「她的確是個心腸很軟的女人，殺人的時候，眼睛也總是閉著的。」

外面忽然有個人吃吃笑道：「果然還是大表姐了解我，就因爲我上次殺人的時候眼睛是閉著的，所以弄得一身都是血。」銀鈴般的笑聲中，丁香姨已像是隻輕盈的燕子般飛了進來。她的笑聲雖甜美，樣子卻彷彿有點狼狽，連衣襟都被撕破了，看來又像是剛被獵人彈弓打中尾巴的燕子。

方玉香卻板著臉道：「想不到你居然還會回來。」

丁香姨笑道：「知道大表姐在這裡，我當然非回來不可。」

方玉香也笑了，笑得也很甜：「有時候我雖然生你的氣，可是我也知道，不管怎麼樣，你還是我的表妹，還是對我最好的！」

丁香姨道：「只可惜我們見面的機會總是不多，你總是喜歡跟大表哥在一起，總是把我一個人孤孤單單的拋在一邊！」

方玉香笑得更甜：「你嘴上說得雖好聽，其實我又不是不知道，你早就把我們忘得乾乾淨淨。」

丁香姨道：「誰說的？」

方玉香微笑著瞟了陸小鳳一眼，道：「你們兩個在一起親熱的時候，難道還會記得我們？」

兩個人都笑得那麼甜，那麼好聽，陸小鳳卻愈看愈不對勁。

就在這銀鈴般的笑聲中，突聽「格」的一聲響，方玉香手裡的梳子，竟忽然間變成了一排連珠弩箭——一把梳子至少有四五十根梳齒，就像是四五十根利箭，暴雨般向丁香姨打了過去。

丁香姨手裡，也突然射出了七點寒星，打的是方玉香前胸七處要穴。

兩個人這一出手，竟然全都是致命的殺手，都想在這一瞬間就將對方置之於死地。

兩個人都沒有閉上眼睛，陸小鳳卻閉上了眼睛。

等他張開眼睛的時候，只看見對面的牆上釘著七點寒星，方玉香的人已倒在床上，丁香姨的人卻已遠在七八丈外。

只聽她的聲音遠遠從黑暗中傳來，聲音中充滿了怨恨：「你記著，我饒不了你的。」

這句話剛說完，她的聲音就變成了一聲驚呼，驚呼突又斷絕，就連一點聲音都聽不見了。

三

秋霧已散開，霧沒有聲音，風還在吹，也聽不見風聲。

大地一片靜寂。

方玉香還是動也不動的躺在床上，甚至連呼吸聲都聽不見。

陸小鳳坐下來，看著她，看著她的胸膛。

她的胸膛成熟而堅挺。

陸小鳳忽然笑了笑，道：「我知道你還沒有死。」

死人的胸膛絕不會像她這麼誘人，但她卻還是像死人般全無反應。

陸小鳳盯著她看了半天，忽又站起來，走過去，往她身邊一躺。

然後他就像是也變成了個死人，另外一個死人卻復活了。

她的手在動，腿也在動。

陸小鳳不動。

方玉香忽然噗哧一笑，道：「我知道你也沒有死。」

陸小鳳終於有了反應——他抓住了她那隻一直在動的手。

方玉香道：「你怕什麼？我又不是藍鬍子明媒正娶的老婆，你又不是他的朋友！」

她又笑了笑，道：「難道你怕的是丁香姨？這次我可以保證——她不會回來了。」

陸小鳳嘆了口氣，他知道丁香姨這次如果真還會回來，那才真的有可能已變成個缺鼻子少眼睛的怪物了。

可是他並不太難受，因爲他已看出釘在牆上的那七顆寒星，正是三稜透骨釘。

他忽然問道：「她來找我，是不是你叫她來的？」

方玉香道：「我跟你無冤無仇，爲什麼害你？」

陸小鳳道：「害我？」

方玉香道：「現在她就像是座隨時會爆炸的火山，無論跟著誰，哪個人都會隨時可能被她害死。」

陸小鳳苦笑，道：「看來我的運氣倒真不錯，遇見了兩個女人，一個是冰山，一個是火山。」

方玉香道：「火山比冰山危險多了，尤其是身上藏著三十萬兩黃金的火山。」

陸小鳳道：「三十萬兩黃金？」

方玉香道：「偷來的。」

陸小鳳道：「哪裡有這麼多黃金給她偷？」

方玉香道：「黑虎堂的財庫裡。」

陸小鳳長長的吸了口氣，喃喃道：「黑虎堂，黑帶子……」

方玉香道：「不錯，黑虎堂裡的香主舵主們，身上都繫著條黑帶子。」

黑虎堂雖然是江湖中一個新起的幫派，可是它組織之嚴密，勢力之龐大，據說已超過昔年的青衣樓，財力之雄厚，更連丐幫和點蒼派都比不上。

——丐幫一向是江湖中第一大幫，點蒼門下都是富家子弟，山中還產金沙，所以這兩個幫派，一向是最有錢的。

但是黑虎堂卻更有錢。

有錢能使鬼推車，黑虎堂之所以迅速崛起，這才是最主要的原因。

陸小鳳道：「據說黑虎堂最可怕的就是錢多，財庫自然是他們的根本重地，自然防守得很嚴密。」

方玉香道：「想必是的。」

陸小鳳道：「這兩天我又發現，黑虎堂網羅的高手，遠比我以前想像中還要多，丁香姨有什麼本事，能盜空他們的財庫？」

方玉香道：「也許她只有一點本事，可是只憑這一點本事就已足夠了！」

陸小鳳道：「哦？」

方玉香道：「黑虎堂的堂主是什麼人？」

陸小鳳道：「飛天玉虎。」

方玉香道：「她就是『飛天玉虎』的老婆。」

陸小鳳怔住。

方玉香道：「據說『飛天玉虎』最近都不在本堂，所以丁香姨就乘機席捲了黑虎堂的財庫，跟『飛天玉虎』的一個書僮私奔了。」

她笑了笑，又道：「其實你也用不著太吃驚，席捲了丈夫的細軟，和小白臉私奔的女人，她又不是第一個，也絕不會是最後一個。」

陸小鳳終於嘆了口氣，道：「看來這位小白臉的本事倒真不小，居然能叫她冒這種險。」

方玉香笑道：「你是不是在吃醋？」

陸小鳳板起臉，冷冷道：「我只不過想看看他究竟是個什麼樣的人而已。」

方玉香道：「只可惜現在你已看不到他了。」

陸小鳳道：「爲什麼？」

方玉香道：「因爲他已被廖氏五雄大卸八塊，裝進箱子，送回了黑虎堂。」

廖氏五雄當然就是第一次在後面盯梢的那五個人。

陸小鳳直到現在才明白，他們跟蹤的並不是他，而是丁香姨。

方玉香道：「小白臉死了後，她知道黑虎堂還是追上了她，她才害怕了，所以……」

陸小鳳道：「所以她才找上了我。」

方玉香道：「江湖中人人都知道，長著四條眉毛的陸小鳳是千萬惹不得的，連皇帝老子都跟他有交情，連『白雲城主』葉孤城和獨孤一鶴都栽在他手裡，她有了個這麼樣的大鏢客，黑虎堂當然不敢輕舉妄動了。」

陸小鳳道：「但他們一定還是想不到，還有三位更厲害的大鏢客在保護我。」

方玉香道：「所以他們來了十三個人，已死了十二個。」

陸小鳳道：「還有一個是誰？」

方玉香道：「飛天玉虎。」

陸小鳳動容道：「他也來了？在哪裡？」

方玉香道：「剛才好像還在外面的，現在想必已回去了。」

陸小鳳道：「爲什麼？」

方玉香道：「因爲現在他一定已找到了他要找的人，他做事一向恩怨分明，也知道你只不過是被丁香姨利用的傀儡而已，絕不會來找你的。」

陸小鳳冷冷道：「所以我已經可以放心了，因爲飛天玉虎的武功太高，本事太大，他若是找上了我，我就死定了。」

方玉香嫣然道：「我知道你當然不怕他，只不過這種麻煩事，能避免總是好的！」

陸小鳳轉過頭，盯著她，忽又問道：「你對黑虎堂的事，好像比丁香姨還清楚。」

方玉香嘆了口氣，道：「老實說，丁香姨認識他，本來是我介紹的，所以她做了這種對不起人的事，我也覺得臉上無光。」

陸小鳳道：「就因爲他沒有娶你，卻娶了丁香姨，所以你一氣之下，才會拚命的去賭，才會嫁給藍鬍子？」

方玉香點了點頭，輕輕的說道：「所以我跟藍鬍子之間並沒有感情，我實在很後悔，爲什麼要嫁給這麼樣一個開賭場的人！」

無論男人女人，失戀了之後，不是去喝個痛快，就會去賭個痛快，然後再隨隨便便找個對象，等到清醒時，後悔總是已來不及了。

這是個悲慘的故事，卻也是個平凡的故事。

男人在外面太忙，女人守不住寂寞，就會偷漢子，甚至私奔。

這種事也很平常。

丁香姨生怕陸小鳳知道真相後會不理她，所以不讓陰童子有說話的機會，所以就先下手為強，殺人滅口。

她看見方玉香來了，本來想溜的，可是一走出去，就發現了飛天玉虎的蹤跡，所以只好再回來，想不到卻又被方玉香逼了出去。

這些問題，也都有了很合理的解釋。

但陸小鳳卻還是覺得不滿意，也不知道為了什麼，他總是覺得這其中一定還有些他不知道的陰謀和秘密。

據說飛天玉虎也是個很神秘的人，從來也沒有人見過他的真面目。

一個秘密組織的首領，總是要保持他的神秘，才能活得比較長些。

陸小鳳道：「只不過你當然是例外，你一定見過他的。」

方玉香承認：「我見過他很多次！」

陸小鳳道：「他究竟是個什麼樣的人？」

方玉香道：「近來有很多人都認為，江湖中最神秘、最可怕的兩個人，就是西北雙玉。」

——西方一玉，北方一玉，遇見雙玉，大勢已去。

方玉香道：「他既然能跟西方玉羅剎齊名，當然也是個心狠手辣，精明厲害的角色。」

陸小鳳道：「他長得什麼樣子？」

方玉香道：「他雖然已四十多歲了，看來卻只有二十六七，個子很矮小，兩隻眼睛就像是貓頭鷹一樣！」

陸小鳳道：「他姓什麼？叫什麼名字？」

方玉香道：「不知道。」

陸小鳳道：「你也不知道？」

方玉香道：「他好像也有段很辛酸的往事，所以從來不願在別人面前提起自己的姓名來歷，連我也不例外。」

她的手忽然又開始在動。

陸小鳳不動。

方玉香柔聲道：「現在你什麼都明白了，你還怕什麼？」

陸小鳳沒有反應。

方玉香道：「夜已經這麼深了，外面的風又那麼大，你難道忍心把我趕出去？」

她的聲音又嬌媚、又動人，她的手更要命。

陸小鳳終於嘆了口氣，道：「我當然不會把你趕出去，可是我……」

方玉香道：「你怎麼樣？」

陸小鳳又按住了她的手，道：「我只不過要先弄清楚一件事。」

方玉香道：「什麼事？」

陸小鳳道：「丁香姨到我這裡來，是爲了要我做她的擋箭牌，你呢？」

方玉香道：「難道你認爲我也想利用你？」

陸小鳳嘆了口氣，道：「我也希望你是因爲看上了我才來的，只可惜這種想法，我就算喝了三十斤酒都不會相信。」

方玉香道：「因爲你不是個自作多情的人。」

陸小鳳苦笑道：「我以前是的，所以我能活到現在，實在不容易。」

方玉香也嘆了口氣，道：「你一定要我說實話，我就說，我到這裡來，本來是爲了要跟你談一件交易。」

陸小鳳道：「什麼交易？」

方玉香道：「用我的人，換你的羅剎牌，我先把人交給你，你找到羅剎牌，也得交給我。」她笑了笑，又道：「我是藍鬍子的老婆，你把羅剎牌交給我，也算是交了差，所以你一點也不吃虧。」

陸小鳳道：「我若找不到呢？」

方玉香道：「那也是我自己心甘情願的，我絕不怪你。」

她的聲音更嬌媚、更動人：「夜已經這麼深了，外面的風又這麼大，反正我也不敢出去！」

陸小鳳又嘆了口氣，道：「我也曾說過，我絕不會把你趕出去，但是，我至少還可以把我自己趕出去。」

他居然真的站起來，頭也不回的走出了門，只聽「嘩啦啦」一聲響，那張又寬又大，又結實的木板床，竟忽然塌了下來。

陸小鳳笑了。

聽見方玉香的大罵聲，他笑得更愉快：「你不讓我好好睡覺，我也不會讓你好好睡的！」

他不是聖人，也不是君子。

幸好他是陸小鳳，獨一無二的陸小鳳。

有誰能想得到這一夜他睡在哪裡？

他是睡在屋頂上的，所以第二天早上醒來的時候，他的人幾乎已被風吹乾了，吹成了一隻風雞。

——看來一個人有時候還是應該自作多情些，日子也會好過些。

他嘆息著，費了好大力氣，才把手腳活動開，幸好方玉香已走了——誰也沒法子能在一張已被壓得七零八碎的床上睡一夜。

誰也不會想到要到屋頂上去找他出氣，所以這口冤氣只有出在他的衣服上。

他想多穿件衣服時，才發現所有的衣服都被撕得七零八碎，唯一完整的一件長衫上，也被人用丁香姨留下的胭脂寫了幾行字：「陸小鳳，你的膽子簡直比小雞還小，你爲什麼不改個名字，叫陸小雞？」

陸小鳳笑了。

「我就算是雞，也絕不是小雞。」他摸了摸自己已被吹乾了的臉：「我至少也應該是隻風雞。」

四

風雞的滋味很不錯。

除了風雞外，還有一碟臘肉、一碟炒蛋、一碟用上好醬油泡成的醃黃瓜。

陸小鳳足足喝了四大碗又香又熱的粳米粥，才肯放下筷子。

現在他的身上雖然還有點痠疼，心裡卻愉快極了。

只可惜他的愉快總是不太長久。

他正想再裝第五碗粥的時候，外面忽然有個人送了封信來。

信紙很考究，字也寫得很秀氣：「那騷狐狸子走了沒有？我不敢找你，你敢不敢來找我？不敢來的是龜孫子。」

送信的人，陸小鳳認得是店裡的伙計，看這封信的口氣，陸小鳳當然也看得出是丁香姨的口氣。

——她難道還沒有死？

「這封信是誰叫你送來的？」

「是位丁姑娘，就是昨天跟客官你一起來的那位丁姑娘。」

——她居然真的還沒有死？

陸小鳳好像已把身子的痠疼全都忘記得乾乾淨淨，就像是個忽然聽見譚叫天在外面唱戲的戲迷一樣，忽然跳了起來：「她的人在哪裡？你快帶我去，不去的是龜孫子的孫子。」

門是虛掩著的。

推開門，就可以嗅到一陣陣比桂花還香的香氣。

屋子裡沒有桂花，卻有個人，人躺在床上。

陸小鳳並不是第一次嗅到這種香氣，這正是丁香姨身上的香氣。

丁香姨的確很香。

躺在床上的人，也正是這個很香的人！

陽光照在窗戶上，屋子裡幽雅而安靜，充滿了一種令人從心裡覺得喜悅的溫暖。

她躺在一張寬大柔軟的床上，蓋著條繡著戲水鴛鴦的棉被。

鮮紅的被面，翠綠的鴛鴦，她的臉色嫣紅，頭髮漆黑光亮，顯見是剛剛特意修飾過的。

女為悅己者容，她正在等著。

陸小鳳心裡忽然又有了那種溫暖的感覺，卻故意板著臉，道：「你找我來幹什麼？是不是想把那五萬兩銀子還給我？」

丁香姨也故意閉著眼睛，不理他！

陸小鳳冷笑道：「一個人若是有了三十萬兩黃金，還要五萬兩銀子幹什麼？」

丁香姨還是不理他，可是緊閉著的眼睛，卻忽然有兩行淚珠流下。晶瑩的淚珠，慢慢的流過她嫣紅的面頰，看來就像是玫瑰花瓣上的露珠。

陸小鳳的心又軟了，慢慢的走過去，正想說幾句比較溫柔的話。

他沒有說出來，因爲他忽然發現了一件奇怪的事——丁香姨的人看來竟像是變得短了些，棉被的下半截竟像是空的。

爲什麼？

陸小鳳連想都不敢想，一把掀起了這張上面繡著戲水鴛鴦的棉被，然後他整個人都像是忽然沉入了冷水裡，全身上下都已冰冷。

丁香姨還是那麼香，那麼美，胸膛還是那麼豐滿柔軟，腰肢還是那麼柔弱纖細，可是，她的一雙手、一雙腳卻已不見了！

陽光依舊照在窗戶上，可是這溫暖明亮的陽光，卻已變得比尖針還刺眼。

陸小鳳閉上了眼睛，彷彿立刻就看到了一張尖銳瘦小的臉，一雙貓頭鷹般的眼睛裡，充滿了惡毒和怨恨，正獰笑著對丁香姨道：「我砍斷你一雙手，看你還敢不敢偷我的黃金，我砍斷你一雙腳，看你還能跑到哪裡？」

陸小鳳握緊了雙拳。

每個男人都有權追回自己私奔的妻子，他對飛天玉虎本沒有懷恨過，知道丁香姨被人抓了回去，他心裡最多也只不過有點酸酸的惆悵而已。

但是現在情況卻不同了。

誰也沒有權力這麼傷害別人，他痛恨暴力，就正如農家痛恨蝗蟲一樣。

等他再張開眼時，才發現丁香姨也在看著他，看了很久。

她的眼睛裡沒有憤怒，只有悲傷，忽然輕輕說出了兩個字：「快走！」

本是她要他來的，爲什麼又一見面就要他走？是不願讓他看見自己這種狼狽的樣子？還是生怕飛天玉虎會突然出現？

也許那短箋本就是飛天玉虎逼著她寫的，也許這本就是個陷阱。

陸小鳳輕輕的放下棉被，搬了張椅子過來，坐在她床頭，雖然連一個字都沒有說，卻已無異給了她一個簡單而明確的答覆：「我不走。」

無論她是爲什麼要他走，他都已決心要留下來，陪著她。

因爲他知道現在一定是她最需要別人陪伴的時候，在他寂寞時，她豈非也同樣陪伴過他？

陸小鳳絕不是那種心胸狹窄的人，別人縱然有對不起他的地方，他很快就會忘記。

他一向只記得別人的好處。

丁香姨當然也明白他的意思，眼睛裡除了悲傷外，又多了種說不出的感激。

「現在你一定已知道我的事了。」她說話的聲音很低，彷彿生怕被人聽見：「那三十萬兩金子，我當然沒法子帶在身上，爲了要逼我把金子交出來，他就把我折磨成這樣子。」

——現在你當然已把金子還給了他，可是你爲什麼一定要等他這樣折磨過你之後，才肯交出來？那本是他的，你本就應該還給他。

陸小鳳閉著嘴，並沒有說出這些話，他實在不忍再刺傷她。

風在窗外吹，落葉一片片打在窗戶上，就像是一隻疲倦的手，撥弄著枯澀的琴弦，雖然有聲音，卻比無聲更沉悶。

現在應該說什麼？安慰已是多餘的，因爲無論什麼樣的安慰，都已安慰不了她。

沉悶了很久，她忽又問道：「你知不知道我爲什麼要偷那三十萬兩金子？」

陸小鳳搖搖頭，他只有裝作不知道。

丁香姨的解釋卻令他覺得很意外：「我也是爲了那羅剎牌。」

這理由並不好，所以也不像是說謊。

丁香姨道：「我知道李霞帶走了羅剎牌，也知道她已回到了老屋！」

陸小鳳道：「老屋？」

丁香姨道：「老屋就是拉哈蘇，『拉哈蘇』是當地的土語，意思就是老屋。」

陸小鳳道：「你認得李霞？」

丁香姨點點頭，臉上忽然露出種很奇怪的表情，遲疑了很久才輕輕嘆道：「她本來就是我的後母。」

這回答令陸小鳳覺得更意外，她又解釋道：「李霞還沒有嫁給藍鬍子的時候，本來就是跟著我父親的！」

陸小鳳道：「你父親？……」

丁香姨道：「現在他已經去世了，我跟李霞，倒一直都保持著聯繫。」

李霞是她後母，方玉香卻是她表姐，她表姐居然搶了她後母的丈夫，她的丈夫卻是她表姐介紹的。

陸小鳳忽然發現她們三個人之間的關係，實在複雜得很，就算她已說出來，他還是弄不清楚。

丁香姨看出了他的想法，淒然道：「女人是弱者，有很多女人的遭遇都很不幸，往往會被逼著做出一些她們本來不願做的事，男人非但一點都不了解，而且還會看不起她們。」

陸小鳳嘆了口氣，道：「我……我了解。」

丁香姨道：「這次李霞的做法雖然很不對，可是我同情她。」

——她偷了她丈夫的羅刹牌，你偷了你丈夫的黃金，你們的做法本來就一樣，你當然同情她。

這些話陸小鳳當然也沒有說出來，丁香姨卻又看了出來。

「我說她不對，並不是因爲她偷了羅刹牌。」她第一次露出悲憤：「一個女人若是被丈夫遺棄，無論用什麼手段報復都是應該的！」

這是女人的想法，大多數女人都會有這種想法。

丁香姨是女人。

所以陸小鳳只有表示同意。

丁香姨道：「我說她做的不對，只因爲她本不該答應把羅刹牌賣給賈樂山的！」

陸小鳳動容道：「江南賈樂山？」

他知道這個人。

賈樂山是江南著名的豪富，也是當地著名的善士，只有極少數幾個人才知道，他昔年本是個橫行四海的大海盜，連東洋的倭寇都有一半直接受他統轄。

倭寇一向殘暴兇狠，悍不畏死，而且生性反覆無常，賈樂山卻能把他們制得服服貼貼，從這一點就可以看出他是個多麼厲害的人了。

丁香姨道：「我知道李霞已經和賈樂山派到中原來的密使談判過了，連價錢都已談好了，約好了在『拉哈蘇』見面，一手交錢，一手交貨。」

陸小鳳道：「他們既然是在中原談判的，為什麼要約在那邊疆的小鎮上見面？」

丁香姨道：「這也是李霞的條件之一，她知道賈樂山一向心狠手辣，生怕被他吃了，所以才一定堅持要在拉哈蘇交貨。」

陸小鳳道：「為什麼？」

丁香姨道：「因為那裡是我父親的老家，她也在那裡住了十年，那裡的人頭地面，她都很熟悉，在那裡就連賈樂山也不敢對她怎樣的。」

陸小鳳道：「這麼樣看來，她一定是個非常精明厲害的女人。」

丁香姨嘆息著，道：「她不能不精明一點，因為她實在上過男人不少當。」

陸小鳳道：「但是她卻將這秘密告訴了你！」

丁香姨道：「因為她拿到了羅剎牌之後，第一個來找的就是我。」

陸小鳳道：「哦？」

丁香姨道：「她也答應過我，只要我能在年底之前湊出二十萬兩金子，她就把那羅剎牌賣給我。」

陸小鳳道：「你爲什麼想要那羅剎牌？」

丁香姨道：「因爲我也想報復。」

她咬著牙，又道：「我早已知道飛天玉虎另外又有了女人，早就嫌我惹眼礙事，那女人當然更恨我，只要我活著一天，她就永遠休想名正言順的來做黑虎堂的幫主夫人。」

陸小鳳道：「難道他們還想殺了你？」

丁香姨道：「若不是我還算機警，現在只怕早已死在他們的手裡，我若有了羅剎牌，他們就絕不敢對付我了。」

一個女人若肯花二十萬兩黃金去買一樣東西，當然是有原因的。

陸小鳳道：「爲什麼？」

丁香姨道：「因爲我若有了羅剎牌，我就是羅剎教的教主，就連飛天玉虎，對西方魔教的教主也不得不畏懼三分。」

她疲倦悲傷的眼睛，忽然亮了起來，又說出一件很驚人的秘密。

西方玉羅剎已死了，就是在他的兒子入關時，忽然暴斃的。

「我百年之後，將羅剎牌傳給誰，誰就是本教的繼任教主，若有人抗命不服，千刀萬段，毒蟻分屍，死後也必將永墮鬼獄，萬劫不復。」

西方玉羅刹當然也是個極精明厲害的人，生怕自己死後，門下的弟子爲了爭奪名位，互相殘殺，毀了他一手創立的基業。所以他在開山立宗時，就已親手訂下了這條天魔玉律。

也正因爲如此，所以他才會將羅刹牌傳給了他的兒子。

只可惜玉天寶也正像那些豪富之家中，被寵壞的子弟一樣，也是個不折不扣的敗家子。

丁香姨道：「玉羅刹若知道他那寶貝兒子，已將羅刹牌押了給別人，就算在九泉之下，也一定會被氣得吐血的。」

陸小鳳長長吐口氣，現在才終於明白，爲什麼有那麼多人不擇手段的爭奪羅刹牌了。

「爲了追悼玉羅刹，也爲了朝拜新任教主，他們教中的護法長老和執事弟子們，已決定在明年正月初七『人日』那一天，將教中所有重要的弟子，聚會於崑崙山的大光明境。」

「你只要能在那一天，帶著羅刹牌趕到那裡去，你就是魔教的新教主，從此以後，絕沒有任何人敢對你無禮。」

西方魔教的勢力不但已根深柢固，而且遍佈天下，無論誰能繼任教主，都立刻可以成爲江湖中最有權勢的人，有了權勢，名利自然也跟著來了。這種誘惑無論對誰來說都幾乎是不可抗拒的。

陸小鳳嘆了口氣，他忽然發覺這件事已愈來愈複雜，他的任務也愈來愈艱鉅。

可是他還有一點想不通：「李霞爲什麼不自己帶著羅刹牌到崑崙去？」

丁香姨道：「因爲她怕自己到不了崑崙，就已死在半途上，更怕自己活不到明年正月初七。」

在明年的正月初七之前，這塊羅剎牌無論在誰手裡，都像是包隨時可能爆炸的火藥一樣，隨時都可能把他炸得粉身碎骨。

丁香姨道：「她一向很精明，她知道最安全的法子，就是把羅剎牌賣給別人。」

她嘆息著，又道：「一個女人到了她那種年紀，生活既沒有倚靠，精神也沒有寄託，總是會拚命想去弄點錢的，所以……」

陸小鳳道：「所以她跟你關係雖不同，還是要你拿出二十萬兩金子來。」

丁香姨黯然道：「只可惜我現在比她更慘，我才真的什麼都沒有了。」

陸小鳳勉強笑了笑，道：「你至少還有個朋友。」

丁香姨道：「你？」

陸小鳳點點頭，心裡忽然湧起一種說不出的滋味——他們本不是「朋友」，他們的關係遠比「朋友」更親密。

可是現在……

丁香姨看著他，眼睛裡也露出種說不出的表情，誰也不知道那是悲傷？是安慰？還是感激？

過了很久，她忽然問道：「你能不能答應我一件事？」

陸小鳳道：「你說。」

丁香姨道：「現在就連羅剎牌對我都已沒用了，但我卻還是希望能看看它，因爲……因爲我爲它已犧牲了一切，若連一眼都沒有看過，我死也不甘心。」

陸小鳳道：「你希望我找回它之後，帶來給你看看？」

丁香姨點點頭，凝視著他，道：「你答不答應？」

「只不過那至少也是一個月以後的事了，那時候你還會在這裡？」

「我會在的。」丁香姨淒然道：「現在我已只不過是個廢物，無論是死是活，他們都已不會放在心上。」

她眼圈發紅，淚又流下：「何況，像我這樣一個人，還有什麼地方可去？」

月影漸漸高了，外面更靜，該上路的客人們，都已上了路。

陸小鳳用衣袖輕輕拭乾丁香姨臉上的淚痕，又坐下來。

又過了很久，她才輕輕的嘆了口氣，道：「你也該走了。」

陸小鳳道：「你要我走？」

丁香姨笑了笑，道：「你總不能在這裡陪我一輩子。」

她雖然在笑，笑容看來卻比她流淚時還淒涼。

陸小鳳想說話，又忍住。

丁香姨道：「你是不是還有話要問我？」

陸小鳳點點頭，有件事他本不該再問的，他不願再觸及她的傷痕，可是他又不能不問：

「飛天玉虎究竟是個什麼樣的人？」

丁香姨的回答也和方玉香一樣，居然連她都不知道飛天玉虎的身世和姓名——他的身世隱秘，行動難測，他身材瘦小，目光如鷹，無論對什麼人，他都絕不信任，就連他的妻子亦不例外，但他武功絕高，生平從未遇見過對手——

這幾點卻已是毫無疑問的。

陸小鳳又忍不住問：「拉哈蘇是個什麼樣的地方呢？」

丁香姨道：「那地方也跟飛天玉虎的人一樣，神秘而可怕，那裡的人氣量偏狹，對陌生的外來客總懷有敵意，除了兩個人之外，無論誰說的話你最好都不要相信。」

陸小鳳道：「我可以信任的這兩個人是誰？」

丁香姨道：「一個叫老山羊，是我父親的老伙伴，一個叫陳靜靜，從小就跟我在一起長大的，他們若知道你是我的朋友，一定會盡力幫助你。」

陸小鳳記下了這兩個名字。

丁香姨道：「一過了中秋，那地方就一天天的冷了，十月不到，就已封江。」

陸小鳳也聽說過，松花江一結了冰，就像是一條平坦而遼闊的大道。

丁香姨道：「沒有到過那裡的人，永遠沒法子想像那裡有多麼冷的，最冷的時候，鼻涕一流出來就會結成冰，連呼出的氣都會結成冰渣子。」

陸小鳳在心裡嘆了口氣，情不自禁拉了拉衣襟。

丁香姨道：「我知道你通常都在江南，一定很怕冷，所以你最好乘著還不算太冷的時候，盡快趕去，出去後最好先買件可以禦寒的皮襖。」

陸小鳳忽然又覺得溫暖起來，不管怎麼樣，她畢竟還是關心他的。

知道這世上居然還有人關心自己，總是件令人愉快的事。

只不過還有件事他也一定要問清楚。

他沉吟著，道：「玉羅剎一死，魔教內部難免有些混亂，爲了避免引起別人乘虛而入，所以他的死，至今還是個秘密。」

丁香姨道：「知道這秘密的人確實不多。」

陸小鳳道：「你怎麼會知道的？」

丁香姨道：「黑虎堂下，又分白鴿、灰狼、黃犬三個分堂——」

「黃犬」負責追蹤，「灰狼」負責搏殺，「白鴿」的任務，就是負責刺探傳遞各路的消息。

黑虎堂能夠迅速崛起，這三個分堂辦事的效率當然很高。

江湖中所有成名人物的身世、形貌、武功門派，以及他的特長與嗜好，白鴿堂中幾乎都有一份紀錄的資料。

丁香姨接著道：「所以我還沒有見到你之前，就已知道你是個什麼樣的人了。」

——她是不是早已知道他的弱點是女人，所以才想到要他來做自己的擋箭牌？

陸小鳳沒有往這方面去想，別人對不起他的事，他從來不願多想，所以他心情總能保持明朗愉快。

丁香姨忽又笑了，笑得淒涼而尖酸：「在黑虎堂裡，我本來有兩個職位。」

陸小鳳道：「哦。」

丁香姨道：「我不但是總堂主的出氣筒，也是白鴿堂的堂主。」

陸小鳳終於走了。

丁香姨說的不錯，他當然不能在這裡陪她一輩子。

天氣還是很晴朗，陽光還是同樣燦爛，他的心情卻已沒有剛才那麼愉快了。

想到這件事的複雜與艱鉅，想到他所牽涉到的那些麻煩，他簡直恨不得去跳河。

滿院落葉，秋已深得連鎖都鎖不住，一個十三四歲的女孩子零仃仃的站在枯樹下，彷彿隨時都可能被秋風吹走。

她手裡拿著封信，一雙充滿了驚惶的眼睛，正在陸小鳳身上打轉。

陸小鳳走過去，忽然對她笑了笑，道：「你是不是在等我的？」

這女孩子吃了一驚，身子往後面縮得更緊，囁嚅著道：「你……你……你就是那個長著四條眉毛的陸小鳳？」

陸小鳳微笑道：「我就是陸小鳳，你呢？」

女孩子道：「我叫秋萍。」

看她單薄的身子、畏縮的神態，她的身世想必也像浮萍一樣。

——女人是弱者，有很多女孩子的身世都很悲慘，遭遇都很可憐。

——這世界豈非就是屬於男人的世界？

陸小鳳嘆了口氣，柔聲道：「是不是飛天玉虎叫你來的？」

秋萍點點頭。

陸小鳳道：「他是不是要你把這封信交給我？」

秋萍又點點頭，用一雙白生生的小手，捧著這封信交給了陸小鳳。

信紙筆墨都用得很考究，字居然也寫得很好。

小鳳先生足下：

先生當代之大俠，絕世之奇男，弟慕名已久，只恨緣慳一面，未能識荊，山妻香姨，既蒙先生垂愛，弟唯有割愛以獻，以略表寸心，望先生笑納。他日有緣，當煮酒於青梅之亭，與先生共謀十日之醉。

又及，此間之食宿費用，弟已代付至月底，附上客棧收據一紙，盼查收。另附上休妻書乙紙，以清手續，亦盼查收。

下面的具名，果然是飛天玉虎。

陸小鳳總算沉住了氣，把這封信看完了，他忽然發覺自己的修養已有了進步，居然還沒有把這封信撕破。

秋萍還站在那裡，一雙大眼睛還是不停的在他臉上打轉，對這個長著四條眉毛的英俊男人，她好像也很有興趣。

陸小鳳又笑了，道：「你還在等我的回音？」

秋萍點點頭，飛天玉虎一定很想知道陸小鳳看過了他的信之後，會有什麼反應？什麼表情？

陸小鳳道：「那麼你就回去告訴他，他送我的禮，我很感謝，所以我也有樣禮物要送給他。」

秋萍道：「是不是要我帶回去？」

陸小鳳道：「你沒法子帶回去，這樣禮物一定要他當面來拿。」

秋萍又露出畏懼之態，道：「可是……」

陸小鳳道：「可是我不妨先告訴你，我準備送他的禮物是什麼，也好讓你回去有個交代。」

秋萍鬆了口氣，道：「你準備送他什麼？」

陸小鳳道：「送他一個屁眼。」

秋萍怔住。

她不懂，卻不敢問，她想笑，又不敢笑。

陸小鳳也沒有笑，淡淡道：「我準備在他鼻子上打出一個屁眼來。」

「罵人」當然絕不是件值得向別人推薦的事，卻永遠有它值得存在的理由。

無論誰痛痛快快的罵過一個自己痛恨的人之後，總是會覺得全身舒暢，心情愉快的，就好像便秘多日忽然腸胃暢通。

五　賈樂山

一

只可惜這種愉快的心情，陸小鳳並沒有保持多久。

從客棧走出來，沿著黃塵滾滾的道路大步前行，還沒有走出半里路，他就忽然發現了兩樣令他非常不愉快的事——

除了歲寒三友和他自己之外，道路上幾乎已看不見別的行人，也不再有別人跟蹤他。

除了一點點準備用來對付小費的散碎銀子外，他囊中已不名一文。

他喜歡熱鬧，喜歡看見各式各樣的人圍繞他身邊，就算他明知有些人對他不懷好意，他也不在乎。

他唯一真正在乎的事，就是寂寞——這世上假如還有一件能令他真正恐懼的事，這件事無疑就是寂寞。

「貧窮」豈非也正是寂寞的一種？寂寞豈非總是會跟著貧窮而來？

你有錢的時候，寂寞總是容易打發的，等到你囊空如洗時，你才會發現寂寞就像是你自己的影子一樣，用鞭子抽都抽不走。

陸小鳳嘆了口氣，第一次覺得那一陣陣迎面吹來的風，實在冷得要命。

午飯時陸小鳳只吃了一碗羊雜湯，兩個饅頭，那三個糟老頭卻叫了四斤白切羊肉，五六樣炒菜，七八個新蒸好的白麵饅頭，還喝了幾壺酒。

陸小鳳幾乎忍不住要衝過去告訴他們：「年紀大的人，吃得太油膩，肚子一定會痛的。」

這頓飯既然吃得並不愉快，小費本來就可以免了，只可惜一個人若是當慣了大爺，就算窮掉了鍋底，大爺脾氣還是改不了的。

所以付過賬之後，他身上的銀子更少得可憐。

拉哈蘇還遠在天邊，他既不能去偷去搶，也不能去拐去騙，更不能去要飯，假如換了別的人，這段路一定已沒有法子再走下去了。

幸好陸小鳳不是別的人。

陸小鳳就是陸小鳳，不管遇著什麼樣的困難，他好像總有解決的法子。

黃昏後風更冷，路上行人已絕跡。

陸小鳳背負著雙手，施然而行，就好像剛吃飽了飯，還喝了點酒，正在京城前門外最熱鬧的地方逛街一樣。

雖然他肚子裡那點饅頭早已消化得乾乾淨淨，可是心裡卻在笑，因爲無論他走得多慢，歲寒三友都只有乖乖的跟在後面。

無論誰都知道陸小鳳比魚還滑，比鬼還精，只要稍微一放鬆，就連他的人影子都休想看得見了，他不停下來吃飯，他們當然也不敢停下來。

可是餓著肚子在路上吃黃土，喝西北風，滋味也實在很不好受。

歲寒三友一輩子也沒有受過這種罪，孤松先生終於忍不住了，袍袖一拂，人已輕雲般飄出，落在陸小鳳面前。

陸小鳳笑了，微笑著道：「你爲什麼擋住我的路？是不是還嫌我走得太快？」

孤松鐵青著臉，道：「我只想問你一句話。」

他本來就不是那種很有幽默感的人，何況他肚子裡唯一還剩下的東西，就是一肚子的惱火：「我問你，你知不知道現在是什麼時候了？」

陸小鳳眨了眨眼，道：「現在好像已到了吃飯的時候。」

孤松先生道：「你既然知道，爲什麼還不趕快找個地方吃飯？」

陸小鳳道：「因爲我不高興。」

孤松先生道：「不高興也得去吃。」

陸小鳳嘆了口氣，道：「強姦逼賭我都聽說過，倒還沒有聽說過居然有人要逼人去吃飯的。」

孤松道：「現在你已聽說過了。」

陸小鳳道：「我吃不吃飯，跟你有什麼關係？」

孤松道：「飯是人人都要吃的，你難道不是人？」

陸小鳳道：「不錯，飯是人人都要吃的，但卻有一種人不能吃。」

孤松道：「哪種人？」

陸小鳳道：「沒有錢吃飯的人。」

孤松終於明白，眼睛裡居然好像有了笑意，道：「若是有人請客呢？」

陸小鳳悠然道：「那也得看情形。」

孤松道：「看什麼情形？」

陸小鳳道：「看他是不是真心誠意的要請我。」

孤松道：「若是我真心的要請你，你去不去？」

陸小鳳微笑道：「若是你真的要請，我也不好意思拒絕你。」

孤松盯著他，道：「你沒錢吃飯，要人請客，卻偏偏不來開口求我，還要我先來開口求你！」

陸小鳳淡淡的道：「因爲我算準你一定會來的，現在你既然已經來了，就不但要管吃還得管住。」

孤松又盯著他看了半天，終於長嘆了口氣，道：「江湖中的傳言果然不假，要跟陸小鳳打交道，果然不容易。」

好菜，好酒，好茶。

孤松先生道：「你喝酒？」

陸小鳳道：「喝一點。」

孤松道：「是不是要喝就喝個痛快？」

陸小鳳道：「不但要痛快，而且還要快。」

他滿滿斟了一碗酒，一仰脖子，就倒在嘴裡，一口就嚥了下去。

他喝酒並不是真的在「喝」，而是用「倒」的，這世上能喝酒的人雖不少，能倒酒的人卻不多。

孤松看著他，眼睛裡第二次露出笑意，也斟滿一碗酒，一口嚥下。

他喝酒居然也是用「倒」的。

陸小鳳在心裡喝一聲采：「這老小子倒真的有兩下子！」

孤松面露得色，道：「喝酒不但要快，還要痛。」

陸小鳳道：「痛？」

孤松道：「痛飲，三杯五杯，喝得再快也算不了什麼。」

陸小鳳道：「你能喝多少？」

孤松道：「能喝多少也算不了什麼，要喝了不醉才算本事。」

這冷酷而孤傲的老人，一談起酒經，居然也像是變了個人。

陸小鳳微笑道：「你能喝多少不醉？」

孤松道：「不知道。」

陸小鳳道：「難道你從未醉過？」

孤松並沒有否認，反問道：「你能喝多少不醉？」

陸小鳳道：「我只喝一杯就已有點醉了，再喝千杯也還是這樣子。」
孤松眼睛裡第三次露出笑意，道：「所以你也從未真的醉過？」
陸小鳳也不否認，一仰脖子，又是一碗酒倒了下去。
棋逢敵手，是件很有趣的事，喝酒遇見了對手也是一樣。
不喝酒的人，看見這麼樣喝酒的角色，就很無趣了。
青竹、寒梅連看都沒看他們一眼，臉上也全無表情，慢慢的站起來，悄悄的走了出去。
夜寒如水。
兩個人背負著雙手，仰面望天，過了很久，青竹才緩緩問道：「老大已有多久從未醉過？」
寒梅道：「五十三天。」
青竹嘆了口氣，道：「我早已看出他今天一定想大醉一次。」
又過了很久，寒梅也嘆了口氣，道：「你已有多久未曾醉過？」
青竹道：「二十三年。」
寒梅道：「自從那次我們三個人同時醉過後，你就真的滴酒未沾？」
青竹道：「三個人中，總要有一個人保持清醒，大家才都能活得長些。」
寒梅道：「兩個人清醒更好。」
青竹道：「所以你也有二十年滴酒未沾。」
寒梅道：「二十一年另十七天。」

青竹笑了笑，道：「其實你酒量比老大好些。」
寒梅笑了笑，道：「酒量最好的，當然還是你。」
青竹道：「可是我知道，這世上絕沒有永遠不醉的人。」
寒梅點點頭，道：「不錯，你只要喝，就一定會醉的。」
只要喝，就一定會醉。
這句話實在是千古不變，顛撲不破的。
所以陸小鳳醉了。

二

屋子很大，生著很大的一爐火，陸小鳳赤裸裸的躺在一張很大的床上。
他一向認為穿著衣服睡覺，就像脫了褲子放屁一樣，是件又麻煩、又多餘的事。
無論誰喝醉了之後，都會睡得很沉。
他也不例外，只不過他醒得總比別人快些。
現在窗外還是一片黑暗，屋子裡也是一片黑暗，他就已醒了，面對這一片空空洞洞、無邊無際的黑暗，他癡癡的出了半天神。
他想起了很多事，很多非但不能向別人敘說，甚至連自己都不敢去想的事，也許為了要忘記這些事，他才故意要跟孤松拚酒，故意要醉。

可是他剛剛睜開眼睛，想到的偏偏就是這些事。

該忘記的事爲什麼總是偏偏忘不了？

該記的事爲什麼總是偏偏想不起？

陸小鳳悄悄的嘆了口氣，悄悄的坐起來，彷彿生怕驚醒了他身邊的人。

他身邊沒有人，他是不是生怕驚醒了自己？

就在這時，他忽然聽見了一聲輕輕的嘆息！

他身邊雖然沒有人，屋子裡卻有人。

黑暗中，隱約可見一條朦朦朧朧的人影，動也不動似的坐在對面的椅子上，也不知是什麼時候來的，也不知坐了多久。

「醉鄉路穩宜常至，他處不堪行。」這人嘆息著，又道：「可是這條路若是去得太多了，想必也一樣無趣得很。」

陸小鳳笑了。

無論誰都笑不出來的時候，他卻偏偏總是會忽然笑出來。

他微笑著道：「想不到閣下居然還是個有學問的人。」

這人道：「不敢，只是心中偶有所感，就情不自禁說了出來而已。」

陸小鳳道：「閣下夤夜前來，就爲了說這幾句話給我聽的？」

這人道：「還有幾句話。」

陸小鳳道：「我非聽不可？」

這人道：「看來好像是的。」

他說話雖然平和緩慢，可是聲音裡卻帶著種比針尖還尖銳的鋒芒。

陸小鳳嘆了口氣，索性又躺下去：「非聽不可的事，總是不會太好聽的，能夠躺下來聽，又何必坐著？」

這人道：「躺下來聽，豈非對客人太疏慢了些？」

陸小鳳道：「閣下好像並不是我的客人，我甚至連閣下的尊容還未見到。」

這人道：「你要看看我？這容易。」

他輕輕咳嗽一聲，後面的門就忽然開了，火星一閃，燈光亮起，一個黑衣勁裝，黑巾蒙面，瘦削如兀鷹，挺立如標槍的人，就忽然從黑暗中出現。

他手裡捧著盞青銅燈，身後揹著把烏鞘劍，燈的形式精緻古雅，劍的形式也同樣古雅精緻，使得他這個人看來像是個已被禁制於地獄多年的人，忽然受到魔咒所催，要將災禍帶到人間來的幽靈鬼魂一樣。

甚至連燈光看來都是慘碧色的，帶著種說不出的陰森之意。

端坐在椅子上的這個人，也就忽然出現在燈光下。

爐火已將熄滅。

陰森森的燈光，陰森森的屋子，陰森森的人。

他的衣著很考究，很華麗，他的神情高貴而優雅，他的眼睛炯炯有神，帶著種發號施令的威嚴，可是他看起來，還是個陰森森的人，甚至比站在他身後的黑衣人更可怕。

陸小鳳又笑了，道：「果然不錯。」

這人道：「不錯？我長得不錯？」

陸小鳳笑道：「閣下這副尊容，果然和我想像中差不多。」

這人道：「你已知道我是誰？」

陸小鳳道：「賈樂山。」

這人輕輕吐出一口氣，道：「你見過我？」

陸小鳳搖搖頭。

這人道：「但你卻認得我。」

陸小鳳微笑道：「除了賈樂山外，還有誰肯冒著風寒到這種地方來找我，除了賈樂山外，還有誰能用這種身佩古劍，勁氣內斂的武林高手做隨從？」

賈樂山大笑。他的笑也同樣陰森可怕，而且還帶著種尖刻的譏誚：「好，陸小鳳果然不愧是陸小鳳，果然有眼力。」

陸小鳳道：「不敢，只不過眼中偶有所見，就情不自禁說了出來而已。」

賈樂山笑聲停頓，盯著他，過了很久，才緩緩道：「你也知道我的來意？」

陸小鳳道：「我情願聽你自己說。」

賈樂山道：「我要你回去。」

陸小鳳道：「回去？回到哪裡去？」

賈樂山道：「回到那軟紅十丈的花花世界，回到那些燈光輝煌的酒樓賭坊，回到倚紅偎翠的溫柔鄉去，那才是陸小鳳應該去的地方。」

陸小鳳嘆了口氣，道：「這是實話，我也很想回去，只可惜……」

賈樂山打斷了他的話，道：「我也知道你近來手頭不便，所以早就替你準備好盤纏。」

他又咳嗽一聲，就有個白髮蒼蒼的老家人，領著兩條大漢，抬著口很大的箱子走進來。

箱子裡裝滿了一錠錠耀眼生花的黃金白銀。

陸小鳳皺眉道：「哪裡來的這許多阿堵物，也不嫌麻煩麼？」

賈樂山道：「我也知道銀票比較方便，卻總不如放在眼前的金銀實在，要想打動人心，就得用些比較實在的東西。」

陸小鳳道：「有理。」

賈樂山道：「你肯收下？」

陸小鳳道：「財帛動人心，我爲什麼不肯收下？」

賈樂山道：「你也肯回去？」

陸小鳳道：「不肯。」他微笑著接道：「收不收下是一件事，回不回去又是另外一件事了，兩件事根本連一點關係都沒有。」

賈樂山笑了。

他居然也是那種總是要在不該笑時發笑的人。

「這是利誘。」他微笑著道：「對你這樣的人，我也知道只憑利誘一定不成的。」

陸小鳳道：「你還準備了什麼？」

賈樂山道：「利誘不成，當然就是威逼。」

陸小鳳道：「很好。」

黑衣人忽然道：「很不好。」

陸小鳳道：「不好？」

黑衣人道：「閣下聲名動朝野，結交遍天下，連當今天子，都對你不錯，我若殺了你這樣的人，麻煩一定不少。」

陸小鳳道：「所以你不想殺我？」

黑衣人道：「不想。」

陸小鳳道：「我也正好不想死。」

黑衣人道：「只可惜我的劍一出鞘，必定見血。」

陸小鳳又笑了：「這就是威逼？」

黑衣人道：「這只不過是個警告。」

陸小鳳道：「警告之後呢？」

黑衣人慢慢的放下銅燈，慢慢的抬起手，突聽「嗆」的一聲，劍已出鞘。

蒼白的劍，彷彿正渴望痛飲仇敵的鮮血。

陸小鳳嘆了口氣，道：「果然是難得一見的利器。」

黑衣人道：「你在爲自己嘆息？」

陸小鳳道：「不是。」

黑衣人道：「不是？」

陸小鳳道：「我是爲了你，爲你慶幸，爲人慶幸時我也同樣會嘆息。」

黑衣人道：「哦？」

陸小鳳道：「你身佩這樣的神兵利器，卻爲賈樂山這樣的人做奴才，你們自江南一路前來，居然沒有遇見我那個朋友，運氣實在不錯。」

黑衣人道：「若是遇見了你那朋友又怎樣？」

陸小鳳道：「若是遇見了他，這柄劍此刻已是他的，你的人已入黃土。」

黑衣人道：「你的口氣倒不小。」

陸小鳳道：「這不是我的口氣，是他的。」

黑衣人道：「他是誰？」

陸小鳳道：「西門吹雪！」

西門吹雪！

白雪般的長衫飄動，一滴鮮血正慢慢的從劍尖滴落……

閃電般的劍光，寒星般的眼睛。

鮮血滴落，濺開……

黑衣人握劍在手上，青筋暴現，瞳孔也突然收縮：「可惜你不是西門吹雪！」

就在這一瞬間，他的劍已刺出，劍光如虹，劍氣刺骨！

驚人的力量，驚人的方位，驚人的速度！

這樣的利劍，用這樣的速度刺出，威力已不下於閃電雷霆。

有誰能擋得住閃電雷霆的一擊？

陸小鳳！

他還是靜靜的躺著，只從棉被裡伸出一隻手，用兩根手指輕輕一挾！

這才是妙絕天下，絕世無倆的一著！

這才是無與倫比，不可思議的一著！

兩指一挾，劍光頓消，劍氣頓收。

也就在這一瞬間，屋頂上的瓦突然被掀起一片，一個人猿猴般倒掛下來，雙手一揚，三十七道寒星暴射而出，暴雨般打向陸小鳳。

這一著才是出人意料，防不勝防的殺手！

只聽「噗、噗、噗」一連串急響，三十七件暗器全都打在陸小鳳蓋著的棉被上。

僅僅只不過打在棉被上。

這樣的距離，這樣暗器的力量，本可透穿甲冑，卻打不穿這條棉被，反而被彈了回去，散落滿地。

黑衣人看著自己握劍的手，倒掛在屋脊上的人卻在嘆息：「久聞陸小鳳的靈犀一指妙絕天下，想不到居然還有這麼驚人的內家功力。」陸小鳳笑了笑，道：「其實我自己也想不到，一個人在拚命的時候，力氣總是特別大的。」

黑衣人忽然道：「這不是力氣，這是真氣真力。」

陸小鳳道：「真氣真力也是力氣，若沒有力氣，哪裡來的真氣真力？」

他伸出另一隻手，輕撫劍鋒，又嘆息了一聲，道：「好劍！」

黑衣人道：「你……」

陸小鳳又笑了笑，道：「我不是西門吹雪，所以劍還是你的，命也還是你的。」

賈樂山也笑了。

「這是威逼。」他微笑著道：「利誘不成，威逼又不成，你說我應該怎麼辦？」

陸小鳳道：「你爲什麼不回去？」

這句話賈樂山好像聽不見，又道：「常言道，英雄難過美人關，閣下無疑是英雄，美人何在？」

美人就在門外。

三

風吹過，一陣幽香入戶。

指甲留得很長的老家人，用一根銀挖耳挑亮了銅燈，門外就有個淡裝素服的中年婦人，扶著個紫衣少女走了進來。

這婦人修長白皙，體態風流，烏黑的頭髮梳得一絲不亂，在燈光下看來，皮膚猶如少女般嬌嫩，無論誰都看得出，她年輕時必定是個美人，現在雖然已到中年，卻仍然有種可以令男人心跳的魅力。

對男人們說來，這種經驗豐富的女人，有時甚至比少女更誘惑。

可是站在這紫衣少女的身旁，她所有魅力和光彩都完全引不起別人的注意了。

沒有人能形容這少女的美麗，就正如沒有人能形容，第一陣春風吹過湖水時，那種令人心靈顫動的漣漪。

她垂著頭走進來，靜靜的站在那裡，悄悄的抬起眼，凝視著陸小鳳。

她甚至連指尖都沒有動，只不過用眼睛靜靜的凝視著陸小鳳。

陸小鳳心裡已經起了陣奇異的變化，甚至連身體都起了種奇異的變化。

她眼睛裡就彷彿有種看不見的火焰，在燃燒著男人的慾望。

看見這少女，陸小鳳才明白什麼樣的女人才能算做天生尤物。

賈樂山舒舒服服的靠在椅子上，欣賞著陸小鳳臉上的表情，悠悠道：「她叫楚楚，你看她是不是真的楚楚動人？」

陸小鳳不能不承認。

賈樂山道：「看樣子你好像很喜歡她。」

陸小鳳也不能否認。

走。」

賈樂山輕輕吐出口氣，道：「好，你隨時要回去，她都可以跟你走，帶著這口箱子一起走。」

陸小鳳也輕輕吐出口氣，道：「那麼你最好叫她在這裡等我。」

賈樂山道：「你什麼時候回去？」

陸小鳳道：「一找到羅剎牌，我就立刻回去。」

賈樂山的臉色變了，道：「你究竟要怎麼樣才肯答應？你究竟要什麼？」

陸小鳳眼珠子轉了轉，道：「本來我是什麼都不要的，可是現在，我倒想起了一件東西。」

賈樂山道：「你想要的是什麼？」

陸小鳳道：「我要司空摘星的鼻子。」

賈樂山怔了怔，道：「黃金美人你都不要，爲什麼偏偏想要他的鼻子？」

陸小鳳道：「因爲我想看看他，沒有鼻子之後，還能不能裝神扮鬼，到處唬人。」

賈樂山盯著他，忽然大笑。

他的笑聲已變了，變得豪邁爽朗，仰面大笑道：「好，好小子，想不到我這次還是沒有唬住你，你是怎麼看出來的？」

這句話說出來，已無疑承認他就是司空摘星。

陸小鳳淡淡道：「我嗅出了你的賊味。」

司空摘星道：「我有賊味？」

陸小鳳道：「無論是大賊小賊，身上都有賊味的，你是偷王之王，賊中之賊，那味道自然更重，何況……」

司空摘星搶著問道：「何況怎麼樣？」

陸小鳳道：「我就算已醉得不省人事，除了你這種做小偷做慣了的人之外，別人還休想能溜到我屋裡來，偷我的衣服。」

他衣服本來是放在床頭的，現在卻已蹤影不見。

司空摘星笑道：「我只不過替你找個理由，讓你好一直賴在被窩裡，誰想要你那幾件破衣服？」

陸小鳳道：「你當然也不想要我的腦袋？」

司空摘星道：「你的腦袋太大，帶在身上嫌重，擺在家裡又佔地方。」

陸小鳳道：「你想要什麼？」

司空摘星道：「想看看你。」

陸小鳳道：「你還沒有看夠？」

司空摘星道：「你若以為我要看你，你搞錯了，我只要看你一眼，就倒足了胃口。」

陸小鳳道：「是誰想看我？」

司空摘星道：「賈樂山。」

陸小鳳道：「真的賈樂山？」

司空摘星點點頭，道：「他想看看你這個長著四條眉毛的怪物，究竟是個什麼樣的人？究竟有多厲害？」

陸小鳳道：「他自己爲什麼不來？」

司空摘星道：「他已經來了。」

陸小鳳道：「就在這屋子裡？」

司空摘星道：「就在這屋子裡，只看你能不能認得出他來。」

四

屋子裡一共有九個人。

除了司空摘星和陸小鳳外，一個是身佩古劍的黑衣人，一個是猶自倒掛在屋樑上的暗器高手，一個是指甲留得很長的老家人，一個是紫衣少女，一個是中年美婦，還有兩個抬箱子進來的大漢。

這七個人中，誰才是真的賈樂山？

陸小鳳上上下下打量了黑衣人幾眼，道：「你身佩古劍，武功不弱，又不敢以真面目見人，莫非你就是賈樂山？」

黑衣人不開口。

陸小鳳卻又搖了搖頭，道：「不可能。」

黑衣人忍不住問道：「爲什麼不可能？」

陸小鳳道：「因爲你的劍法雖然鋒銳凌厲，卻少了股霸氣。」

黑衣人道：「怎見得賈樂山就一定有這種霸氣？」

陸小鳳道：「若是沒有霸氣，他昔年又怎麼能稱霸四海，號令群豪？」

黑衣人又不開口了。

陸小鳳第二個打量的，是那猿猴般倒掛著的暗器高手，只打量了一眼，就立刻搖頭，道：「你也不可能是他。」

「爲什麼？」

陸小鳳道：「因爲像賈樂山這樣的人，絕不會像猴子般倒掛在屋頂上。」

這人也不開口了。

然後就輪到那指甲留得很長的老家人。

陸小鳳道：「以你的身分，指甲本不該留得這麼長的，你挑燈用的銀挖耳，不但製作極精，而且本是老江湖們用來試毒的，你眼神充足，內家功夫必定不弱。」

老家人神色不變，道：「莫非你認爲老朽就是賈樂山？」

陸小鳳笑了笑，道：「你也不可能。」

老家人道：「爲什麼？」

陸小鳳道：「因爲你不配。」

老家人變色道：「不配？」

陸小鳳道：「賈樂山昔年稱霸海上，如今也是一方大豪，他的飲食中是否有毒，自然有他的侍從們去探測，他自己身上，又何必帶這種雞零狗碎？」

出。

老家人也閉上了嘴。

那兩個抬箱子的大漢更不可能，他們粗手粗腳，雄壯而無威儀，無論誰一眼就可以看得出。

現在陸小鳳正凝視著那紫衣少女。

司空摘星道：「你看她會不會是賈樂山？」

陸小鳳道：「她也有可能。」

司空摘星幾乎叫出來：「她有可能？」

陸小鳳道：「以她的美麗和魅力，的確可以令男人拜倒裙下，心甘情願的受她擺佈，近百年來稱雄海上的大盜，本就有一位是傾國傾城的絕色美人，只可惜……」

司空摘星道：「只可惜怎麼樣？」

陸小鳳道：「可惜她的年紀太小了，最多只不過是賈樂山的女兒。」

司空摘星看著他，眼睛裡居然露出種對他很佩服的樣子，道：「那麼現在只剩下一個人。」

剩下的是那中年美婦。

「難道她是賈樂山？」

「當然也不可能。」

陸小鳳道：「賈樂山三十年前就已是海上之雄，現在至少已該有五六十歲。」

這中年婦人看來最多也不過四十左右。

陸小鳳道：「據說賈樂山不但是天生神力，而且能勇冠萬夫，昔年在海上的霸權爭奪戰中，總是一馬當先，勇不可當。」

這中年婦人卻極斯文、極秀弱。

司空摘星微笑道：「你說得雖有理，卻忘了最重要的一點。」

陸小鳳道：「哦？」

司空摘星道：「你忘了賈樂山是個大男人，這位姑奶奶是女的。」

陸小鳳道：「這一點並不重要。」

司空摘星道：「哦？」

陸小鳳道：「現在江湖中精通易容術的人日漸增多，男扮女，女扮男，都已算不了什麼。」

司空摘星道：「不管怎樣，你當然也認爲她絕不可能是賈樂山。」

陸小鳳道：「確是不可能。」

司空摘星道：「但我卻知道，賈樂山的確在這屋裡，他們七個人既然都不可能是賈樂山，賈樂山是誰呢？」

陸小鳳笑了笑，道：「其實你本不該問這句話的。」

司空摘星道：「爲什麼不該問？」

陸小鳳道：「因爲你也知道，世事如棋，變化極多，有很多不可能發生的事，都已發生了，有很多不可能做到的事，現在都已做到，連滄海都會變成了桑田，何況別的事？」

司空摘星道：「所以……」

陸小鳳道：「所以這位姑奶奶本來雖不可能是賈樂山，但她卻偏偏就是的。」

司空摘星道：「你難道說他是男扮女裝？」

陸小鳳道：「嗯。」

司空摘星笑道：「賈樂山稱霸七海，威懾群盜，當然是個長相很兇的偉丈夫，他若長得這麼秀氣，海上群豪怎麼會服他？」

陸小鳳道：「也許你已忘了他昔年外號，我卻沒有忘。」

司空摘星道：「你說來聽聽。」

陸小鳳道：「他昔年號稱『鐵面龍王』，就因爲和先朝名將狄青一樣，衝鋒陷陣時，臉上總是戴著個像貌猙惡的青銅面具。」

他微笑著，又道：「狄青本是個美男子，知道自己的容貌不足以懾人，所以才要戴那種面具，賈樂山想必也如此。」

司空摘星居然也閉上了嘴。

那中年婦人卻嘆了口氣，道：「好，好眼力。」

陸小鳳道：「雖然也不太好，馬馬虎虎總還過得去。」

中年婦人道：「不錯，我就是賈樂山，就是昔年的『鐵面龍王』，今日的江南善士。」

說到「賈樂山」三個字時，他那張「風情萬種」的臉，已變得冷如秋霜，說到「鐵面龍王」四個字時，他眼睛裡已露出刀鋒般的鋒芒，說完了這句話時，他就已變了一個人。

他的衣著容貌雖然完全沒有改變，神情氣概卻已完全改變，就像是一柄出了鞘的利劍，連陸小鳳都可以感覺到他的殺氣。

——殺人如草芥的武林大豪，就像是利劍一樣，本身就帶著種殺氣。

他凝視著陸小鳳，接著又道：「但我卻也想不通，你是怎麼看出來的？」

陸小鳳微笑，道：「因爲她。」

他眼睛看著的是楚楚，每看到她時，他眼睛裡就會充滿讚賞和熱情。

賈樂山眼睛裡卻充滿了狐疑和憤怒，道：「因爲她？是她暗示你的？」

看見賈樂山的表情，陸小鳳笑得更愉快，悠然道：「你一定這麼說也無妨，因爲，她若不在這裡，我一定想不到你是賈樂山。」

賈樂山扶著楚楚的手忽然握緊，楚楚美麗的臉上立刻現出痛苦之色。

陸小鳳在心裡嘆了口氣，直到現在，他才能確定他們之間的關係。

兇惡狡猾的老狐狸，溫柔美麗的小白兔，貪婪的兀鷹，失去自由的金絲雀……

他不忍再看她受苦，立刻解釋道：「像她這樣的女孩子，無論走到哪裡，男人們都會忍不住要多看她兩眼的！」

賈樂山道：「哼。」

陸小鳳道：「可是這裡的男人們，卻連看都沒有看過她，甚至偷偷的看一眼都不敢，女人們天生就喜歡被男人看的，他們不敢看她，當然不是怕她生氣，而是爲了怕你，所以……」

賈樂山道：「所以怎麼樣？」

陸小鳳道：「所以我就問自己，這裡的男人都不是好惹的人，爲什麼要怕你？莫非你就是那殺人不眨眼的賈樂山？」

賈樂山盯著他，忽然大笑，道：「好，說得好，想得也好。」

陸小鳳道：「你本不是來聽我說話，你是來看我的，你要看看我是怎麼樣一個人？」

賈樂山道：「不錯。」

陸小鳳道：「現在你已看過了。」

賈樂山道：「是的。」

陸小鳳道：「我是怎麼樣一個人？」

賈樂山道：「你是個聰明人。」

陸小鳳笑道：「好，說得好。」

賈樂山道：「你不但聰明，而且意志堅強，無論什麼事都很難打動你，我想你若真的要去做一件事時，必定百折不回，全力以赴。」

陸小鳳道：「好，想得也好。」

賈樂山道：「你是個很好的朋友，卻是個很可怕的對手。」

他目光刀鋒般盯著陸小鳳：「只可惜你不是我的朋友，所以你只有死！」

陸小鳳道：「只有死？」

賈樂山冷冷道：「非死不可！」

甲。

五

夜更深，風更冷。

黑衣人還是標槍般站在那裡，白髮蒼蒼的老家人又從身上拿出把小銼子，正在銼自己的指甲。

屋樑上倒掛著的人，不知何時已落下，連一點聲音都沒有發出來。

賈樂山道：「你的確沒有看錯，他們三個人的確都是不好惹的，剛才你雖然接住了老三的一著殺手劍、老二的一手滿天花雨，再加上老大，情況就不同了。」

陸小鳳看了看那白髮蒼蒼的老家人，道：「老大就是你？」

白髮老家人冷笑了一聲，屈起手指，中指上三寸長的指甲，竟彷彿變得柔軟如棉，捲成了一圈，突又彈出，只聽「嗤」的一聲，急風響過，七八尺外的窗紙，竟被他指甲彈出的急風刺穿一個小洞。

這根指甲若是真的刺在人身上，會有什麼樣的結果？

陸小鳳也不禁喝一聲采：「好！好一著彈指神通，果然不愧是華山絕技。」

老家人冷冷道：「你的眼力也果然不差。」

陸小鳳嘆息著道：「崆峒的殺手劍、辛十娘門下的滿天花雨，再加上華山的彈指神通，看來我今天好像已真的非死不可。」

司空摘星忽然笑了笑，道：「別人說你眼力不差，我卻要說你眼力不佳。」

陸小鳳道：「哦？」

司空摘星道：「你只看出了他們三個人的武功來歷，卻忘了這裡還有兩個可怕的人。」
陸小鳳道：「我沒有忘。」
司空摘星道：「你有沒有算上我？」
陸小鳳道：「沒有。」
司空摘星道：「爲什麼？」
陸小鳳道：「因爲我眼中看來，你非但一點也不可怕，而且很可愛。」
司空摘星笑了。
陸小鳳道：「你想不到我居然會說你可愛？」
司空摘星道：「我也想不到你居然看得出這位楚楚姑娘的可怕。」
陸小鳳笑道：「我也看得出她的可愛。」
可愛的人，豈非通常都是可怕的？
——這句話你也許不懂，可是等你真的愛上一個人時，你就會明白我的意思了。
司空摘星道：「有句話你一定還沒有聽說過。」
陸小鳳道：「什麼話？」
司空摘星道：「楚楚動人，奪命追魂。」
陸小鳳轉過頭，看看楚楚，搖著頭嘆道：「我實在不信你有奪命追魂的本事。」
楚楚嫣然一笑，道：「我自己也不信。」
她的笑如春花初放，她的聲音如黃鶯出谷，但她的出手，卻比赤練蛇還毒。

就在她笑得最甜時，她已出手，金光一閃，閃電般刺向陸小鳳的咽喉。

她用的武器，就是她頭髮上的金釵。

陸小鳳已準備出手去挾，他的出手從不落空。

可是這一次他的手剛伸出，就立刻縮了回去，因爲就在這金光一閃間，他已發現金釵上竟帶著無數根毫毛般的芒刺。

他出手一挾，這根金釵雖然必斷，釵上的芒刺，卻必定要刺入他的手。

刺上當然有毒，他的對頭們想用這種法子來對付他的，楚楚已不是第一個。

陸小鳳至今還能活得好好的，並不完全是因爲他的運氣。

他的眼睛快，反應更快，手縮回，人也已滑開，金釵堪堪擦著他的脖子劃過。

楚楚手腕一轉，金釵又劃出。

這根金釵短而輕巧，變招當然極快，霎眼之間，已刺出二十七招，每一招劃出的角度都令人很難閃避，每一招刺的都是要害。

這位楚楚動人的姑娘手中的金釵，實在遠比那黑衣人的利劍更可怕。

只可惜她遇見的對手是陸小鳳。

她的出手快，陸小鳳躲得更快，她刺出二十七招，陸小鳳避開了二十六招，突然一反手，握住了她纖美柔細的手腕。

手腕並沒有斷，陸小鳳一向是個憐香惜玉的人，怎麼能狠得下這個心來？

她的心卻夠狠，腰肢一扭，突然飛起一腳，猛踢陸小鳳的陰囊。

這實在不是一個淑女應該使出的招式，誰也想不到，像她這麼樣一個溫柔可愛的女孩子，會使出這麼樣惡毒的招式來。

陸小鳳卻偏偏想到了，將她的手腕輕輕一擰、一甩，她的腳剛踢出，人已被甩了出去，勉強凌空翻身，跌進了賈樂山的懷抱。

賈樂山皺了皺眉，道：「你受傷了沒有？」

這句話居然問得很溫柔。

楚楚搖搖頭，慢慢的從賈樂山懷抱中滑下來，突然反手，手裡的金釵筆直刺入了賈樂山的胸膛上。

這變化非但陸小鳳想不到，賈樂山自己更連做夢都沒有想到。

這無疑是致命的一擊！

賈樂山畢竟不愧是一代梟雄，居然臨危不亂，居然還能出手，而且一出手就扼住了楚楚的咽喉。

楚楚的臉已嚇得全無血色，喉嚨裡不停的「格格」直響。

賈樂山的手已收緊，獰笑道：「賤人，我要你的……」

一句話還沒有說完，只聽「嗤」的一響，一根三寸三分長的指甲，已點在他腦後「玉枕穴」上。

這也是致命的一擊！

賈樂山手鬆開，狂吼翻身，撲向那白髮蒼蒼的老家人。

可是他剛翻過身，又是一陣急風破空，十三點寒星打在他背脊上，一柄蒼白的劍也閃電般刺過來，刺入了他的腰。

四個人一擊得手，立刻後退，退入了屋角。

劍拔出，鮮血飛濺，賈樂山居然還沒有倒下，一張很好看的臉卻已變得說不出的猙獰可怕，一雙很嫵媚的眼睛也凸了出來，盯著這四個人，嘶聲道：「你……你們這是爲了什麼？」

黑衣人緊握著手裡的劍，手背上青筋暴起，指節也因用力而發白，卻還是在不停的發抖。

老家人和樑上客也在發抖。

他們都已抖得說不出話。

能說話的反而是楚楚，她咬著嘴唇，冷笑道：「你自己應該明白我們這是爲了什麼？」

賈樂山嘆出了最後一口氣，道：「我不明白……」

這四個字的聲音愈說愈弱，說到最後一個字，已變成了嘆惜。

他不明白，死也不明白。

燈光也已漸漸微弱。

屋子裡一點聲音也沒有，甚至連呼吸聲和心跳聲都已停頓。

賈樂山已倒在他自己的血泊中。

他來得很突然，死得更突然。

六

陸小鳳鬆開手，忽然發現自己的手心裡也捏著把冷汗。

第一個開口的還是楚楚——這是不是因爲女人的舌頭天生就比男人輕巧柔軟？

她已轉身面對著陸小鳳：「你一定想不到我們會殺他。」

陸小鳳承認，他相信這種事無論誰都一定會同樣想不到的。

楚楚道：「你也不知道我們爲什麼要殺他？」

陸小鳳遲疑著——不相配的姻緣，總是會造成悲劇的，這一點他並不是不知道，但他卻寧願讓她自己說出來。

楚楚臉上的表情果然顯得既悲哀、又憤怒：「他用暴力佔有了我，強迫我做他的玩物，又捏住了他們三個的把柄，強迫他們做他的奴才，我們早就想殺了他，只可惜一直找不到機會。」

賈樂山無疑是個極可怕的人，沒有十拿九穩的機會，他們當然不敢輕舉妄動。

陸小鳳道：「這次難道是我替你們造成了機會？」

楚楚點點頭，道：「所以我們不但感激你，還準備報答你。」

陸小鳳笑了。

「報答」這兩個字從一個女人嘴裡說出來，通常特別有意義的。

楚楚的態度卻很嚴肅，又道：「我們知道你是去找羅剎牌的，也知道你根本連一點把握都沒有，因爲現在我們的條件還是比你好。」

陸小鳳道：「哦。」

楚楚道：「只要你願意，我們可以全力幫助你。」

陸小鳳道：「怎麼幫法？」

楚楚指著地上裝滿金銀的箱子，道：「像這樣的箱子，我們車上還有十二口，李霞並不知道賈樂山已死了，也沒有見過他的真面目，所以……」

陸小鳳道：「所以我若冒充賈樂山，用這些錢去買李霞的羅刹牌，會不費吹灰之力就可以得到手。」

楚楚嘆了口氣，道：「賈樂山至少有一點沒看錯，你的確是個聰明人。」

陸小鳳道：「但我卻想不通你們爲什麼要這麼做。」

楚楚沉吟著道：「因爲我們不願讓別人知道賈樂山是死在我們手裡。」

陸小鳳道：「你們怕他的弟子來報仇？」

楚楚笑了笑，道：「沒有人會爲他報仇，只不過……」

陸小鳳道：「只不過他是個很有錢的人，留下很多遺產，殺死他的人就沒法子去分他的遺產了。」

楚楚又嘆了口氣，道：「你實在聰明，簡直聰明得要命。」

陸小鳳道：「你們既然沒把握殺了我滅口，又怕這秘密洩露，就只有想法子來收買我。」

楚楚眨了眨眼，道：「這樣的條件，你難道還覺得不滿意？」

陸小鳳笑了笑，道：「只可惜這裡有眼睛的人並不止我一個，有嘴的人也不止我一個。」

楚楚道：「在這屋裡的都是我們自己人，只有司空大俠……」
司空摘星道：「我不是大俠，是大賊。」
楚楚微笑道：「我們知道司空大賊是陸小鳳的朋友，陸小鳳若是肯答應，司空大賊是絕不會出賣他的。」
司空摘星瞪眼道：「我說我自己是大賊，你也說我是大賊？」
楚楚嫣然道：「這就叫恭敬不如從命。」
司空摘星也笑了。
他也是個大男人，一個美麗的女人在男人面前，無論說什麼話，男人通常都會覺得很有趣的。
楚楚顯然對自己的美麗很有自信，用眼角瞟著他，道：「你的意思怎麼樣？」
司空摘星道：「司空大賊並不是陸小鳳的好朋友，隨時都可以出賣陸小鳳，只不過司空大賊一向不願意惹麻煩，尤其不願意惹這種麻煩，所以……」
楚楚道：「所以司空大賊也答應了？」
司空摘星道：「可是司空大賊也有個條件。」
楚楚眼波流動，道：「什麼條件？難道司空大賊要我陪他睡覺？」
這句話說出來，簡直比剛才她踢出那一腳更令人吃驚。
司空摘星大笑，道：「像你這樣的女孩子，若是睡在我旁邊，我睡著了都會嚇醒。」
楚楚道：「那末你要我怎麼樣？」

司空摘星道：「只要羅剎牌到手，就放過那四個女人。」

楚楚道：「你說的是李霞她們？」

司空摘星道：「嗯。」

楚楚眨了眨眼，道：「你為什麼這樣子關心她們？她們陪你睡過覺？」

司空摘星瞪著她，苦笑著搖頭，道：「你看起來雖像個乖女孩子，但為什麼說起話來就像個拉大車的？」

楚楚嫣然道：「因為我每次說話的時候，總是會覺得很刺激、很興奮。」

司空摘星嘆了口氣，道：「我只問你，我的條件你答不答應？」

楚楚道：「我當然答應。」

司空摘星立刻站起來，向陸小鳳揮了揮手，道：「再見。」

陸小鳳叫了起來：「我的衣裳呢？」

司空摘星道：「屋子裡有這麼樣一個女人，你還要衣裳幹什麼？你幾時變得這麼笨的？」

他大笑縱身，最後一句話還沒有說完，人已穿窗而出，霎眼間笑聲已在三十丈外。

屋子裡不知何時已剩下兩個人，陸小鳳躺在床上，楚楚站在床頭。

她看來還是乖得很，又乖又溫柔，不知怎地卻又忽然問出一句令人很吃驚的話：「你想不想要我陪你睡覺？」

陸小鳳道：「想。」

這次他非但連一點都不吃驚，甚至連眼睛都沒有眨一眨。

楚楚笑了，柔聲道：「那麼你就一個人躺在這裡慢慢的想吧。」

她忽然扭轉身，頭也不回的走了出去，走到門口，才揮了揮手，道：「我們明天見。」

「砰」的一聲，門關上。

陸小鳳只有睜大了眼睛看著屋頂，在心裡問自己：「我爲什麼總是遇見這些奇奇怪怪的人？奇奇怪怪的事？……」

他卻不知道怪事還在後頭哩。

六 松花江上

一

他們要去的地方並不在天邊，在松花江上。松花江並不在天邊，在白山黑水間。

「拉哈蘇」就在松花江之南，這三個字的意思就是「老屋」，它的名字雖然充滿了甜蜜和親切，其實卻是個荒僻而寒冷的地方。

每到重陽前後，這裡就開始封江，直到第二年的清明才解凍，封江的時候，足足有七個月——多麼長的七個月。可是這七個月的日子並不難過。

事實上，老屋的人對封江的這七個月，反而充滿了期待，因爲這段時候他們的日子反而過得更多采多姿，更豐富有趣。

「拉哈蘇究竟在哪裡？」

「在松花江上。」

「江上怎麼會有市鎮？」

「嚴格說來，並不是在江上，是在冰上。」

「在冰上？」陸小鳳笑了，他見的怪事雖多，卻還沒有見過冰上的市鎮。

沒有到過拉哈蘇的人，確實很難相信這種事，但「拉哈蘇」卻的確在冰上。

那段江面並不寬，只有二三十丈，封江時冰結十餘尺。

久居老屋的人，對封江的時刻總有種奇妙的預感，彷彿從風中就能嗅得到封江的信息，從水波上就能看得出封江的時刻。

所以他們在封江的前幾天，就把準備好的木架子抛入江中，用繩子牢牢繫住，就好像遠古的移民，在原野上劃出他們自己的疆界一樣。

封江後，這段河面就變成了一條又長又寬的水晶大道，亮得耀人的眼。

這時浮在江面上的木架子，也凍得生了根，再上樑加椽，鋪磚蓋瓦，用沙土和水築成牆，一夜之間，就凍得堅硬如石。

於是一幢幢大大小小，各式各樣的房子，就在江上蓋了起來，在冰上蓋了起來，用不著三五天，這地方就變成個很熱鬧的市鎮，甚至連八匹馬拉的大車，都可以在上面行走。

各行各業的店舖也開張了。

屋子外面雖然滴水成冰，屋子裡卻溫暖如春。

陸小鳳聽來，這簡直就像是神話。

「在那種滴水成冰，連鼻子都會凍掉的地方，屋子裡怎麼會溫暖如春？」

「因爲屋子裡生著火，炕下面也生著火。」

「在冰上生火？」

「不錯。」

「冰呢？」

「冰還是冰，一點也不會化。」

冰一直要到第二年的清明節才會溶解，那時人們早已把「家」搬到岸上去了，剩下的空木架子，和一些用不著的廢物，隨著冰塊滾滾順流而下。

於是這冰上的繁華市鎮，霎眼間就化爲烏有，就好像一場春夢一樣。

二

現在還是封江的時候，事實上，現在正是一年中最冷的時候。

陸小鳳就在這時候到了拉哈蘇。

他當然不是一個人來的，因爲現在他的身分不同，甚至連容貌都已不同。

除了原來那兩撇像眉毛一樣的小鬍子外，他又在下巴上留了一點鬍子，這改變若是在別人臉上，並不能算太大，但是在他臉上就不同了，因爲他本來是個「有四條眉毛的人」，現在他這特徵卻已被多出來的這點鬍子掩蓋了。

這使得他看來幾乎就像是變成了另外一個人——變成了江南的第一鉅富賈樂山。

他的派頭本來就不小，現在他帶著一大批跟班隨從，擁著價值千金的貂裘，坐在帶著暖爐的大車裡，看起來的確就像是個不可一世的百萬富豪。

披著件銀狐風氅的楚楚，就像是個小鴿子般依偎在他身旁。

這女孩子有時瘋瘋癲癲，有時卻乖得要命，有時候看起來隨時都可以陪你上床去，可是你真想動她，卻連她的邊都碰不到。

陸小鳳也不例外，所以這幾天他的心情並不太好。

他是個正常而健康的男人，一天到晚被這麼樣一個女孩子纏著，到了晚上卻總是一個人睜大了眼睛看著屋頂發怔，你說他心情怎麼好得起來？

歲寒三友還在後面遠遠跟著，並沒有干涉他的行動。

他們唯一的目的就是希望陸小鳳替他們找回羅剎牌，陸小鳳變成賈樂山也好，變成真樂山也好，他們完全不聞不問，死人也不管。

從車窗中遠遠看出去，已可看見一條亮得耀眼的白玉水晶大道。

楚楚嘆了口氣，道：「這段路我們總算走完了。」

陸小鳳也嘆了口氣，他雖然知道無論多艱苦漫長的路，都會有走完的時候，可是看到目的地已在望，心裡還是覺得很愉快。

趕車的也提起精神，打馬加鞭，拉車的馬鼻孔裡噴著白霧，濃濃的白沫子沿著嘴角往下流，遠遠看過去，已可以看到那冰上市鎮的幢幢屋影。

然後夜色就已降臨。

在這種極邊苦寒之地，夜色總是來得很快，很突然，剛才還明明未到黃昏，忽然間，夜色就已籠罩大地。

光采已黯淡了的水晶大道，一盞燈光亮起，又是一盞燈光亮起，本已消失在黑暗中的市鎮，忽然間就已變得燈火輝煌。

燈光照在冰上，冰上的燈光反照，看來又像是一幢幢水晶宮殿，矗立在一片琉璃世界上，無論誰第一次看到這種景象，都一定會目眩情迷，心動神馳。

陸小鳳也不例外。

這一路上他不但吃了不少苦，有幾次連小命都差點丟掉。

但是在這一瞬間，他忽然覺得這一切都是值得的，若是時光倒流，讓他回到銀鉤賭坊，重新選擇，他還是會毫不考慮，再來一次。

——艱苦的經驗，豈非總是能使人生更充足、更豐富？

——要得到真正的快樂歡愉，豈非總是要先付出艱苦的代價？

陸小鳳忍不住又輕輕嘆了口氣，道：「這地方假如就在你家的門口，隨時都可以走過去，看來也許就不會有這麼美了。」

楚楚也嘆了口氣，道：「是的。」

三

夜，夜市。

市鎮在冰上，在輝煌的燈火間，屋裡的燈光和冰上的燈光交相輝映，一盞燈變成了兩盞，兩盞燈變成了四盞，如滿天星光閃耀，就算是京城裡最熱鬧的街道也比不上。

街道並不窄，兩旁有各式各樣的店鋪，車馬行人熙來攘往，茶樓酒店裡笑語喧嘩，看看這些人，再看看這一片水晶琉璃世界，陸小鳳幾乎已分不出這究竟是人間？還是天上？

走上這條街，他第一眼看見的是家小小酒舖，因為就在那塊「太白遺風」的木板招牌下，正有個穿著紫緞面小皮襖的大姑娘，在笑瞇瞇看著他。

這位姑娘並不太美，笑得卻很媚，很討人歡喜，一張圓圓的臉上，笑起來時就露出兩個很深的酒窩，一雙不笑時也好像笑瞇瞇的眼睛，一直盯在陸小鳳臉上。

楚楚從鼻子裡冷笑了一聲，道：「看來她好像對你很有意思。」

陸小鳳道：「我根本不認得她！」

楚楚道：「你當然不認得，但我認得。」

陸小鳳道：「哦？」

楚楚道：「她姓唐，叫唐可卿，每個人都覺得她可以親近，你好像也不例外。」

陸小鳳笑道：「你對她好像知道得不少。」

楚楚道：「當然。」

陸小鳳道：「但她卻好像不認得你？」

楚楚眨了眨眼，道：「你猜猜看，我是怎麼會認得她的？」

陸小鳳道：「我猜不出，也懶得猜。」

楚楚道：「賈樂山做事一向很仔細，還沒有來之前就已把她們四個人調查得很清楚，還找人替她們畫了一張像。」

陸小鳳皺眉道：「難道她也是被藍鬍子遺棄的那四個女人其中之一？」

楚楚道：「她本來是老三，也就是藍鬍子的二姨太。」

陸小鳳忍不住想回頭再去看她一眼，卻看見了另外一個女人。

這女人正從對面一家專治跌打損傷的草藥店走進唐可卿的小酒舖，她穿的是套黑衣服，身材很瘦小，臉上總是帶著種冷冷淡淡的表情，好像全世界每個人都欠了她三百兩銀子沒還。

無論怎麼看，她都絕不是那種引人好感的女人，卻偏偏很引人注意，她和唐可卿正是兩種絕不相同的典型，兩個人卻偏偏是朋友，而且是很熟的朋友。

楚楚道：「你是不是對這個女人很有意思？」

陸小鳳苦笑道：「我也不認得她。」

楚楚道：「我也認得她。」

陸小鳳道：「難道她是……」

楚楚道：「她姓冷，叫紅兒，本來是藍鬍子的三姨太。」

陸小鳳嘆了口氣，道：「藍鬍子倒真是個怪人，要了那麼樣一個甜甜蜜蜜的二姨太之後，爲什麼還要娶這麼樣一個冷冷冰冰的人做老三？」

楚楚淡淡道：「冷冷冰冰的人，當然有她的好處，假如有機會，你也不妨去試試。」

陸小鳳忍不住又回頭去看，卻看見兩條大漢扶著個摔了腿的人走到那草藥店門口，大聲道：「冷大夫在哪裡？快請過來。」

原來那位冷紅兒居然還是個專治跌打損傷的郎中，也正是這草藥店的老闆。

陸小鳳笑道：「我倒真看她不出，她居然還有這麼樣一手！」

楚楚冷冷道：「何止一手？她還有好幾手哩！」

陸小鳳閉上了嘴，他終於發現不吃飯的女人在這世上也許還有幾個，但不吃醋的女人卻連一個也沒有。

楚楚卻又笑了，眨著眼笑道：「其實藍鬍子的四個女人中，最好看的一個是大姨太陳靜靜。」

陳靜靜？

陸小鳳聽過這名字。

「……拉哈蘇那裡的人，氣量最狹小，對陌生的外來客總懷有敵意，除了兩個人外，無論誰說的話你最好都不要相信……一個叫老山羊，是我父親昔年的伙伴，一個叫陳靜靜……」

他立刻想起了丁香姨叮嚀他的話，他實在想不到陳靜靜也是藍鬍子的女人。

楚楚用眼角瞟著他，悠然道：「你若想看看她，我倒可以帶你去。」

陸小鳳忍不住問道：「你知道她在哪裡？」

楚楚道：「她是李霞的死黨，一定會留在賭坊裡幫李霞的忙。」

陸小鳳道：「賭坊？什麼賭坊？」

楚楚道：「銀鉤賭坊。」

陸小鳳道：「這裡也有個銀鉤賭坊？」

楚楚點點頭，道：「李霞就是跟我們約好了要在這裡的銀鉤賭坊見面的。」

陸小鳳沒有再問，因為他已看見了一枚發亮的銀鉤在風中搖晃。

門也不寬，銀鈎在燈下閃閃發亮。

四

陸小鳳推開門，從刺骨的寒風中走進了這溫暖如春的屋子，脫下了貂裘，便隨手拋在門後的椅子上，深深的吸了口氣。

空氣裡充滿了男人的煙草味、酒味，女人的脂粉香、刨花油香……

這種空氣並不適於人們作深呼吸，這種味道卻是陸小鳳所熟悉的。

司空摘星的確沒有說錯，他的確是屬於這種地方的人。

他喜歡奢侈，喜歡刺激，喜歡享受，這雖然是他的弱點，他自己卻從不否認。

——每個人都有些弱點的，是不是？

這賭坊的規模，雖然比不上藍鬍子的那個，賭客們也沒有那邊整齊，可是麻雀雖小，五臟俱全，各式各樣的賭，這地方也都有。

陸小鳳並沒有等楚楚來挽他的臂，就挺起胸大步走了進去。

他知道每個人都在注意他，看他的衣著，無論誰都看得出這是位豪客，是個大亨。

大亨們的眼睛通常都是長在頭頂上的，所以陸小鳳的頭也抬得很高，但他卻還是看見了一個人陪著笑向他走了過來。

他並沒有特別注意任何一個人，可是這個人的樣子實在太奇怪，裝束打扮更奇怪，就連陸小鳳都很少看見這樣的怪物。

這人身上穿的是件大紅緞子的寬袍，袍子上面還繡滿了各式各樣的花朵，有些是黃的，有些是藍的，有些是綠的，最妙的是，他頭上還戴著頂很高很高的綠帽子，帽子上居然還繡著六個鮮紅的大字：「天下第一神童。」

陸小鳳笑了。

他當然認得出這個人，這個人當然就是李霞那寶貝弟弟李神童。

看見他笑，李神童也笑了，笑得半癡半呆，半癲半瘋，搖搖晃晃的走過來，居然像女人一樣向陸小鳳請了個安，道：「你好。」

陸小鳳忍住笑，道：「好。」

李神童道：「貴姓？」

陸小鳳道：「賈。」

李神童瞇起眼，上上下下的打量著他，道：「賈兄是從外地來的？」

陸小鳳道：「嗯。」

李神童道：「卻不知賈兄喜歡賭什麼？天九？單雙？骰子？」

他樣子看來雖然半瘋半癲，說起話來倒還相當清醒正常。

陸小鳳還沒有開口，後面已有個人替他回答：「這位賈大爺不是來賭錢的，是來找人的。」

說話的聲音溫柔清脆，是個女人的聲音，卻不是楚楚，是個態度也很溫柔，而且長得很好看的女人，楚楚正在她身後朝陸小鳳擠眼睛。

這女人莫非就是陳靜靜？

陸小鳳聲色不動，道：「你既然知道我是來找人的，當然也知道我找的是誰了？」

陳靜靜點點頭，道：「請隨我來。」

賭場後面還有間小屋子，佈置得居然很精緻，卻看不見人。

陸小鳳在一張鋪著狐皮的大竹椅子上坐了下來，道：「李霞呢？」

陳靜靜道：「她不在。」

陸小鳳沉下了臉，道：「我不遠千里而來找她，她卻不在？」

陳靜靜笑了笑，笑得也很溫柔，柔聲道：「就因她知道賈大爺來了，所以才走的。」

陸小鳳怒道：「這是什麼意思？」

陳靜靜道：「因爲她暫時還不能和賈大爺見面。」

陸小鳳道：「爲什麼？」

陳靜靜道：「她要我轉告賈大爺，只要賈大爺能做到一件事，她不但立刻就來向賈大爺負荆請罪，而且還一定帶著羅刹牌來。」

陸小鳳道：「她說的是什麼事？」

陳靜靜道：「她希望賈大爺先把貨款交給我，等我把錢送到了之後，她就立刻會回來的。」

陸小鳳故意一拍桌子，道：「這算什麼名堂？沒有看到貨，就得交錢！」

陳靜靜還是笑得很溫柔，道：「她還要我轉告賈大爺，這條件賈大爺若是不肯答應，生意就談不成了。」

陸小鳳霍然長身而起，又慢慢的坐下。

陳靜靜微笑道：「以我看，賈大爺還是答應這條件的好，因為她已經將羅剎牌藏到一個極秘密、極安全的地方，除了她之外，絕沒有第二個人知道，她若不肯拿出來，也絕沒有人能找到。」

陸小鳳目光閃動，道：「她生怕我逼她交出羅剎牌，所以我一到這裡，她就躲了起來？」

陳靜靜並不否認。

陸小鳳冷笑道：「難道她就不怕我找到她？」

陳靜靜笑道：「你找不到她的，她不願見人的時候，誰也找不到她。」

她笑得溫柔，眼睛裡卻充滿了自信，看來也是個意志很堅強的女人，而且深信別人絕對找不到李霞藏在哪裡。

陸小鳳凝視著她，冷冷道：「就算我找不到，我也有手段要你替我去找。」

陳靜靜微笑著搖了搖頭，道：「我當然知道賈大爺的手段高明，只可惜我既不知道羅剎牌藏在何處，也不知道李大姐到哪裡去了，否則她又怎麼會把我留在這裡？」

她的態度很平靜，聲音也很平靜，無論誰都看得出她說的不是假話。

陸小鳳嘆了口氣，道：「這麼樣看來，我若想要羅剎牌，就非答應她的條件不可？」

陳靜靜也嘆了口氣，道：「我那位李大姐，實在是位極精明仔細的女人，我們也……」她沒有說下去，也不必再說下去，從這聲嘆息中，已應該可以聽出她們也吃過李霞不少苦。

陸小鳳沉吟著，道：「我付錢之後，她若還不肯交貨呢？」

陳靜靜道：「這一點我沒法子保證，所以賈大爺不妨好好的考慮考慮，我們已替賈大爺準備好了住處。」

陸小鳳霍然站起，冷冷道：「不必，我自己去找。」

陳靜靜道：「賈大爺初到本地，連一個熟人都沒有，怎麼能找到房子？」

陸小鳳大步走出去，仰著頭道：「我雖然沒有熟人，可是我有錢。」

楚楚當然一直都在他身旁，兩個人一走出這銀鈎賭坊，楚楚就笑著拍手，道：「好，好極了。」

陸小鳳道：「什麼事好極了？」

楚楚道：「你那副樣子裝得實在好極了，活脫脫就像是個滿身都是錢的大富翁。」

陸小鳳苦笑道：「其實我也知道賈樂山為人深沉陰刻，絕不會像這種暴發戶的樣子，可是我又偏偏裝不出別的樣子來。」

楚楚道：「這樣子就已經很好，我若不認得賈樂山，我一定也會被唬住的。」

陸小鳳道：「可是陳靜靜看來已經很不簡單，李霞一定更精明厲害，我是不是能唬得住她呢？」

楚楚道：「其實能不能唬住她都沒關係，反正她認的是錢，不是人。」

陸小鳳笑了笑，沒有再說什麼。

他心裡正在想，陳靜靜他已見過了，在這種情況下，他當然不能透露自己的真實身分，更不能說出他是丁香姨的朋友。

老山羊呢？

就在他開始想的時候，一個人被人從酒樓裡踢了出來，「叭噠」一聲，摔在冰上時，又滑出七八尺，恰巧滑到陸小鳳面前。

這人反穿著一件皮襖，頭戴著羊皮帽，帽子上居然還有兩隻山羊角，配著他又乾又瘦又黃又老的臉，和那幾根稀稀落落的山羊鬍子，活脫脫正是一隻老山羊。

陸小鳳看著他，臉上完全沒有表情，甚至連眼睛都沒有眨一眨。

老山羊喘了半天氣，才掙扎著爬起來，喃喃道：「媽那個巴子，就算老爺們沒有銀子喝酒，你們這小王八羔子也用不著踢人呀。」

直等他罵罵咧咧，一拐一瘸的走遠了，陸小鳳才壓低聲音，吩咐楚楚：「叫辛老二去盯住他。」

辛老二就是那輕功暗器都很不錯的人，也正是昔年「花雨」辛十娘的嫡系子弟。

那身佩古劍的黑衣人姓白，是老三，和華山門下那白髮老人是結拜兄弟，只因爲多年前做錯過一件事，被賈樂山抓住了把柄，所以才不得不投在賈樂山門下，受了七八年的委屈，一直都翻不了身。這些話都是他們自己說的，陸小鳳也就這麼樣聽著，他是不是真的相信呢？誰也不知道。

「天長酒樓」其實並沒有樓，卻無疑是這地方規模最大、裝修得最好的一棟房子。現在這房子已經變成陸小鳳的，他只用幾句話就談成了這交易。

「你們一天可以賺多少？」

「生意好的日子，總有個三五兩銀子。」

「我出一千兩銀子，你把這地方讓給我，我走了之後，房子還是你的，你答不答應？」

當然答應，而且答應得很快。

於是掛在門口的招牌立刻就被摘下來，生意也立刻就不做了，半個時辰之後，就連床鋪都已準備好，有錢的人做事豈非總是比較方便？

最方便的是，這裡本來就有酒有菜，而且還有個手藝很好的廚子。

坐在升得很旺的爐火旁，幾杯熱酒喝下肚，陸小鳳幾乎已忘了外面的天氣還是冷得可以把人鼻子都凍掉。

喝到第三壺酒的時候，辛老二才趕回來，雖然冷得全身在發抖，卻只能遠遠的站在門口，不敢靠近爐火，他知道自己現在若是靠近了爐火，整個人說不定會像冰棍一樣融化掉，若是將一雙手泡進熱水裡，拿出來的時候說不定只剩下一副骨架子。

陸小鳳等他喘過一口氣，才問道：「怎麼樣？」

辛老二恨恨道：「那老王八本不該叫老山羊的，他簡直是條老狐狸。」

陸小鳳道：「你吃了他的虧？」

辛老二道：「他早就知道我在盯著他了，故意帶著我在冰河上繞了好幾個圈子，才回過頭來問我是不是你要我去找他的？」

陸小鳳道：「你怎麼說？」

辛老二道：「他既然什麼都知道了，我想不承認也不行。」

陸小鳳道：「現在他人呢？」

辛老二道：「就在外面等著你，他還說，不管你是誰，不管你找他幹什麼，既然你要找他，就應該由你自己去。」

陸小鳳嘆了口氣，苦笑道：「不管他是老王八也好，是老狐狸也好，看來他骨頭倒是滿硬的。」

老山羊挺著胸在前面走著，陸小鳳在後面跟著。

看來他不但骨頭硬，皮也很厚，好像一點也不怕冷。

走出這條街，外面就是一片冰天雪地，銀白色的冰河筆直向前面伸展出去，兩岸上黑黝黝，灰濛濛的，什麼都看不見。

從那千萬點燈光裡走到這寒冷黑暗的世界中來，滋味實在不好受。

陸小鳳本來想沉住氣，看看他葫蘆裡究竟賣的是什麼藥？現在卻忍不住道：「你到底想把我帶到哪裡去？」

老山羊頭也不回，道：「帶回我家去。」

陸小鳳道：「爲什麼要到你家去？」

老山羊道：「因爲你要找我，不是我要找你。」

陸小鳳只有認輸，苦笑道：「你家在哪裡？」

老山羊道：「在大水缸裡。」

陸小鳳道：「大水缸是什麼地方？」

老山羊道：「大水缸就是大水缸。」

五

大水缸的確就是大水缸，而且是個貨真價真的大水缸。

陸小鳳已活了二三十年，卻從來也沒有見過這麼大的水缸。

事實上，假如他沒有到這裡來，就算他再活兩三百年，也看不見這麼大的水缸。

這水缸至少有兩丈多高，看來就像是一棟圓圓的房子，又像是個圓圓的帳篷，但它卻偏偏是個水缸，因爲它既沒有門，也沒有窗戶，上面卻是開口的，還有條繩子從上面垂下來。

老山羊已拉著繩子爬上去了，正在向他招手，道：「你上不上得來？」

陸小鳳道：「我上去幹什麼？我又不是司馬光，我就算想要喝水，也用不著爬到這麼樣一個大水缸裡去。」

他嘴裡雖然在嘰咕，卻還是上去了。

水缸裡沒有水，連一滴水都沒有。

水缸裡只有酒，好大的一個羊皮袋裡，裝滿了你只要喝一小口就保證會嗆出眼淚來的燒刀子。

老山羊喝了一大口，眼睛反而更亮了。

水缸底亂七八糟的堆滿了各式各樣的獸皮，他抱著大酒袋，舒舒服服的坐了下來，才吐出口氣道：「你見過這麼大的水缸沒有？」

陸小鳳道：「沒有。」

老山羊道：「你見過我沒有？」

陸小鳳道：「也沒有。」

老山羊道：「但我卻好像見過你。」

陸小鳳道：「哦？」

老山羊道：「你就是賈樂山賈大爺？」

陸小鳳道：「嗯。」

老山羊忽然笑了，搖著頭，瞇著眼笑道：「你不是。」

陸小鳳道：「我不是賈樂山？」

老山羊道：「絕不是。」

陸小鳳道：「那麼我是誰？」

老山羊道：「不管你是張三也好，是李四也好，我只知道你絕不是賈樂山，因爲我以前見過那老王八羔子一次。」

陸小鳳也笑了。

他本來不想笑的，卻忍不住笑了，他忽然覺得這老頭很有趣。

老山羊上上下下的打量著他，好像也覺得他很有趣，只要見過陸小鳳的人，通常都會覺得他很有趣的。

陸小鳳道：「我想請……」

老山羊忽然打斷了他的話，道：「李霞是個怪人，丁老大更怪，爲了喜歡喝無根水，居然不惜賣地賣房子，花了兩年多的功夫做成這麼樣兩個大水缸，只爲了夏天的時候接雨水喝。」

陸小鳳道：「丁老大就是李霞以前的老公？」

老山羊點點頭，道：「現在李霞雖然不見了，卻絕對沒有離開這地方，我可以保證她一定還躲在鎮上，你若想問我她躲在哪裡，我也不知道。」

陸小鳳道：「你怎麼知道我是來打探這些事的？」

老山羊道：「難道你不是？」

陸小鳳道：「你也已知道我是誰？」

老山羊道：「我不必知道，也不想知道，不管你是誰，都跟我一點關係也沒有。」

他又瞇起了眼，眼睛裡帶著種詭譎的笑意，接著道：「我覺得你這人還不討厭，所以就帶你到這裡來，告訴你這些話，假如你還想打聽什麼別的事，你最好找別人去。」

陸小鳳卻又問道：「你說這樣的水缸本來是有兩個的？」

老山羊道：「嗯。」

陸小鳳道：「還有一個呢？」

老山羊道：「不知道。」

陸小鳳道：「別的事，你什麼都不知道？」

老山羊嘆了口氣，道：「我已經老了，老得幾乎連自己貴姓大名都忘了，鎮上的年輕人很多，年輕的女孩子也很多，無論你打聽什麼消息，都應該問他們去。」

他閉上眼睛，又喝了口酒，就舒舒服服的躺了下去，好像已下定決心，絕不再多看陸小鳳一眼，絕不再跟陸小鳳多說一句話。

陸小鳳又笑了：「你知道我不是賈樂山，知道我認得丁老大的女兒，所以我提起她的名字時，你一點也不意外，你甚至還知道李霞並沒有走，可是你卻口口聲聲的說什麼你都不知道。」

他搖著頭，又笑道：「看來辛老二倒沒有說錯，你的確不該叫老山羊，你實在是條老狐狸。」

老山羊也笑了，忽然向他擠了擠眼睛，道：「你遇上我這條老狐狸倒不要緊，我只希望你莫要再遇上隻狐狸精。」

六

唐可卿開的那家小酒舖，就叫做「不醉無歸小酒家」。

天雖然已黑了很久，夜卻還不深，陸小鳳回去的時候，街上還是燈火輝煌，這不醉無歸小酒家也還沒有打烊。

這酒舖看來並不差，老闆娘長得更不錯，但卻也不知爲了什麼，裡面總是冷冷清清的，看不見一個客人。

所以陸小鳳第一眼看見的，還是這長得並不太美，笑得卻很迷人的大姑娘，她還是站在那塊「太白遺風」的木板招牌下，笑瞇瞇的看著陸小鳳，就好像存心在這裡等他一樣。

她的笑不但是種誘惑，也像是種邀請。

陸小鳳從來也不會拒絕這種邀請的，何況他一向認爲會笑的女孩子，也一定比較會說話，會說話的女孩子，就一定比較容易洩露別人的秘密。

於是他也露出微笑，慢慢的走過去，正不知應該怎麼樣開口搭訕，唐可卿反而先開了口：「聽說你已經把天長酒樓買了下來？」

陸小鳳真的笑了：「這地方消息傳得好快！」

唐可卿道：「這是個小地方，像你這樣的大人物並不常見。」

她笑得實在太甜，實在很像是個狐狸精。

陸小鳳輕輕咳嗽了兩聲，道：「不醉無歸，到這裡喝酒的，難道都非醉不可？」

唐可卿嫣然道：「對，到這裡來喝酒的，不醉都是烏龜。」

陸小鳳道：「若是醉了呢？」

唐可卿道：「醉了就是王八。」

陸小鳳大笑，道：「所以到這裡來喝酒的人，不做烏龜，就得做王八，這就難怪沒有人敢上你的門了。」

唐可卿笑瞇瞇的用眼角瞟著他，道：「可是你已經上了我的門。」

陸小鳳道：「我……」

唐可卿道：「你明明已買下酒樓，卻還要到這裡來喝酒，你既不怕做烏龜，也不怕做王八，你這是爲什麼？」

她笑得更甜，更像是個狐狸精。

陸小鳳忽然發現自己心又動了，忍不住去拉她的手，道：「你猜我是爲了什麼？」

唐可卿眼波流動，道：「難道你爲的是我？」

陸小鳳沒有否認，也不能否認，他已握住了她的手，握得很緊。

她的手美麗而柔軟，但卻是冰冷的。

陸小鳳道：「只要你肯陪我喝酒，你要我醉也好，要我不醉也好，都由得你。」

唐可卿媚笑道：「所以我要你做烏龜也好，做王八也好，你都答應？」

陸小鳳的眼睛也瞇了起來，道：「那只看你答不答應？」

唐可卿紅著臉道：「你總得先放開我的手，讓我去拿酒給你。」

陸小鳳的心已經開始在跳。

他是個很健康的男人，最近他已憋了很久，這次又有個很好的理由原諒自己——我並不是真的這麼好色，只不過爲了要打聽消息，就不能不姑且用一次「美男計」了。

他放下她的手時，心裡已開始在幻想——夜深人靜，兩個人都已有了酒意……

誰知道這時，唐可卿忽然揚起手，一個耳光往他臉上摑了過來。

這一耳光當然並沒有真的摑在他的臉上，陸小鳳還是吃了一驚。

「你這是幹什麼？」

「我這是幹什麼？」唐可卿鐵青著臉，冷笑道：「我正想問你，你這是幹什麼？你把我看成什麼樣的人？你以爲自己有幾個臭錢，就可以隨便欺負女人？告訴你，我這裡只賣酒，不賣別的。」

她愈說愈氣，到後來居然跺腳大罵：「滾，你給我滾出去，下趟若是再敢上我的門，看我不一棍子打斷你兩條狗腿。」

陸小鳳被罵得怔住，心裡卻已明白，這地方爲什麼連鬼都不上門了。

原來這女人看來雖然是蜜糖，其實卻是根辣椒，而且還有種奇怪的毛病，一種專門喜歡虐待男人的毛病，一定要看著男人受罪，她才高興。

所以她總是站在門口，勾引過路的男人，等到男人上了她的鈎時，她就可以把這男人放在手心，像蚊子一樣捏得半死。

這地方受過她折磨、挨過她揍的男人，想必已不少，陸小鳳還算是比較幸運，總算還能完完整整的走出去。

幸好外面沒什麼人，在這種滴水成冰的地方，誰也不會到街上來閒逛的。

陸小鳳走進去的時候，活脫脫的是位好色的大亨，走出來的時候，卻像是個呆子。

「女人……」他在心裡嘆著氣呻吟：「這世界上爲什麼會有這麼多要命的女人？」

他還沒有來得及去想，這世界上若是沒有女人會變成什麼樣子時，就聽見一聲慘叫。

慘叫聲是從對面的草藥店裡傳出的，是男人的聲音。

陸小鳳趕過去時，瘦瘦小小、冷冷淡淡的冷紅兒正把一個大男人按在椅子上，一隻手捏著他的肩上大筋，一隻手擰轉他的臂，冷冷的問道：「你究竟是什麼地方扭了筋？什麼地方錯了骨？你說！」

這男人眦著牙，咧著嘴，道：「我……我沒有。」

冷紅兒道：「那末你來幹什麼？是不是想來捏捏我的筋，鬆鬆我的骨？」

這男人只有點頭，既不能否認，也不敢否認。

冷紅兒冷笑了一聲，忽然一抬手，這個大男人就像是個小皮球一樣被摔出了門，「叭噠」一聲跌在又冷又硬又滑的冰地上。

這次他真的被跌得扭了筋，錯了骨，卻只能回家去找老婆出氣了。

陸小鳳心裡在苦笑，這次他實在分不清究竟是這個男人有毛病？還是這個女人有毛病？

冷紅兒就站在他對面，冷冷的看著他，道：「你是不是也有病想來找我治治？」

陸小鳳勉強笑了笑，回頭就走。

「三十六計，走爲上計。」他忽然發現這地方的女人都惹不得。

誰知道他不惹別人時，別人反而要來惹他。

冷紅兒忽然擋住他的去路，道：「你究竟是來幹什麼的？爲什麼不說話？」

陸小鳳苦笑道：「我爲什麼一定要說話？」

冷紅兒咬著嘴唇，盯著他，道：「其實你不說我也知道，你心裡一定認爲我是個又冷又兇，又有毛病的女人。」

陸小鳳道：「我沒有這麼想。」

這次他是在說謊，他心裡的確是在這麼想的。

冷紅兒還在咬著嘴唇，盯著他，一雙冷冰冰的眼睛裡，忽然有兩滴眼淚珍珠般滾了出來。

她這樣的女人居然也會哭？陸小鳳又吃了一驚：「你這是幹什麼？」

冷紅兒垂下頭，流著淚道：「也沒有什麼，我……我只不過覺得很難受。」

陸小鳳道：「難受？」

——你把別人揍得滿地亂爬，你還難受？挨揍的人怎麼辦？

冷紅兒當然聽不見他心裡想的話，又道：「你是從外地來的，你不知道這裡的男人都是些什麼樣的人，他們看我一個人住在這裡，總是想盡了辦法，要來欺負我、侮辱我。」

她流淚的時候，看來就彷彿變得更嬌小、更柔弱，那種兇狠冷淡的樣子，連一點都沒有了，的確就像是個受盡了委屈的小女孩。

她接著又道：「我若被他們欺負了一次，以後就永遠沒法子做人了，因爲別人非但不會怪他們，反而會說我招蜂引蝶，所以我只好作出那種冷冷冰冰的樣子，可是每當夜深人靜的時候，我又……又……」

她沒有說下去，也不必說下去。

夜深人靜時，獨守空房裡，那種淒淒涼涼、孤孤單單的寂寞滋味，她不說陸小鳳也明白。

他忽然覺得站在他面前的這個嬌小柔弱的女孩子，非但不可怕，而且很可憐。

冷紅兒悄悄的拭著眼淚，彷彿想勉強作出笑臉，道：「其實我們以前並沒有見過面，我本不該在一個陌生人面前說這種話的。」

陸小鳳立刻道：「沒關係，我也有很多心事，有時候我也想找個陌生人說給他聽聽。」

冷紅兒抬起頭，仰視著他，囁嚅著問道：「你能不能說給我聽？」

她臉上的淚痕還沒有乾，站在他面前，她顯得更嬌小柔弱。

陸小鳳就算還想走，也走不成了。

——流著淚的邀請，豈非總是比帶著笑的邀請更令人難以拒絕？

熱氣騰騰的酸菜白肉血腸火鍋，溫得恰到好處的竹葉青。

「這酒還是我以前從外地帶來的，我一直捨不得喝。」

冷紅兒臉上的淚痕已乾了，正在擺桌子，佈酒菜，看來就像是隻忙碌的小麻雀。

「每天晚上，我都要一個人喝一點酒，我的酒量並不好，可是我喝醉了才能睡得著。」

然後她又向陸小鳳坦白承認：「有時候就算喝醉了也一樣睡不著，那種時候我就跑出去，坐在冰河上，等著天亮，有一次我甚至還看見一頭熊，至少我以為牠是一頭熊，牠身上長滿又粗又硬的黑毛。」

她的酒量確實不好，兩杯酒喝下去，臉上就泛起了紅霞。

陸小鳳看著她，心裡在嘆息，這麼樣一個女孩子，居然會一個人坐在冰河上看黑熊，這實在是件很淒慘的事。

恰巧就在他心裡開始為她難受的時候，她的手恰巧正擺在他面前。

於是他就握住了她的手。

她的手嬌小柔軟，而且是火燙的。

屋子裡溫暖如春，桌上的瓶子裡還插著幾枝臘梅，寒風在窗外呼嘯，窗子緊緊關著。

她的心在跳，跳得很快。

陸小鳳還沒有弄清楚是怎麼回事的時候，她已倒在他懷裡，嬌小柔軟的身子，就像是一團火，嘴唇卻是冰涼的，又涼，又香，又軟。

直到很久以後，陸小鳳還是弄不清這件事是怎麼發生的。

「那天究竟發生了什麼事？」後來有人問他。

「嚴格說來，並沒有發生什麼事。」陸小鳳又不能不承認：「那倒並不是因為我很君子，而是因為……」

因為就在事情快要發生的時候，他們忽然聽見了一陣掌聲。

「在這種時候，居然有人為你們鼓掌？」後來聽說這故事的人，總覺得很好笑：「那一定是因爲你們表現得很精采。」

陸小鳳也不能否認，這陣掌聲的確讓他們嚇了一跳，事實上，他們兩個人的確都跳了起來，把桌上的火鍋都撞翻了。

「鼓掌的人是誰？」

「是個大混蛋，穿著紅袍子，戴著綠帽子的大混蛋。」

李神童正站在門口，看著他們嘻嘻的笑：「兩位千萬不要停下來，這麼精采的好戲，我已經有很多年沒看過了，你們只要肯讓我再多看一下子，我明天一定請你們吃糖。」

這些話裡面並沒有髒字，可是陸小鳳這一生中卻從來也沒有聽過這麼令人噁心的話。

他幾乎忍不住要衝過去，狠狠的給這半真半假的瘋子一巴掌，他沒有衝過去，只因爲冷紅兒已先衝了過去，這個嬌小柔弱的女人忽然間又變成了一匹母狼，出手惡毒而兇狠。

陸小鳳知道她會武功，卻沒有想到她的武功居然很不錯，她的出手迅急狠辣，在七十二路小擒拿手中，還帶著分筋錯骨的手法。李神童身上無論什麼地方只要被她一把拿住，保證就立刻可以聽見兩種聲音——骨頭碎裂聲，和殺豬般的慘叫。

但是李神童卻連衣角都沒有讓她碰到。

他的畫也許畫得很差勁，衣服也穿得滑稽，但是他的武功卻一點也不滑稽。

就連陸小鳳都不能不承認，這人的武功無論走到什麼地方去，都已可算是一流高手。

這樣一個人，爲什麼會像個白癡般躲在自己姐姐裙子下面，被人牽住到處跑？爲什麼不自己去闖闖天下？

難道他姐姐的武功比他更厲害？
陸小鳳抬起頭，恰巧看見李神童的手從冷紅兒胸膛上移開。
然後冷紅兒就衝了出去，衝到門外後，門外就響起了她的痛哭聲。
陸小鳳只覺得一陣怒氣上湧，雙拳已緊緊握起，他決心要給這人一個好好的教訓。
李神童居然還是在笑，搖著手笑道：「你可不能過來，我知道我打不過你，我知道你是什麼人。」
陸小鳳沉著臉道：「你知道？」
李神童笑道：「你瞞得過別人，卻瞞不過我，就算你再把鬍子留多些也沒用，我還是知道你是那個有四條眉毛的陸小鳳。」
陸小鳳停下了腳步，怔住。
他到這裡來還不到兩個時辰，只見了五個人，這五個人居然全都讓他大吃一驚，這地方的人好像全不簡單，他若想將羅剎牌帶回去，看來還很不容易。
李神童笑得更愉快，又道：「可是你只管放心，我絕不會揭穿這秘密的，因爲我們本就是一條路上的人，我等你來已等了很久。」
陸小鳳更奇怪：「你知道我會來？」
李神童道：「藍鬍子說過他一定會把你找來的，他說的話我一直很相信。」
陸小鳳總算明白了，他也想起了藍鬍子說的話：「就算你找不到，也有人帶你去找……你一到那裡，就有人會跟你連絡的。」

李神童笑道：「你一定想不到我會出賣我姐姐，替藍鬍子做奸細。」

陸小鳳冷冷道：「但是我也並不太奇怪，像你這種人，還有什麼事做不出的？」

李神童居然嘆了口氣，道：「等你見過我那寶貝姐姐，你就知道我為什麼要做這種事了。」

陸小鳳道：「我要怎麼樣才能見到她？」

李神童道：「只有一個法子。」

陸小鳳道：「什麼法子？」

李神童道：「趕快把你帶來的那些箱子送去。」

陸小鳳道：「你也不知道她躲在哪裡？」

李神童道：「我也不知道。」

他嘆息著，苦笑道：「除了白花花的銀子，和黃澄澄的金子外，她簡直已六親不認。」

陸小鳳盯著他，足足盯了有一盞茶時分，忽然問道：「你想不想挨揍？」

李神童當然不想。

陸小鳳道：「那麼你就趕快把地上這些東西全都吃下去，只要被我發現你還剩下一塊沒有吃，我就要你後悔一輩子。」

火鍋撞翻了，酸菜、白肉、血腸，倒得滿地都是，很快就結成了一層白油。

李神童苦著臉彎下腰時，陸小鳳就慢慢的走了出去，剛走出門，就聽見他的嘔吐聲。

夜已很深了，輝煌的燈火已寥落，輝煌的市鎮也已被寒冷黑暗籠罩。

冷風從冰河上吹過來，遠方彷彿有狼群在呼號，淒涼慘厲的呼聲，聽得人心都冷透。

——冷紅兒跑到哪裡去了？是不是又坐在冰河上，等著黑熊走過？

——在她心目中，這隻黑熊象徵的是什麼？是不是象徵著人類那種最原始的慾望？

陸小鳳覺得很難受，不僅是在爲她難受，也在爲自己難受。

——爲什麼人類總是要被自己的慾望折磨？

天長酒樓裡的燈光從門縫裡照出來，還帶著一陣陣熱呼呼的熱氣。

陸小鳳卻皺起了眉，他知道在裡面等著他的，又是酸菜白肉血腸火鍋，又是一個古怪的女孩子。

在這一瞬間，他恨不得也跑到冰河上去等著看那隻黑熊。

也就在這一瞬間，他忽然看見一條人影從天長酒樓的屋子後面掠出，身形一閃就消失在黑暗中。

這種輕功身法，甚至已不在陸小鳳之下，這種地方誰有這麼高明的輕功？

陸小鳳又皺起了眉，門已開了，一雙帶笑的眼睛在門縫裡看著他，吃吃的笑道：「你總算還記得回來，我還以爲你已死在那個女人的小肚子上了。」

七

熱氣騰騰的火鍋，溫得恰到好處的竹葉青，楚楚笑得很甜：「這酒還是我特地帶來的……」

陸小鳳幾乎又忍不住要逃出去，同樣的酒菜和女人，已經讓他受不了，何況連她們說的話都一模一樣。

下面她在說什麼，他已連一個字都沒有聽見——乏味的酒菜、乏味的談話、乏味的人……

他忽然跳起來，道：「快叫人送去，快！」

楚楚怔了怔，道：「快把什麼東西送去？送到哪裡去？」

陸小鳳道：「快把箱子送到銀鈎賭坊去。」

七八丈寬的屋子，已用木板隔成七八間。

最大的一間房裡，擺著最大的一張床，鋪著最厚的一床被。

陸小鳳就躺在這張床上，蓋著這張被，卻還是冷得要命。

每個人都有情緒低落的時候，他也是人，在這種時候，他就會覺得自己總是會把所有的事都弄得一團糟，只恨不得先打自己三千八百個耳光，罰跪三百八十天，再買塊豆腐來一頭撞死。

外面有人在搬箱子，一面還打著呵欠，打著噴嚏。

三更半夜，把人從被窩裡叫出來搬箱子，這種人生好像也沒有多大意思，這些人爲什麼還不去死？

——爲什麼要去死？

——人活著，不但是種權利，也是種義務，誰都沒有權毀滅別人，也同樣無權毀滅自己。

陸小鳳翻了個身，只想早點睡著，可惜睡眠就像是女人一樣，你愈急著想她快點來，她卻來得愈遲——人生中豈非有很多事都是這樣子的？

忽然間，外面「嘩啦啦」一陣響，接著又是一連串驚呼。

陸小鳳跳起來，套上外衣，連鞋子都來不及穿，就赤著腳竄出去，幾個抬箱子的大漢正站在外面，看著一口箱子發呆。箱子已跌在地上，跌開了，裡面的東西全都倒翻了出來，竟不是黃金，也不是銀子，竟是一塊塊磚頭。

陸小鳳怔住。

今天晚上這已是他第六次怔住，這一次他不但吃驚，而且憤怒，因為他也同樣有種被欺騙了的感覺，這種感覺當然不好受。

楚楚卻完全面不改色，淡淡道：「你們站在這裡發什麼呆？磚頭又摔不疼，快裝好送去。」

陸小鳳冷冷道：「送去？送到哪裡？」

楚楚道：「當然是送到銀鉤賭坊去。」

陸小鳳冷笑道：「你想用磚頭去換人家的羅剎牌？你以為人家都是呆子？」

楚楚道：「就因為那位陳姑娘一點都不呆，所以我才能把箱子就這麼樣送去，她若是識貨的，看了這些箱子一定沒話說。」

陸小鳳道：「別的箱子裡裝的也是磚頭？」

楚楚道：「完全一樣的磚頭，只不過……」

陸小鳳道：「不過怎麼樣？」

楚楚笑了笑，道：「箱子裡裝的雖然是磚頭，箱子卻是用黃金打成的，我們帶著這麼多黃金走這麼遠的路，總不能不特別小心些。」

陸小鳳說不出話了，他忽然發現這裡唯一的呆子好像就是他自己。

剩下的幾口箱子很快就被搬走，陸小鳳還赤著腳站在那裡發怔。

楚楚看著他，嫣然道：「我知道你一直在生我的氣，我知道。」

她知道陸小鳳袍子下面是空的，她走過去，解開他的袍子，把自己的臉貼在他赤裸的胸膛上，用雙手摟住了他的腰，耳語般輕輕說道：「可是今天晚上，我絕不會再讓你生氣了，絕不會。」

陸小鳳垂下頭，看著她頭頂的髮髻，看了很久，忽然道：「是什麼事讓你改變了主意？」

楚楚柔聲道：「我一向只做我高興的事，以前我不高興陪你，現在……」

陸小鳳道：「現在你高興了？」

楚楚道：「嗯。」

陸小鳳笑了，忽然把她抱起來，抱回到她自己的屋裡，用力將她拋在她自己的床上，扭頭就走。

楚楚從床上跳起來，大喊：「你這是什麼意思？」

陸小鳳頭也不回，淡淡道：「也沒有別的意思，只不過告訴你，這種事是要兩個人都高興的時候做的，現在你雖然高興，我卻不高興了。」

這天晚上陸小鳳雖然還是一個人睡，卻睡得很熟，他總算出了一口氣，第二天醒來時，覺得胃口好極了，簡直可以吞下一整條鯨魚。

雖然已快到正午，楚楚卻還躲在屋裡，也不知是在睡覺，還是在生氣。

銀鈎賭坊那邊居然也一直沒有消息。

陸小鳳狼吞虎嚥的吃下了他的早點兼午飯，這頓飯使他看來更容光煥發，精神抖擻，所以他又特地到廚房去，著實對那廚子誇獎了一番。

他心情愉快時，總是希望別人也能同樣愉快。

臨走時他還拍著那廚子的肩，笑道：「你若到內地去開飯館，我保證你一定發財，那些吃慣了煎小魚的土蛋們，若是吃到你的大塊燒羊肉，簡直會高興得爬上牆。」

廚子看著他走出去，目中充滿感激，心裡只希望他今天無論做什麼事，都有好運氣。

陸小鳳也相信自己一定會有好運氣的。

七　松花江下

一

燈籠雖然沒有點著，銀鈎卻還是不停的在風中搖晃。

陸小鳳大步走入銀鈎賭坊，只覺得手裡滿把握著的都是好運氣，幾乎忍不住要停下來擲幾手骰子。

他沒有停下來，他不願把這種好運氣浪費在骰子上。

李神童遠遠的看見他走進來，就趕緊溜了，這個人今天看來好像顯得有點面黃肌瘦，萎靡不振，昨天晚上說不定整夜都在瀉肚子。

陸小鳳微笑著走過去，走到那間門口寫著「賬房重地，閒人免進」的密室外，立刻有兩條大漢迎上來擋住他的路。

一個人指著門上的木牌，沉著臉道：「你認不認得字？」

陸小鳳微笑道：「字我倒也認得幾個，但我卻不是鹹人，我很甜，甜得要命。」

這人怔了怔，還沒有會過意來，陸小鳳已從他面前走過去，他想伸手，忽然覺得腰眼上一麻，整個人都軟了，連手指都抬不起。

陳靜靜果然在房裡，李神童也在，看見陸小鳳，兩個人都勉強作出笑臉。

陸小鳳也笑了笑，道：「早。」

陳靜靜嫣然道：「現在已不早了。」

陸小鳳道：「你既然知道現在已不早了，爲什麼還不給我消息？」

陳靜靜輕輕咳嗽了兩聲，道：「我們正想去請賈大爺今天晚上過來吃便飯。」

陸小鳳道：「我一向不吃便飯，我只吃整桌的酒席。」

陳靜靜勉強笑道：「當然是整桌的酒席，到時候李大姐也一定會來的。」

陸小鳳道：「我現在既然已來了，現在就要吃。」

陳靜靜道：「那怎麼辦呢？」

陸小鳳道：「辦法很簡單，你只要去告訴你那李大姐，說我已來了，假如她還不出來見我，我就先割掉她弟弟兩隻耳朵，一隻鼻子。」

李神童臉色又變了，陳靜靜笑得更勉強，道：「只可惜我們也不知道她在哪裡，叫我們怎麼去告訴她？」

陸小鳳道：「你們不知道她在哪裡，我倒知道一點。」

陳靜靜道：「哦？」

陸小鳳道：「這裡本來有兩個大水缸的，現在外面卻已只剩下一個，還有一個到哪裡去了？」

陳靜靜的臉色好像也有點改變。

陸小鳳道：「水缸在哪裡，李霞就在哪裡。」

陳靜靜道：「這是什麼意思？我不懂。」

陸小鳳道：「你應該懂的，除了瘋子外，誰也不會賣了房子來做這麼樣兩個大水缸，只為了要接雨水喝。」

陳靜靜同意這一點，她不能不同意。

陸小鳳道：「丁老大並不是瘋子，他這麼做當然另有目的。」

陳靜靜道：「你說他有什麼目的？」

陸小鳳道：「他跟李霞本是私奔到這裡來的，生怕別人追來，就做了兩個這麼樣的水缸，準備必要時好藏在水缸裡。」

陳靜靜道：「水缸裡能藏得住人？」

陸小鳳道：「平時當然藏不住，可是你假如把水缸藏在冰河裡，就是再好也沒有的藏身之處了，誰也想不到冰河下面還有人的。」

陳靜靜還想笑，卻已笑不出來，李神童卻忍不住問道：「你知道那水缸在哪裡？」

陸小鳳點點頭，用腳踩了踩地上鋪著的木板，道：「就在這裡。」

陳靜靜看著李神童，李神童看著陳靜靜，兩個人還沒有開口，木板下卻已有人開口了。

一個低沉沙啞的女子聲音冷冷道：「你既然知道我在下面，為什麼還不下來？」

二

兩丈多高的水缸，居然還隔成了兩層，下面一層鋪滿了柔軟的皮毛，正是個極舒服的床鋪，從一道小小的梯子走到上面一層，就是飲食起居的地方了，裡面居然有桌椅，四面都掛著厚厚的毛氈，還有個極精緻的黃銅火爐。

陸小鳳嘆了口氣，心裡在幻想著，假如能和一個自己喜歡的女孩子到這裡來住幾天，那種日子一定過得像是在做夢。

一個長得還不算太難看的中年婦人，正坐在對面盯著他。

這女人頭髮梳得很亮、很整齊，一張四四方方的臉，顴骨很高，嘴唇很厚，毛孔很粗，表情很嚴肅，實在連一點好看的地方都沒有。

別人會覺得她並不難看，也許只因爲她的眼睛，她在盯住別人的時候，眼睛裡就彷彿有一層淡淡的雨霧，你若沒有看見過她，絕對想不到這麼一雙眼睛，會長在這麼一個人臉上。

「我就是李霞。」她盯著陸小鳳：「你當然就是賈樂山。」

陸小鳳點點頭。

李霞道：「你知不知道別人都說你是條老狐狸？」

陸小鳳道：「我本來就是的。」

李霞道：「可是你看來並不老。」

陸小鳳道：「因爲我知道有個法子可以使男人保持年輕。」

李霞道：「什麼法子？」

陸小鳳道：「女人。」

李霞眼睛裡彷彿也有了笑意，道：「這法子聽來好像很不錯。」

陸小鳳也在盯著她，微笑道：「你看來也不老。」

李霞道：「哦？」

陸小鳳道：「你是用什麼法子保持年輕的？」

李霞沉下臉，冷笑道：「你以爲我用的是男人？」

陸小鳳淡淡道：「只要你不用我，隨便你用什麼都不關我的事。」

李霞又開始盯著他，眼睛露出種很奇怪的表情，忽然大聲吩咐：「來人，擺酒。」

陸小鳳道：「我不是來喝酒的。」

李霞道：「但是你非喝不可。」

陸小鳳道：「爲什麼？」

李霞道：「因爲我要你喝，你要的東西，也正巧在我手裡。」

陸小鳳心裡在嘆息，鼻子裡已嗅到一陣香氣，又是酸菜白肉血腸火鍋的香氣。

熱氣騰馳的火鍋，溫得恰到好處的竹葉青。

李霞還沒有開口，陸小鳳已搶著道：「這酒當然是你從外地帶來的，而且一直都捨不得喝。」

他以爲李霞一定會覺得很奇怪，他怎麼能說出她心裡的話。誰知李霞卻搖搖頭，道：「你錯了，這酒是你那女人送來的，我所以沒有喝，只因爲我怕酒裡有毒。」

陸小鳳只有苦笑，每個人都有錯的時候，他苦笑著道：「所以你要我先試試？」

李霞並不否認，陸小鳳已舉杯一飲而盡。

他天生就有種奇怪的本能，他的感覺遠比大多數人都敏銳，酒裡若有毒，只要酒一沾唇他就能感覺到，否則他只怕早就被毒死了幾百次。

李霞用眼角瞟著他，忽又問道：「聽說你那女人長得很不錯，她叫什麼名字？」

陸小鳳道：「楚楚。」

李霞冷冷道：「你有了那麼好看的女人，還要在外面東勾西搭，連別人的老婆都不肯放過？」

陸小鳳笑了笑，道：「紅兒和小唐好像已不是別人的老婆，我喜歡女人。」

李霞忽然也笑了笑，道：「現在我再也不是別人的老婆，我也是女人。」

陸小鳳淡淡道：「只可惜我眼中看來，你只不過是個跟我做買賣的生意人而已。」

李霞道：「現在我們的買賣豈非已做完了？」

陸小鳳道：「好像還沒有，我雖然已付了錢，你卻還沒有交貨。」

李霞道：「你放心，你要的東西，明天一早我就會交給你。」

陸小鳳道：「爲什麼要等到明日早上？」

李霞也倒了杯酒，慢慢的喝下去，眼睛裡又露出那種奇怪的表情，緩緩道：「我們都是大人了，用不著再像兩個孩子一樣玩把戲。」

陸小鳳道：「我也不想玩把戲。」

李霞盯著他，道：「這裡的男人，都是又臭又髒的土驢，幾個月也不洗一次澡，我看見就嘔心，可是你……你……」

陸小鳳道：「我怎麼樣？」

李霞道：「你不但長得比我想像中年輕得多，你的身體看來還這麼結實，這麼棒。」

她眼睛裡的雨霧更濃，呼吸也忽然變得急促，道：「我想要的是什麼，你難道還不明白？」

陸小鳳道：「我一點也不明白。」

李霞咬了咬嘴，道：「我也是個女人，女人都是少不了男人的，可是我……我卻已有好幾個月沒有男人了，我……」

她的呼吸更急促，忽然倒過來，用手握住了陸小鳳的手。

她握得實在太用力，連指甲都刺入陸小鳳肉裡。

她的臉上已有汗珠，鼻翼擴張，不停的喘息，瞳孔也漸漸擴散，散發出一種水汪汪的溫暖……

陸小鳳沒有動。

他看見過這種表情，那只有在某種特別興奮的時候，一個女人臉上才會露出這種表情，但現在她卻只不過握住了他的手而已。

在這一瞬間，他忽然明白她爲什麼跟丁老大私奔，爲什麼會嫁給藍鬍子。

她無疑是個性慾極旺盛的女人，又正在女人性慾最旺盛的年紀。

她長得雖不美，可是這種女人卻通常都有種奇異而邪惡的吸引力，尤其是那厚而多肉的嘴唇，總能讓男人聯想起某種原始的罪惡。

陸小鳳沒有動。

但是連他自己也不能否認，他的心又開始動了。

他的喉結在上下滾動，嘴忽然發乾，他想走，李霞卻已倒在他身上，壓在他身上，像章魚般緊緊纏住了他。

就連陸小鳳都沒有遇見過需要得這麼強烈的女人，他幾乎已透不過氣來，她的手忽然已伸入，用力握住了他……

忽然間，「砰」的一聲響，上面的木板被掀開，一個人在嘶聲呼喊：「讓我進去，我要進去，誰敢攔住我，我就殺了誰。」

陸小鳳一驚，李霞坐起，還在不停的喘息。一個女人從上面跳下來，圓圓的臉已因憤怒而扭曲，笑眯眯的眼睛卻瞪得很圓，在這一瞬間，陸小鳳幾乎已認不出她就是那站在「太白遺風」木板招牌下，想勾引男人上她砧板宰割的唐可卿。

「是你……」李霞跳了起來，怒道：「你到這裡來幹什麼，快滾出去！」

唐可卿狠狠的瞪著她，冷笑道：「我偏不管，這地方我爲什麼不能來？你不許我碰男人，自己爲什麼要在這裡偷漢子？」

李霞更憤怒，厲聲道：「你管不著，無論我幹什麼你都管不著。」

唐可卿也叫起來：「誰說我管不著？你是我的，我不許男人碰你。」

李霞忽然衝過去，一掌重重的摑在唐可卿臉上，她臉上立刻多出幾條紫痕，忽然也撲上來，纏住了李霞，就像李霞剛才纏住陸小鳳一樣。

「我要你，你打死我，我也要你。」李霞的拳頭雨點般打在她身上，她卻還是死纏住不放：「我也跟男人一樣好，你知道的，你爲什麼……」

陸小鳳不想再聽下去，更不想再看下去，這件事只讓他覺得又可悲，又可笑，又嘔心。

他已悄悄溜走，他心裡已明白，唐可卿爲什麼要憎恨男人，折磨男人了。

想到他自己居然還曾經拉過她的手，他簡直忍不住要吐。

三

夜色忽然已降臨。

陸小鳳甚至不知道天是什麼時候開始黑的，也沒有回到天長酒樓去，只是在街上的酒店裡，買了一大罈酒，一個人坐在這裡來喝。

他心裡充滿了悲哀和沮喪，情緒甚至比昨夜更低落，因爲他雖然知道人生中本就有黑暗醜陋的一面，但是他一向不願看到。

這裡是個沒有人住的小木屋，是在江岸旁，木屋裡的人，想必已遷到那冰河上的市鎮去了，木屋的門都幾乎已被冰雪堵塞。

冷風從窗縫中吹進來，從木板的空隙吹進來，冷如刀鋒。

可是他不在乎。

他只希望李霞真的能遵守諾言，明天一早就把羅剎牌交給他，他拿了就走。

剛來的時候，他也曾覺得這地方是輝煌而美麗的，到處都充滿了新奇的刺激。

現在他卻只想趕快走，愈快愈好。

破舊的木板桌上，還擺著盞油燈，燈中彷彿還剩著點油。

可是他並不想點燈，甚至連自己都不知道，這兩天他為什麼會變得如此消沉，他甚至又想去找孤松拚一拚。

奇怪的是，一到了這裡，歲寒三友就好像忽然從地面上消失了。

遠遠望過去，冰上的市鎮仍然燈火輝煌，這裡的天黑得早，現在時候想必還不太晚，距離明天早上，時候還很長。

這漫漫的長夜要如何打發？

陸小鳳捧起酒罈，又放下，他忽然聽見外面的冰雪上，傳來一陣很輕的腳步聲。

此時此刻，還有誰會到這種地方來？

忽然間，窗子被撞開，一個人跳進來──門已被封死，陸小鳳也是從窗子裡跳進來的。

雪光反映，依稀可以分辨出，這人身上披著件又長又大的風氅，手裡還捧著一大包東西，「砰」的放在桌上，用冷得直發抖的手，從包袱裡拿出個火摺子，點著了桌上的油燈。

然後她才回過頭，面對著陸小鳳，微笑道：「我果然沒有猜錯，你果然在這裡。」

她的臉凍得發白，鼻子凍得紅紅的，笑容卻如春花般溫柔美麗，竟是陳靜靜。

陸小鳳並沒有吃驚，卻忍不住要問：「你怎麼會猜到我在這裡？」

陳靜靜嫣然道：「我看見你捧著一大罈酒往這邊走，附近又只有這麼一個可以避風的地方，我雖然不聰明，卻也不太笨。」

陸小鳳道：「你是特地來找我的？」

陳靜靜道：「嗯。」

陸小鳳道：「找我幹什麼？」

陳靜靜指著桌上的包袱，道：「替你送下酒的菜來。」

她微笑著打開包袱，又道：「你總是我們的客人，我總不能讓你餓著肚子的。」

陸小鳳冷冷的看著她，道：「你不該來的。」

陳靜靜道：「爲什麼不該來？」

陸小鳳道：「因爲我是個色鬼，你難道不怕我……」

陳靜靜沒有讓他說下去，微笑道：「假如我怕，我爲什麼要來？」

這句話如果是丁香姨說出來的，一定會充滿了挑逗性，如果是楚楚說出來，就會變得像是在挑戰。

但是她的態度卻很平靜，因爲她只不過是在敘說一件事而已。

——我知道你是個君子，所以我來了，我也知道你一定會像個君子般對我的。

這件事豈非本來就應該像是「二加二等於四」那麼樣簡單明顯？

在正常情況下，一個女人用這種態度來對付男人，的確可以算是最聰明的法子，只可惜陸小鳳現在的情況並不正常。

現在他不但情緒沮喪到極點，不但氣楚楚，氣李霞，氣唐可卿，更氣自己，只覺得自己這兩天做的每件事都該打三百大板，事實上，這幾天他全身上下都好像不對勁。

陳靜靜又道：「我特地替你帶了風雞和臘肉來，你總該吃一點。」

陸小鳳盯著她，緩緩道：「我只想吃一樣東西。」

陳靜靜道：「你想吃什麼？」

陸小鳳道：「吃你。」

沒有反抗，沒有逃避，甚至連推拒都沒有，這件事無論怎麼樣發展，她都好像已準備接受了。

她的反應雖不太熱情，卻很正常——一個女人在正常的情況下，接受了她的男人，事情好像本來就應該是這麼樣簡單而自然的。

現在他們的激動已平息，她慢慢的站起來整理好自己，忽又回過頭向陸小鳳笑了笑，柔聲道：「現在你想吃什麼？」

陸小鳳也笑了：「現在我什麼都想吃，就算你帶了一整條牛來，我也可以吞下去。」

兩個人微笑著互相凝視，一件本來應該令人悔恨憎惡的事，忽然變得充滿了歡愉。

陸小鳳看著她，除了這種和平安詳的歡愉外，心裡還充滿感激！

所有不對勁的事，都已像是陽光下的冰雪般溶化消失了，他忽然覺得全身上下都很對勁——一個女人在男人身上造成的變化，往往就像是奇蹟。

陳靜靜眼睛裡閃動著那種光芒，也是快樂而奇妙的：「現在我總算明白了一件事。」

陸小鳳道：「什麼事？」

陳靜靜道：「無論多好的菜，裡面假如沒有放鹽，都一定會變得很難吃。」

陸小鳳微笑道：「一定難吃得要命。」

陳靜靜道：「男人也一樣。」

陸小鳳不懂：「男人怎麼也一樣？」

陳靜靜嫣然道：「無論多好的男人，假如沒有女人，也一定會變壞的，而且壞得要命。」

她臉上還帶著那種令人心跳的紅暈，笑容看來就彷彿初夏的晚霞。

陸小鳳的心又在跳，又想去拉她的手。

這一次陳靜靜卻輕輕的躲開了，忽然正色道：「我本來是想來告訴你一件事的。」

陸小鳳道：「你剛才爲什麼不說？」

陳靜靜道：「因爲我看得出你情緒不太好，我不敢說。」

陸小鳳道：「現在你是不是已經可以說了？」

陳靜靜慢慢的點了點頭，她當然也看得出他的情緒現在已經很穩定：「我只希望你聽了這件事之後，不要太著急。」

陸小鳳道：「我不會著急，你快說。」

他嘴裡雖然說不著急，其實心裡已經在著急。

陳靜靜終於嘆息道：「小唐死了，是死在李霞手裡的。」

陸小鳳皺眉道：「李霞殺了她？爲什麼？」

陳靜靜道：「不知道？」

陸小鳳道：「你沒有問她？」

陳靜靜道：「我沒有問，因爲李霞已不見了，這次是真的不見了，我們找了很久，連影子都沒有找到。」

她的話還沒有說完，陸小鳳已跳起來！

陳靜靜道：「我就知道你聽了這件事，一定會跳起來，因爲除了她自己外，誰也不知道她把羅刹牌藏在哪裡。」

陸小鳳又跳起來，跳得更高。

陳靜靜道：「那十二口箱子，也是她自己派人送走的，別人也不知道送到什麼地方去了。」

陸小鳳大叫道：「這種事你爲什麼等到現在才告訴我？」

陳靜靜苦笑道：「我現在才告訴你，你已經跳得有八丈高，假如剛才告訴你，你不一拳打扁我的鼻子才怪。」

陸小鳳坐下來，既不再跳，也不再叫。

陳靜靜道：「就是因爲我，你才肯把箱子先交給她的。」

陸小鳳道：「嗯。」

陳靜靜道：「現在你的箱子沒有了，她的人也不見了，你說我該怎麼辦呢？」

陸小鳳冷冷道：「你已經想出個很好的法子，堵住了我的嘴。」

陳靜靜垂下頭，看著自己的腳尖，輕輕道：「你若認爲我這麼樣對你，只不過是爲了要堵住你的嘴，你就錯了，假如我怕你找我算賬，我也一樣可以逃走。」她的眼圈發紅，淚已將落。

陸小鳳心又軟了，忽然站起來，道：「你放心，她走不了的。」

陳靜靜道：「你有把握能找到她？」

陸小鳳道：「我上次既然能找到她，這次就一樣能找到。」

他嘴裡雖然這麼樣說，其實心裡連一點把握都沒有。

四

他只不過是在安慰她。

——假如你跟一個女人有了某種不尋常的關係，就算她做錯了事，你也只有原諒她，還得想法子安慰她，就算她對不起你，你也只有認了。

——假如你始終跟一個女人保持著某種距離，她也不會著急的，著急的也是你。

「男人爲什麼總有這麼多苦惱？」陸小鳳在心裡嘆息著：「我爲什麼不能學學老實和尙，也剃光了頭去做和尙？」

「她殺了唐可卿之後，心裡也難免有點害怕，所以才會逃走。」

「嗯。」

「你當時也在銀鈎賭坊，你有看見她是往什麼方向走的？」

「我沒有。」陳靜靜道：「我聽到唐可卿的慘呼聲，趕到下面去時，她已經不見了。」

「別的人也沒有看見她？」

陳靜靜搖搖頭，道：「這地方只要天一黑，大家就全都躲到屋裡去了，何況今天晚上又特別冷，那時候又剛好是吃飯的時候。」

陸小鳳沉吟著，道：「但我卻知道一個人，不管天氣多冷，他還是會在外面瞎逛的。」

陳靜靜道：「你說的是誰？」

陸小鳳道：「老山羊。」

陳靜靜道：「就是住在大水缸裡的那個老怪物？」

陸小鳳點點頭，道：「你也看見過那個大水缸？」

陳靜靜道：「剛才我來的時候，還看見那邊有火光，就好像房子著了火。」

陸小鳳皺眉道：「但是那邊並沒有別的房子，那水缸又燒不著。」

陳靜靜道：「所以我也想不通那是怎麼回事。」

陸小鳳道：「所以我們現在就應該趕緊去看看。」

天氣實在很冷，風吹在身上，隔著皮襖都能刺到你骨頭裡去。

他們還沒有看見那大水缸，就嗅到了風中傳來一陣陣烈酒的香氣。

陸小鳳的鼻子已經快凍僵了，還是嗅到了這陣酒香，立刻皺起了眉，道：「不好。」

陳靜靜道：「什麼事不好？」

陸小鳳道：「不管什麼樣的酒，若是已裝到肚子裡，香氣都不會傳得這麼遠的。」

陳靜靜道：「假如把酒點著了燒起來，香氣是不是就會傳得很遠？」

陸小鳳點點頭，道：「但是老山羊卻絕不會把酒點著的，他的酒通常都是裝進了肚子。」

陳靜靜也皺了皺眉，道：「難道你認爲有人要用酒點火來燒他的水缸？」

陸小鳳道：「就算水缸燒不著，卻可以把他的人燒死。」

陳靜靜道：「誰想燒死他？爲什麼要燒死他？」

陸小鳳道：「因爲他知道的秘密太多了。」

一個人肚子裡的秘密若是裝得太多，就像是乾柴上又澆了油一樣，總是容易引火上身的。

現在火已滅了。

他們趕到大水缸的時候，只看見水缸已被燻得發黑，四面都堆著很高的木柴，木柴也已被燒焦。

風中還留著酒香，這麼高的柴堆，再澆上酒，火勢一定不小，別說水缸裡只有一個老山羊，就算有七八十條大水牛，也一定全都被烤熟。

陳靜靜道：「酒香既然還沒有散，火頭一定也剛滅了沒多久。」

陸小鳳道：「我進去看看，你在外面等著。」

他躍身一縱而上，忽然又跳下來。

陳靜靜道：「你爲什麼不進去？」

陸小鳳道：「我進不去。」

陳靜靜道：「爲什麼？」

陸小鳳道：「因爲裡面結滿了冰。」

陳靜靜道：「這地方就算熱水一拿出來，也立刻就會結冰，誰也沒法子在這麼大的缸裡倒滿一缸水，裡面又怎麼會結滿了冰？」

陸小鳳道：「天知道……」

一句話還沒有說完，突聽「啵」的一響，水缸裂開了一條大縫。

接著又是「啵」的一響，又是一條縫裂開來，這加工精製的特大水缸，轉眼間就已四分五裂，比桌面還大的碎片，一片片落下，跌得粉碎！

水缸碎了，裡面的冰卻沒有碎，在淡淡的星光下看來，就像是一座冰山般矗立著，透明的冰山裡彷彿還有圖畫。

陸小鳳道：「你好像帶著火摺子？」

陳靜靜道：「嗯。」

她把火摺子交給了他，他拾起一段枯枝，點著，火光亮起，他們兩個人的心都沉了下去，陳靜靜幾乎連站都站不住了。

就連陸小鳳這一生中，都從未見過這麼詭異可怕的事。

閃耀的火光下，透明的冰山看來又像是一大塊白玉水晶，光采流動不息，說不出的奇幻瑰麗。

在這流動不息的奇麗光采中，卻有兩個人一動也不動的凌空懸立著。兩個赤裸裸的人，一個人的頭在上，一個人的腳在上，一個人乾癟枯瘦，正是老山羊，另一個人的乳房碩大，大腿豐滿，赫然竟是李霞，兩個人四隻眼睛都已凸出來，一上一下，瞪著陳靜靜和陸小鳳。

陳靜靜終於驚呼出聲，人也暈過去了，等她醒來時，她已回到銀鉤賭坊，回到了她自己的臥室裡。

屋子裡佈置得清雅而別緻，每一樣東西看來都是精心挑選的，正好擺在最恰當的地方，只有鋪在椅子上那張又大又厚的熊皮，看來比較刺眼，可是等你坐上去之後，你就不會再多加挑剔了。

陸小鳳此刻就坐在上面，他從來沒有坐過這麼溫暖舒服的椅子，這張又大又厚的熊皮，溫暖得就像是夏日陽光下的海浪一樣。

陳靜靜已醒了很久，他卻好像快睡著了，一直都沒有抬頭。

爐火燒得正旺，燈也點得很亮，剛才發生的那件事，已遠得如同童年的噩夢。陳靜靜輕輕嘆了口氣，苦笑道：「幸虧我暈過去了，若是再多看他們兩個人一眼，說不定會被嚇死的。」

陸小鳳沒有開口，也沒有反應。

陳靜靜看著他，又道：「你在想心事？想什麼？」

陸小鳳終於緩緩道：「缸裡沒有水，就不會結滿冰，既然誰也沒法子把水倒進去，那一滿缸水是哪裡來的？」

陳靜靜道：「現在你已想通了？」

陸小鳳並沒有直接回答這句話，又問道：「昨天我去的時候，那邊河床上還堆著很多積雪，今天卻已看不見，這些積雪到哪裡去了？」

陳靜靜眼珠子轉了轉，道：「是不是到水缸裡去了？」

陸小鳳點點頭，道：「你若在水缸外面生起火，缸裡的積雪是不是就會溶成水？」

陳靜靜眼睛裡發出了光，道：「外面的火一滅，缸裡的水就很快又會結成冰。」

陸小鳳道：「水還沒有結冰的時候，李霞和老山羊就已經被人拋進去了。」

陳靜靜咬著嘴唇，道：「她殺了小唐之後，就去找老山羊，因為他們本就是老朋友，而且……」

——而且老山羊年紀雖大，身體卻很強壯，李霞又正在需要男人的時候。

這些話她並沒有說出來，也不忍說出來，但是她卻也知道陸小鳳必定能了解。

陸小鳳果然嘆了口氣，道：「也許他們就是在那時候被人殺了的。」

陳靜靜道：「是誰殺了他們的？為的是什麼？」

陸小鳳道：「我想不出這個人是誰，但我卻知道他為的一定也是羅剎牌。」

陳靜靜道：「可是他殺了李霞，羅剎牌也未必能到他的手。」

陸小鳳苦笑道：「就算他自己到不了手，也不願讓我到手。」

陳靜靜也嘆了口氣，道：「我還是想不通，他殺了李霞後，為什麼還要費那麼多事，把積雪溶成水，再把李霞凍在冰裡？」

陸小鳳道：「也許他本想要脅李霞，要她在水還沒有結冰之前，把羅刹牌交出來。」

陳靜靜道：「可是李霞並不笨，當然知道自己就算交出了羅刹牌，也還是死路一條，所以……」

陸小鳳道：「所以現在羅刹牌一定還藏在原來的地方。」

陳靜靜嘆道：「只可惜李霞已經死了，這秘密又沒有別人知道。」

陸小鳳站起來，面對爐火，沉默了很久，才緩緩道：「我有個朋友，曾經告訴過我，這地方只有兩個人可靠，一個是老山羊，另外一個就是你。」

陳靜靜顯得很驚訝，道：「你這朋友是誰？他認得我？」

陸小鳳道：「她也是你的朋友，而且還是跟你從小在一起長大的。」

陳靜靜吃驚得張大眼睛，道：「你說的是丁香姨，你怎麼認得她的？」

陸小鳳苦笑道：「我只希望你知道她是我的朋友，別的事你最好不要問得太多。」

陳靜靜凝視著他，終於慢慢的點了點頭，道：「我明白你的意思，我也希望你知道，她的朋友就是我的朋友。」

陸小鳳道：「所以你絕不會欺騙我？」

陳靜靜道：「絕不會。」

陸小鳳道：「假如你知道羅刹牌藏在哪裡，就一定會告訴我？」

陳靜靜道：「可是我真的不知道。」

陸小鳳又長長嘆了口氣，道：「所以李霞本不該死的，更不該死得這麼慘，我總認爲只有瘋子才能想出這種法子來殺人，這地方卻只有半個瘋子。」

陳靜靜道：「誰？」

陸小鳳道：「李神童。」

陳靜靜更吃驚，道：「你認爲他對自己嫡親的姐姐也能下得了毒手？」

陸小鳳還沒有回答，外面忽然有人闖了進來，拍著手笑道：「她總算答應嫁給我了，我總算有了個老婆，你們快來喝我的喜酒。」

這個人當然就是李神童。

他身上還是穿著那件大紅袍，頭上還是戴著那頂大綠帽，臉上居然還抹了層胭脂，看起來比以前更瘋，卻不知道是真瘋？還是假瘋？

陳靜靜忍不住問道：「是誰答應嫁給你了？」

李神童道：「當然是我的新娘子。」

陳靜靜道：「你的新娘子在哪裡？」

李神童道：「當然在洞房裡。」

「今天我洞房裡，大家喜洋洋，新娘真漂亮，我真愛新娘……」

他瘋瘋癲癲的拍手高歌著，又衝了出去。

陳靜靜忍不住問陸小鳳：「你想不想去看看他的新娘？」

陸小鳳道：「想。」

李神童自己當然也有間臥房，房裡居然真的燃起了一對紅燭，床上居然真的有個身上穿著紅裙，臉上還蒙著紅巾的新娘子。

她斜倚在床頭，李神童就站在她身旁，不停的笑，不停的唱，唱得真難聽。

陳靜靜皺眉道：「我們不是來聽你唱歌的，你能不能閉上嘴？」

李神童嘻嘻的直笑，道：「可是我的新娘子真是漂亮，你想不想看看她？」

陳靜靜道：「想。」

李神童立刻伸手去掀那塊紅巾，忽又縮回手，喃喃道：「我總得先問問她，看她是不是肯見你們。」

他果然俯下身，附在新娘子的耳邊，咕咕嘀嘀說了幾句話。

新娘子好像根本沒有開口，甚至連一點反應都沒有，李神童卻又跳起來，笑道：「她答應了，還要你們敬她一杯酒。」於是他又伸出手，這一次總算真的把新娘子臉上的紅巾掀了起來。

陸小鳳和陳靜靜的心又沉了下去，全身上下立刻冰冷僵硬，甚至比剛才看到冰中的那兩個死人時更嘔心、更吃驚。

新娘子的臉上也塗著一層厚厚的胭脂，可是一雙眼睛卻已凸了出來。

這新娘子竟赫然是個死人！

「小唐！」陳靜靜忍不住失聲驚呼：「唐可卿！」

李神童居然還是笑得很開心，正捧著四杯酒，笑嘻嘻的走過來，給了陳靜靜一杯：「你一杯，我一杯，他一杯，新娘子也有一杯。」

陸小鳳和陳靜靜只好接過他的酒，兩個人心裡都很難受。

這個人看來好像是真的瘋了。

李神童已走到床頭坐下，把一杯酒交給他的新娘子，笑道：「我們一起喝一杯甜甜蜜蜜的酒，喝完了我就把他們趕出去。」

新娘子當然沒有伸手來接他的酒，他就瞪起眼，道：「你爲什麼不肯喝，難道你又改變了主意，不肯嫁給我了？」

陳靜靜實在不忍看下去，她生怕自己會哭出來，更怕自己會吐出來，忍不住大聲道：「你難道看不出她已經死了，你爲什麼還要……」

李神童忽然跳起來，嘶聲道：「誰說她已經死了，誰說的？」

陳靜靜道：「是我說的。」

李神童狠狠的盯著她，厲聲道：「你爲什麼要說這種話？」

陳靜靜道：「因爲她的確已經死了，你若真的喜歡她，就應該讓她好好安息。」

李神童忽然衝過去，道：「她沒有死，她是我的新娘子，她不能死。」

他用力揪住陳靜靜的衣襟，拚命的搖晃，陳靜靜臉已嚇得發青，忍不住重重給了他一個耳刮子。

一聲清脆的掌聲響過，哭聲，叫聲，立刻全都停止，屋子裡忽然變得墳墓般靜寂。李神童癡癡的站在那裡，一雙直勾勾的眼睛裡，忽然有兩滴眼淚流下，慢慢的流過他塗滿胭脂的臉。

眼淚混合了胭脂，紅得就像是鮮血。

他的眼睛還是直勾勾的瞪著陳靜靜，眼神既悲哀，又瘋狂。

陳靜靜情不自禁的向後退，退了兩步，又情不自禁打了個寒噤。

李神童緩緩道：「不錯，她是死了，我還記得是誰殺了她的。」

陳靜靜道：「是……是誰？」

李神童道：「是你，就是你！我親眼看見你用一隻襪子勒死她的。」

他忽然回頭衝過去，掀開了唐可卿的衣領，露出她頸上一條紫痕：「你看看，這就是你做的好事，你賴也賴不了的。」

陳靜靜又氣又急，全身不停的發抖：「你瘋了，真的瘋了，幸好誰也不會相信你這瘋子的話。」

李神童已不再理她，忽又撲倒在唐可卿身上，放聲大哭，道：「你知不知道我為什麼一直跟著我姐姐？因為我一直都在偷偷的愛著你，一直都在等你嫁給我，我雖然沒有錢，可是藍鬍子已經答應給我三萬兩銀子，為了這三萬兩銀子，我連姐姐都不要了，可是你……你為什麼要死？」

陸小鳳悄悄的走了出去，只要在這裡多停留片刻，他很可能也會發瘋。

——一個人的確不能太愛一個人，若是愛得太深，通常總是悲劇。

——人生中為什麼要有這麼多悲劇？

外面又黑又冷，陸小鳳走出來，深深的吸了口氣，忽然彎下腰不停的嘔吐。

五

夜已很深了。

陸小鳳已經一個人在街上走了大半個時辰，一盞盞明亮的燈光，一盞盞的滅了，一點點閃爍的寒星，一點點的消沉。

他也不知道走了多遠，也不知道是什麼時候停下來的，等他抬起頭時，才發現又走到了冷紅兒草藥店的門口。

門裡居然還有燈光漏出，他又在門外發了半天怔，暗暗的問自己：「我是不是早就想來找她了？否則我為什麼會恰巧停在她門口？」

這問題連他自己也無法回答。

一個人內心深處，往往會有些秘密是自己都不知道的——也許並不是真的不知道，只不過不敢去把它發掘出來而已。

「不管怎麼樣，我已來了。」

他已在敲門。

門是虛掩著的，他輕輕一推，門就開了，屋裡點著燈，卻看不見人。

人呢？

陸小鳳心裡忽然有了種不祥的預兆，立刻進去，前面的廳堂裡沒有人，後面的臥室裡沒有人，廚房裡也沒有人。

廚房後面的一道小門也是虛掩著的，被風吹得嘩啦嘩啦的直響。

冷紅兒是不是又睡不著，又從這道小門溜了出去，等著看那隻黑熊去了？

神秘的寒夜，神秘的冰河，忽然出現，又忽然消失的黑熊。

無邊無際的黑暗中，彷彿到處都充滿了這種不可預測的神秘和恐懼。

陸小鳳踏著大步，迎風而行，今夜他還會遇見什麼事？他雖然無法預測，可是他已決心要找到冷紅兒，他絕不會讓冷紅兒也消失在這神秘的黑暗中。

冷紅兒在哪裡？黑熊在哪裡？

他完全不知道，遠方還有幾顆寒星，他就向星光走過去。

星光閃爍，他忽然聽見了一聲慘叫，呼聲來自星光下，尖銳而慘厲，竟是女人的聲音。

他立刻用最快的速度趕過去，星光照著河水，閃亮如銀的冰河上，赫然有一灘鮮紅的血跡。

血跡淋漓，一點點、一條條從冰河上拖過去，沿著血跡再走二三十步，就可以看見冷紅兒動也不動的蜷曲在那裡。

她的身子完全冰冷僵硬，臉上一片血肉模糊，還帶著五條爪痕，這致命的傷口，竟是一隻力大無窮的手爪抓出來的。

她畢竟又看見了那隻熊，對她說來，這一次，黑熊象徵的已不再是慾望，而是死亡。

奇怪的是，那飢餓的野獸爲什麼留下了她的屍體血肉，連碰都沒有碰？

她身上並沒有齒痕，顯然並不是被黑熊拖過來的，而是自己爬過來的——她為什麼還要掙扎著，用盡她最後一分力氣來爬這段路？

她身子蜷曲，一雙手卻筆直的伸在前面，手指已刺入堅冰裡，彷彿在挖掘——這冰河下難道也有什麼秘密？

她想挖掘的究竟是什麼？

最後的幾顆寒星，忽然消失了，大地冰河，都已被黑暗籠罩。

這正是一天中最黑暗的時候，可是陸小鳳抬起頭來時，眼睛裡卻在發著光，就彷彿光明已在望。

八　再見冰河

一

一天中最黑暗的時候，也正是最接近光明的時候。人也一樣。

只要你把這段艱苦黑暗的時光捱過去，你的生命立刻就會充滿了光明和希望。

第一線陽光衝破黑暗照下來的時候，正照在陸小鳳身上。

陽光溫柔如情人的眼波，楚楚和陳靜靜的眼波，也同樣溫柔的停留在他身上，只不過她們眼睛裡還多了點憂慮和迷惑。她們想不通陸小鳳爲什麼一大早就把她們找到這裡來。

陽光下的冰河，看來更輝煌壯觀，冷紅兒的屍體已被搬走，連血跡都看不見了，但是她們卻都已看見過，而且很難忘記。

陳靜靜一直靠在陸小鳳身旁，臉色還是蒼白的，直到這時才吐出口氣，喃喃道：「我早就聽說過這裡有熊，卻想不到牠們竟這麼兇！」

陸小鳳道：「你看得出她是死在熊爪下的？」

陳靜靜道：「只有最兇狠的野獸，才會有這麼大的力氣，野獸中又只有熊才能像人一樣站起來，用前掌摸人！」

陸小鳳道：「有理！」

陳靜靜黯然道：「若不是你恰巧趕來，現在她只怕已屍骨無存了，我們四個人只有我跟她最談得來，我……」

她聲音哽咽，眼圈紅了，忽然靠在陸小鳳肩頭，輕輕啜泣。

陸小鳳情不自禁摟著她的腰，一個男人和女人之間，若是有了某種特別親密的關係，就像是灰塵到了陽光下，再也瞞不過別人的眼睛。

楚楚瞪著他們，忽然冷笑，道：「我到這裡來，並不是來看你們做戲的，再見！」

她說走就走，直等她已走出很遠，陸小鳳才淡淡道：「你想看什麼？想不想看看那羅刹牌？」

這句話就像是條打著活結的繩子，一下子就套住了楚楚的腳。

「羅刹牌？你已找到了羅刹牌？在哪裡？」

陸小鳳道：「就在這裡！」

這裡就是他發現冷紅兒的地方，也就是冷紅兒用雙手在堅冰上挖掘的地方。

冰結十丈，堅如鋼鐵，莫說她的手挖不下去，就連鐵鍬和鐘也休想動得了分毫。

楚楚道：「你是說就在這冰河下面？」

陸小鳳道：「而且就在這方圓一丈之內！」

楚楚道：「你的眼睛能透視？能看到冰河裡面去？」

這裡離開河岸已很近，冰的顏色卻好像比別處還要深暗些，凡人的肉眼，當然無法透視，但卻可以看見一段枯枝露在河面上，想必是開始封江時候岸上倒下來的，枯枝也不知道被誰削平了，樹幹卻還有一小半露在河面外，就像是一條優良的板凳，恰巧正面對著積雪的遠山和岸上一棟廟宇。

陸小鳳道：「我雖然看不到裡面，但我卻可以感覺到！」

楚楚冷笑道：「這反正死無對證，就算羅剎牌真的在下面，你也挖不出來！」

陸小鳳笑了笑，道：「我很小的時候就聽過兩句很有用的話！」

楚楚冷冷道：「只可惜無論多有用的話，也說不動這冰河解凍！」

陸小鳳不理她，自顧接著道：「第一句話是『天下無難事，只怕有心人』，第二句話是『工欲善其事，必先利其器』，你當然也應該懂得這兩句話的意思！」

楚楚道：「我偏不懂！」

陸小鳳道：「這意思就是說，只要有堅強的決心和有效的利器，天下絕沒有做不到的事！」

楚楚道：「只可惜你的決心我看不見，你的利器我也沒有看見！」

陸小鳳又笑了笑，道：「你總會看見的。」

楚楚就站在旁邊看著。

誰也想不到陸小鳳的利器竟只不過是十來根竹竿和一個小瓶子。

楚楚笑了：「這就是你的利器？」

陸小鳳好像根本沒聽見她在說什麼，臉上的表情忽然變得很嚴肅，小心翼翼的拔開瓶塞，把瓶子裡裝著的東西倒了一滴下來，淡黃色的液體滴在河上，立刻發出「嗤」的一聲，一股青煙冒出來，鋼鐵般的堅冰，立刻就穿了一個洞。

青煙還沒有完全消散，他已將一根竹竿插了下去，只見他一隻手拿著瓶子，一隻手拿著竹竿，全部都插入這一丈方圓的河裡，圍成了一個圓圈。

竹竿裡還有兩根三尺長的引線，他燃起一根香，身形展動，又在頃刻之間將這十來根引線一起點著，忽然喝道：「退！快往後退！」

三個人倒退出五丈，就聽見「轟」的一聲大震，千萬點碎冰飛激而起，夾帶著枯樹的碎片，花雨般滾落河面，只聽錚錝之聲不絕，如琴弦輪撥，如珠落玉盤，就在這時，又有一樣黑黝黝的東西被震得從冰河下飛了起來，隨著碎木冰塊一起落下，「鐺」的一聲，落在河面上，竟是個純鋼打成的圓筒。

掀開這圓筒的蓋子，就有塊晶瑩的玉牌滑出來，果然正是羅剎牌。

楚楚已看得呆在那裡，陳靜靜也不禁目瞪口呆，冰屑打在她們身上，她們也忘了疼痛。

陸小鳳長長吐出口氣，微笑道：「這就是我的利器，你看怎麼樣？」

楚楚勉強笑了笑，道：「這種奇奇怪怪的法子，恐怕也只有你想得出來。」

陸小鳳道：「若沒有江南霹靂堂的火藥，法子再好也沒有用。」

楚楚道：「你怎麼會有江南霹靂堂的火藥？」

陸小鳳道：「我是偷來的！」

楚楚道：「從哪裡偷來的？」

陸小鳳道：「從水缸裡！」

楚楚道：「誰的水缸？」

陸小鳳道：「李霞的！」

發現冷紅兒的屍體後，他就已懷疑羅剎牌是藏在這裡的，只不過還沒有十分把握而已。

陸小鳳又道：「等我在李霞的水缸裡找到這些東西後，我就知道我沒有猜錯了，因爲她做事一向很謹慎，無論做什麼事都一定會準備好退路，假如她敢把羅剎牌藏在冰河裡，就一定有法子拿出來的！」

這種極烈性的溶劑和極強力的火藥，既然可以開山，當然也可以開河。

陸小鳳又道：「她既然準備了這種開河的利器，就當然一定已經把羅剎牌藏在冰河裡，這道理簡直就像是『一加一等於二』那麼簡單！」其實這道理並不簡單，他的結論是經過反覆推證後才得到的。

楚楚忽然嘆了口氣，道：「我本來還想罵你幾句的，可是我心裡實在有點佩服你！」

陸小鳳笑道：「其實我心裡也很佩服我自己。」

楚楚眼珠子轉了轉，道：「不過你本事還不算太大，假如你能把害死李霞的那個兇手找出來，才真的了不起。」

陸小鳳笑了笑道：「我既不想別人說我了不起，也不是替別人找兇手的，我要找的只是羅剎牌！」

陳靜靜凝視著他，忽然道：「現在你既然已經找到了，是不是就已該走了？」

這兩句話她輕輕的說出來，卻又帶著說不出的幽怨和傷感。

陸小鳳又不禁嘆息，緩緩道：「也許我早就該走了的。」

陳靜靜勉強笑了笑，道：「不管怎麼樣，我總算是這裡的主人，今天中午，我替你們餞行，你們一定要賞光！」

楚楚搶先道：「他一定會去的，我一定不會去。」

陳靜靜道：「為什麼？」

楚楚道：「因為你的酒菜裡面一定還有很多醋，醋若吃得太多，我就會胃疼！」

她也嘆了口氣，用眼角瞟著陸小鳳：「不但胃疼，心也會痛，所以還是不去的好！」

二

一回到天長酒樓，陸小鳳倒頭就睡，一睡就睡得很熟。

但是他已在心裡告訴自己：「我最多只能睡兩個時辰。」還不到兩個時辰，他果然醒了。

他身體裡就好像裝了個可以定時響動的鈴鐺，要它在什麼時候響，它就會什麼時候響——

其實每個人潛意識中都有這麼樣一個鈴鐺的，只不過他的特別靈敏準確。

他張開眼睛的時候，楚楚正在門口看著他：「我已經等了你很久！」

陸小鳳揉揉眼睛，道：「等我幹什麼？」

楚楚道：「等著向你辭行！」

陸小鳳道：「辭行？你現在就要走？」

楚楚淡淡道：「你既然已找到羅剎牌，我就算還清了你的債了，你想去喝酒，我卻不想吃醋，還不走幹什麼？」

她不等陸小鳳開口，又問道：「我只不過有點奇怪，你跟她怎麼會忽然變得那麼熟的？而且看來還一定有一手！」

陸小鳳笑了，道：「這原因很簡單，只因爲我是個正常的男人，她是個正常的女人！」

楚楚道：「我呢？我難道不是女人？我難道不正常？」

陸小鳳道：「你也很正常，只可惜太正常了一點！」

楚楚盯著他，忽然衝過去，掀開他的棉被，壓在他身上。

陸小鳳道：「你又想幹什麼？」

楚楚道：「我只不過告訴你，只要我願意，她能做的事，我也能做，而且比她做得更好！」

她火熱的胴體不停的在他身上扭動摩擦，咬著他的耳朵，喘息著道：「我本來已經願意了，你卻不要，現在你是不是已開始後悔了？」

陸小鳳嘆了口氣，他也不能不承認，這女孩子實在是個可以迷死人的小妖怪。

楚楚卻已跳起來，頭也不回的衝了出去，大聲道：「那麼你就一個人躺在床上慢慢的後悔吧。」

陸小鳳並沒有在床上躺多久，因爲楚楚剛走，陳靜靜就來了，她還帶了兩個小小的酒杯和一壺酒，微笑著道：「那位喜歡吃醋，又怕胃疼的姑娘，爲什麼先走？」

陸小鳳苦笑道：「因爲她若再不走，我的頭就會比她的胃更疼。」

陳靜靜嫣然道：「她走了最好，我已經把那邊的賭坊結束，本就想到你這裡來的！」

陸小鳳笑道：「可惜你帶來的酒只夠讓我漱漱口。」

陳靜靜柔聲道：「酒不在多，只要有真心誠意，一杯豈非已足夠？」

陸小鳳道：「好，你倒，我喝！」

陳靜靜慢慢的倒了兩杯酒，幽幽的說道：「我敬你一杯，爲你餞行，祝你一路順風，你也敬我一杯，爲我餞行，從此我們就各自西東！」

陸小鳳說：「你也要走？」

陳靜靜嘆了口氣，道：「我們是五個人來的，現在已只剩下我一個，我還留在這裡幹什麼？」

陸小鳳道：「你——你準備到哪裡去？」

陳靜靜道：「我有地方去！」

陸小鳳道：「既然我們都要走，爲什麼不能一起走？」

陳靜靜勉強笑了笑，道：「因爲我知道你並不是真心想帶我走，也知道你身邊的女人一定很多，女人沒有一個不吃醋的，我也是女人，我……」

她沒有再說下去，卻喝乾了杯中的酒，然後就慢慢的放下酒杯，慢慢的轉過身，慢慢的走了出去。

她沒有回頭，彷彿生怕自己一回頭，就永遠沒法子走了。

陸小鳳也沒有阻攔，只是默默的看著她走出去，臉上的表情，就像是剛喝下一杯苦酒。

就在這時候，他忽然聽見外面有人道：「恭喜你，你總算大功告成了！」

聲音蒼老，來的當然是歲寒三友。

陸小鳳還沒有看見他們的人，就先看見了他們的手。

「拿來！」孤松老人還沒有走進門，就已伸出手：「你把東西拿出來，就可以走了，我們的恩怨從此一筆勾消！」

陸小鳳沒有開口，也沒有動，只是咧著嘴看著他們傻笑。

孤松老人沉下臉道：「我說的話你不懂？」

陸小鳳道：「我懂！」

孤松老人道：「羅刹牌呢？」

陸小鳳道：「不見了！」

孤松老人聳然變色，厲聲道：「你說什麼？」

陸小鳳還在笑：「你說的話我懂，我說的話你不懂？」

孤松老人道：「難道羅刹牌不在你身上？」

陸小鳳道：「本來是在的！」

孤松老人道：「現在呢？」

陸小鳳道：「現在已經被人偷走了！」
孤松老人道：「被誰偷走了？」
陸小鳳道：「被一個剛才壓在我身上打滾的人。」
孤松老人道：「就是你帶來的那個女人？」
陸小鳳道：「當然是女人，若是男人壓在我身上打滾，我早已暈了過去！」
孤松老人怒道：「你明知她偷走了你的羅剎牌，還讓她走？」
陸小鳳道：「我一定要讓她走。」
孤松老人道：「為什麼？」
陸小鳳道：「因為她偷走的那塊羅剎牌是假的！」

三

寒冷的風，灰黯的穹蒼，積雪的道路，一個孤獨的女人，騎著一匹瘦弱的小毛驢，遠處隱約有淒涼的羌笛聲傳來，大地卻陰暝無語。
她的人已在天涯，她的心更遠在天外。
「寂寞的人生，漫長的旅程，望不斷的天涯路，何處是歸途？……」
她走得很慢，既然連歸途在何處都不知道，又何必急著趕路？
忽然間，岔路上有輛大車駛過來，趕車的大漢頭戴皮帽，手揮長鞭趕過她身旁時居然對她笑了笑。

她也笑了笑。同是天涯淪落人，相逢何必曾相識，那麼一笑又何妨？

趕車的大漢忽然問道：「姑娘你冷不冷？」

陳靜靜道：「冷！」

趕車的大漢道：「坐在車子裡，就不冷了！」

陳靜靜道：「我知道！」

趕車的大漢道：「那麼你爲什麼還不上車？」

陳靜靜想了想，慢慢的下了毛驢，車也已停下——既然連油鍋都下去過，上車又何妨？

趕車的大漢看著她上了他的馬車，忽然揮起長鞭，一鞭子抽在毛驢後股上。

毛驢負痛，箭一般竄出去，落荒而走。

趕車的大漢嘴角露出微笑，悠然哼起一曲小調。

「松河黑烏拉的姑娘美又嬌呀，
帶著百萬家財來讓我挑呀，
我一把摟住了她的腰呀，
不是為了家財，是為了她的嬌呀！」

歌聲悠揚，就連馬蹄踏在冰雪上，都彷彿帶著種歡樂的節奏。

然後馬車就去遠了。

「黑烏拉」並不是「松河黑烏拉」。

松河黑烏拉就是松花江，是條大江，黑烏拉雖然並不是個大城，可是在這種極荒寒的地方，也不能算太小。

一個時辰後，這輛大車已到了黑烏拉，穿過兩條大街，轉入一條小巷，停在一家小屋門口。

趕車的大漢回過頭，帶著笑道：「我的家到了，姑娘要不要進去坐坐？」

過了半晌，車廂中才傳出陳靜靜的聲音，淡淡道：「既然來了，進去坐坐也沒關係。」

她剛下車，破舊的木板門就「呀」一聲開了，一個傻頭傻腦的小孩，站在門口，看著她嘻嘻直笑。

陳靜靜臉上連一點表情都沒有，拍了拍身上的塵土，慢慢的走了進去。

裡面是一間很簡陋的小客廳，當中供著個手捧金元寶的財神爺，後面的一扇門上，掛著已洗得發白的藍布棉門簾，上面還貼著斗大的紅「喜」字，無論誰一走進這裡，都可以看得出這地方的主人一定是個整天在做著財迷夢的窮小子。

一個窮小子，一個髒小孩，兩三間東倒西歪的破房屋，四五張破破爛爛的舊板凳，門上喜字寫得無論正著看、倒著看都不順眼，牆上貼著的財神爺畫得就像是個暴發戶。

這種地方陳靜靜本來連片刻都耽不住的，她喜歡乾淨，喜歡精緻高雅的東西，可是現在她居然並沒有要走的意思。難道她已沒有別的地方可去？

那髒小子還在看著她傻笑，她臉上還是完全沒有表情，四面看了看，居然掀開了那藍布棉門簾，走進了別人的臥房。

臥房裡居然有張床，床居然很大，而且是嶄新的，床上鋪著的被褥也是嶄新的，還繡著大紅的富貴牡丹和一雙戲水鴛鴦。

床後面堆著四五口嶄新的樟木箱，還有個配著菱花鏡的梳妝台，四面的牆壁粉刷得跟雪洞一樣，看起來就像是間新婚夫妻的新房。

陳靜靜皺了皺眉，眼睛裡露出了厭惡之色，可是等到她目光轉到那些樟木箱子上的時候，她的眼睛就立刻發出了光。

然後她就做了件很不可想像的事。她居然跳上了別人的床，從自己身上拿出一串鑰匙，打開了別人的樟木箱上一把大鎖。

忽然間，一陣金光亮起，這口樟木箱子裡放著的，竟全都是一錠錠份量十足的金元寶。

金光照得她的臉也發出了光，她第一次露出了笑容，用指尖輕撫著一排排疊得很整齊的金錠，就像是母親在輕撫著她初生的孩子。

能得到這些黃金的確不是件容易事，甚至比母親生孩子還要艱苦得多。

可是現在所有的苦難都已過去了，她滿足的嘆了口氣，抬起頭，就看見那趕車的大漢施施然走進來，微笑著道：「我這齣戲演得怎麼樣？」

陳靜靜嫣然而笑，道：「好，好極了，實在不愧是天下第一位神童！」

趕車的大漢大笑，摘下了低壓在眉毛上的破氈帽，露出了一張看來還帶幾分孩子氣的臉，赫然竟是李神童。

脫下了那身裝瘋賣傻的紅袍綠帽，這個人看來就非但一點也不瘋，而且也不難看。

陳靜靜看著他，眼睛裡充滿溫柔的笑意，道：「這兩天倒真是辛苦了你！」

李神童笑道：「辛苦倒算不了什麼，緊張倒是有一點的，那個長著四條眉毛的王八蛋，倒真不是好吃的爛飯！」

他忽又問道：「你走的時候，他有沒有問起過我？」

陳靜靜搖搖頭，道：「他以爲你真的瘋了，根本就沒有把你放在心上！」

李神童笑道：「所以就算這小子奸得似鬼，還是喝了你的洗腳水！」

陳靜靜道：「那還不是全靠你，你裝瘋的時候，幾乎連我都相信了！」

李神童道：「那並不難，我只是把小唐當做你，你也應該知道我那些話都是對你說的！」

他癡癡的看著她，也像是個正在想向母親索奶吃的孩子，過了很久，忽又笑道：「你看我把這屋子佈置得怎麼樣？」

陳靜靜嫣然道：「好極了，簡直就像是間新房！」

她微笑著躺下來，躺在那對繡著戲水鴛鴦的枕頭上，用一雙彷彿可以滴出水來的眼睛，看著李神童，柔聲道：「你看我像不像新娘子？」

李神童喉嚨上下滾動著，好像已緊張得連氣都喘不過來，忽然一下子撲了上去，壓在她身上，喘著氣道：「我要你，我已經憋得快發瘋了，上一次我們還是在三個月前……」

他嘴裡說著話，一雙手已在拉她的衣服。

陳靜靜並沒有推拒，嘴裡也輕輕的喘著氣，一口口熱氣噴在李神童的耳朵上，他連骨頭都酥了，她又伸手抱住了他的脖子。

李神童的喘氣聲音更粗，道：「我不行，快……」

突聽「格」的一聲響，竟像是骨頭折斷的聲音，他的人忽然從陳靜靜身上跳起來，頭卻已軟軟的垂到一邊，整個人就像是一灘泥，「叭噠」一聲，跌在地上，眼睛凸出，已斷了氣。

陳靜靜連看都沒有再看他一眼，靜靜的躺在床上，闔起了眼睛。

就在這時，外面忽然傳來一陣銀鈴般的嬌笑，一個清脆的女子聲音，拍著手，笑道：「好，好極了，難怪小丁從小就說你是心最狠的女人，她果然沒有看錯！」

陳靜靜臉色驟然改變，可是等她站起來，她臉上立刻又露出那種溫柔動人的微笑，道：「我的心雖然狠，卻還不太黑，你呢？」

「我的心早就被狗偷吃了！」

一個戴著貂皮帽，穿著五花裘的女孩子，嬌笑著走了進來，美麗的笑容如春日下的鮮花初放，竟是那麼楚楚動人的楚楚。她身後還有三個人，一個人黑衣佩劍，一個人輕健如猿，一個人白髮蒼蒼，看來就像是她的影子一樣。

陳靜靜已迎上來，嫣然道：「我真的想不到你會來，否則我一定會準備些你喜歡吃的小菜，陪你喝兩杯你最喜歡的玫瑰露！」

楚楚笑得更甜，道：「想不到你居然還記得我喜歡吃什麼！」

陳靜靜道：「我們是從小在一起長大的，就算你忘了我，我也不會忘記你！」

楚楚道：「真的？」

陳靜靜道：「當然是真的，這兩天我一直想找個機會跟你好好的聊聊，卻又怕別人動疑心。」

楚楚道：「我也一樣，那個長著四條眉毛的小色鬼，實在不是個好東西。」

兩個人互相微笑著，笑容裡都充滿了溫暖的友情。

陳靜靜柔聲道：「你看來一點都沒有變！」

楚楚道：「你也沒有！」

陳靜靜道：「這些年來，我真想你！」

楚楚道：「我更想你！」

兩個人都伸出了手，向對方走過去，彷彿想互相擁抱著來表示自己的感情。

可是她們的人還沒有走近，陳靜靜的笑容已不見了，溫柔的眼波忽然變得充滿了殺氣，手勢也變了，突然出手如鷹爪，一隻手閃電般去扣楚楚的脈門，另外一隻手狠狠的向她左脅下抓了過去。

這一著犀利而兇狠，用的也正是和冷紅兒同樣的分筋錯骨手法，楚楚若是被她一把拿住，就算想趕快走都不及了。

可是她出手雖然快，楚楚比她更快，她一招剛擊出，突聽「叮」的一聲輕響，兩道細如牛毛的烏光從楚楚雙袖裡打出來。

她只覺得膝蓋上一麻，就好像被蚊子叮了一口，全身力氣立刻消失，腿也軟了，「噗」的跪了下去，跪在楚楚面前。

楚楚又銀鈴般嬌笑起來，道：「我們多年的姐妹了，你何必這麼多禮？」

清脆的笑聲中，又是一點寒星射出，打在陳靜靜「笑腰穴」上。

陳靜靜也笑了，吃吃的笑個不停，可是眼睛裡卻連一點笑意都沒有，美麗的臉上也因痛苦而扭曲，黃豆般大小的冷汗一粒粒滾了下來。

楚楚眨著眼睛笑道：「我明白了，你一定也知道自己有點對不起我，所以來向我陪不是的，可是你又何必跪下來呢？只要把東西拿出來，那我就不會再怪你！」

陳靜靜一面笑，一面流著冷汗，掙扎著道：「什麼東西？」

楚楚道：「你不知道？」

陳靜靜掙扎著搖了搖頭，她全身都笑軟了，竟似連搖頭都很吃力。

楚楚沉下臉，冷冷道：「親兄弟，明算賬，我們姐妹也一樣，賈樂山要花四十萬兩黃金買李霞的羅剎牌，你卻答應我，只要我出十萬兩，你就可以保證把羅剎牌交給我，對不對？」

陳靜靜道：「可是……羅剎牌豈非被你帶來的男人拿走了？」

楚楚立刻從身上拿出一塊玉牌，道：「你說的就是這一塊？」

陳靜靜點點頭。

楚楚忽然走過去，反手給了她一個大耳光，冷笑道：「你以爲我看不出這是假的？」

她忽然把玉牌用力摔在李神童頭上，又道：「你把這小子當活寶，以爲他做的假貨已可唬得住別人，只可惜他刻的那些天魔天神，一個個都像是豬八戒！」

陳靜靜用力咬住嘴唇，想停住不笑，可是她已把嘴唇咬破了卻還是笑個不停。

楚楚道：「其實我早就在疑心你了，你明明知道羅刹牌是無價之寶，怎麼肯賣給別人？你的心一向比誰都黑，吃了人連骨頭都不肯吐出來的，所以我早就叫辛老二盯住你了，就算你躲到地底下去，我也一樣能把你找出來！」

陳靜靜道：「你——你以為真的羅刹牌已被我拿走了？」

楚楚道：「李霞還沒有把羅刹牌藏入冰河的時候，就一定被你用假貨掉了包，雖然我們本來……」

她們本來的計劃是——

約好要付的黃金，楚楚只要付出四分之一，十二口箱子裡，只要有三口是裝著黃金的，其餘九口都可以用石頭充數。

因為驗收的人就是陳靜靜，她收下這十二口箱子後，就通知李霞交貨。

她本是李霞最信任的人，李霞當然不會想到其中有鬼，本來準備在第二天用炸藥開河，拿出羅刹牌來的，李霞要的只不過是黃金和男人，對西方魔教教主的寶座並沒有興趣。

楚楚道：「可是你知道她只要一發現羅刹牌已被掉包，就一定會想到是你做的手腳，因為除了她自己和你之外，絕沒有第三個人知道這秘密，所以當天晚上就殺了她，還故意把她跟老山羊凍在冰裡，來轉移別人的注意力，因為無論誰都想不到你這樣的人會做出那種瘋狂的事！」

她忽然接著道：「你看，你的秘密是不是完全沒有瞞過我，你又何必還要裝糊塗？」

陳靜靜全身都已扭曲痙攣，不但流出了汗和眼淚，甚至連褲襠都已濕透，兩條腿的膝蓋更像是在被鋼刀刮著，尖針刺著，卻偏偏還是像剛從地上撿到三百個元寶一樣笑個不停。

楚楚道：「你還不肯拿出來？你知不知道再這麼樣笑下去會有什麼結果？」

陳靜靜拚命想咬緊牙，可是連嘴都已合不攏。

楚楚道：「你開始笑的時候，只不過流汗流淚，現在想必已連大小便都一起笑了出來，一兩個時辰後，你全身的關節就全都會笑鬆，你的人就會軟得像是一灘泥，無論誰只要用指頭在你關節上敲一下，我保證你一定會像殺豬一樣叫起來！」

陳靜靜道：「你……你……」

楚楚道：「你若以為我絕不會下這種毒手，那你就錯了，就好像賈樂山以為我絕不會殺他一樣！」

陳靜靜道：「你殺了他？」

楚楚道：「他又有錢，又有勢，年紀雖已不小，卻保養得很好，在床上還可以像小伙子般流汗，對女人的功夫又不知比小伙子好多少倍，對我更溫柔體貼，誰也想不到我會殺了他的！」

她淡淡的接著道：「但我卻偏偏殺了他，我既然殺了他，還有什麼別的事做不出？」

陳靜靜忽然用盡全身力氣，嘶聲道：「羅剎牌就在我的月經帶裡，你饒了我吧！」

笑聲已停止，陳靜靜也已像一灘爛泥般軟癱在地上。

羅剎牌當然已到楚楚手裡，她用掌心托著這面晶瑩的玉牌，就像是帝王托著傳國的玉璽，又高興、又驕傲、又得意，忍不住放聲大笑。

就在她笑得最開心的時候，窗外忽然有一條長鞭無聲無息的飛過來，鞭梢一捲，捲住了她手裡的玉牌，就立刻蛇信般縮了回去。

楚楚笑不出了，臉上的表情就好像忽然被人一刀割斷了脖子。

只聽窗外一個人帶著笑道：「你們不必追出來，因爲我就要進去了，多虧你替我要回這塊羅剎牌，我至少總得當面謝謝你！」

陸小鳳！

楚楚咬著牙，道：「我就知道一定是你，你爲什麼還不進來？」

她這句話剛說完，陸小鳳已笑嘻嘻的站在她面前，一隻手提著根長鞭，一隻手握著玉牌。

看見陸小鳳，她居然也笑了，道：「倒看你不出，居然還使得這麼好的一手鞭法！」

陸小鳳微笑道：「我這是偷來的！」

楚楚道：「偷來的？怎麼偷？」

陸小鳳道：「這條鞭子是從外面馬車上偷來的，這手鞭法也是從『無影神鞭』那裡偷來的，若論偷東西的本事，我雖然比不上那個偷王之王，比你可要高明得多了。」

楚楚嘆了口氣道：「其實我早就應該知道你會偷的，就連我的心都差點被你偷去了，何況別的？」

陸小鳳笑道：「你的心豈非早已被野狗吃了去？」

楚楚睜大眼睛，道：「你來得真早！」

陸小鳳道：「你想不到？」

楚楚道：「你是怎麼會想到的？」

陸小鳳笑了笑，道：「因爲我一個人躺在床上想得太多了，所以才想到了很多事！」

楚楚噘起嘴，道：「誰叫你一個人胡思亂想的，你爲什麼不強姦我？」別人沒有強姦她，她居然還像是很生氣：「你又不是君子，既然能強姦別人，爲什麼不能強姦我？」

陸小鳳笑道：「因爲那時我還不急，你既然要吊我胃口，我也想吊吊你！」

楚楚眨了眨眼，道：「你是在什麼時候改變主意的？」

陸小鳳道：「石頭從箱子裡滾出來的時候！」

他微笑著，又道：「我雖然沒有在上線開扒時去踩過盤子，可是一口箱子是用鐵打的？還是用黃金打的？我倒還能看得出！」

「上線開扒」就是攔路打劫，「踩盤子」就是看貨色、望風水。據說黑道上的高手，只要看看輪後揚起的塵土，就能看得出車上載的是什麼貨？這批貨有多少油水？

楚楚又嘆了口氣，道：「原來你不但會偷，還會這一手，像你這樣的人，居然沒有去做強盜，實在可惜得很！」

陸小鳳也嘆息著道：「老實說有時我自己也覺得可惜，有好幾次都差點改了行！」

楚楚嫣然道：「你若真的改了行，我一定做你的壓寨夫人！」

陸小鳳笑了笑，道：「我若做了什麼幫的幫主，一定還要請你做我內三堂的堂主，就像是你的老朋友丁香姨！」

楚楚又睜大眼睛，道：「你早就知道我認得她？」

陸小鳳道：「因爲你到了拉哈蘇，就好像回到你自己家一樣，每個地方你好像都很熟，那時我就已經在懷疑，你很可能也是在那裡長大的，很可能早就認得陳靜靜和丁香姨！」

楚楚盯著他，道：「你既然認得小丁丁，就一定也跟她好過，我很了解她，看見你這種男人，她是絕不肯放過的！」

陸小鳳沒有否認，也不能否認。

楚楚又噘起嘴，道：「我們三個人裡面，你已經跟兩個好過，爲什麼偏偏讓我落空？」

他們兩個人說說笑笑，打情罵俏，站在後面的三個人臉色早已變了，三個人忽然同時竄出，虎視眈眈，圍住了陸小鳳。

陸小鳳好像直到現在才看見他們，微笑道：「上一次三位不戰而退，這次還想來試試？」

白髮老人道：「上一次我們就該殺了你的！」

辛老二道：「我們放過了你，只不過她還想用你做一次傀儡而已！」

陸小鳳大笑，道：「我若是她的傀儡，那你們三位是什麼？我只要點點頭，她就會跟我走的，你們呢？」

三個人臉色更可怕，轉頭去看楚楚，楚楚卻施施然走開了，這件事就好像跟她一點關係都沒有。

陸小鳳道：「其實華山門下的『一指通天』華玉坤，江北武林中的高手『多臂仙猿』胡辛，披風劍的名家『烏衣神劍』杜白，我是早已聞名了的，我一直不敢相認，只因爲我一直不相信像三位這樣的名門子弟，會爲了一個女人做奴才！」

三個人臉上陣青陣白，他們以名爲姓，想不到陸小鳳還是認出了他們的來歷身分。

白髮老人佝僂的身子慢慢挺直，抱拳道：「不錯，我就是華玉坤，請！」

陸小鳳道：「你想一個人對付我？」

華玉坤道：「你若不知道我的來歷身分，我必定會跟他們聯手對付你，但是現在……」他的神情忽然變得嚴肅，厲聲接著道：「我個人的生死榮辱都不足爲論，華山派的聲名，卻不能壞在我手上！」

華山派雖不是武林中數一數二的宗派，但門戶高潔，門人也很少有敗類，更沒有以多爲勝的懦夫！

陸小鳳的神情也變得嚴肅起來——能尊敬自己的人，別人也同樣會尊敬他的。

華玉坤道：「久聞陸大俠指上功夫天下第一，在下學的恰巧也是這門功夫，就請陸大俠賜招！」

陸小鳳道：「好！」

他深深吸了口氣，藏起玉牌，放下長鞭，只聽「嗤」的一聲，銳風響起，華玉坤併指如劍，急點他左右「肩井穴」，出手就是一招兩式，勁力先發，餘力猶存，果然不愧是名家子弟。

可是這一招攻出，陸小鳳就已看出這老人功力雖深，招式間卻缺少變化，出手也顯得太古老呆板了些，也犯了名家子弟們通常都會有的毛病。

他雖然只看了一眼，卻已有把握在兩三招之間制敵取勝，但是他又不禁在心裡問自己。

——我是不是應該一出手就擊敗他？是不是應該替他留點面子？

——一個人若是愛上了一個人，不管他愛的是誰，都不應該算是他的錯，何況他已是個老人，倒下去就不容易站起來了。

這念頭在他心頭一閃而過，華玉坤的指尖距離他穴道已不及半尺，勁風已穿過他的衣服，他已沒有選擇考慮的餘地。他只有出手，出手如閃電，用自己的指尖，迎上了老人的指尖。

華玉坤只覺得一股熱力從指間傳過來，自己的力量突然消失。

華山的「彈指神通」本是武林中七大絕技之一，他在這上面已有四十年苦練的功力，平常對敵時，三五尺外就已可用指風點人穴道，可是現在，他的力量卻像是陽光下的冰雪般消失，化做了一身冷汗。

誰知陸小鳳忽然也後退了兩步，苦笑道：「華山神指，果然名不虛傳！」

華玉坤道：「可是我……我已敗了！」

陸小鳳道：「你沒有敗，我雖然接住你這一招，出手也許比你快些，但是你的功力卻比我深厚，你又何苦……」

這句話還沒有說完，突然「叮」的一響，數十點寒星如漫天花雨，急打他的後背。

他背後沒有眼睛，也沒有手。

華玉坤聳然失色，楚楚眼睛裡卻發出了光。

就在這一瞬間，陸小鳳身子突然一轉，數十點寒星竟奇蹟般從他脅下穿過，竟全都打在本來站在他前面的華玉坤胸膛上。

華玉坤雙睛凸出，瞪著胡辛，一步步走了過去。

胡辛臉色也變了，一步步向後退。

華玉坤只向前走了兩步，眼角、鼻孔、嘴角，忽然同時有鮮血湧出。

胡辛彷彿鬆了口氣，道：「我……」

他只說了一個字，胸口忽然有鮮血湧出，一截劍尖隨著鮮血冒出來。

他吃驚的看著這截劍尖，好像還不能相信這是真的，可是他自己嘴裡也已有鮮血湧出，忽然狂吼一聲，向前撲倒，就不能動了。

他倒下後，就可以看見杜白正站在他背後，手裡緊握著劍，劍尖還在滴著血。

華玉坤看著他，掙扎著笑了笑，道：「謝謝你！」

杜白也勉強笑了笑，卻沒有開口。

華玉坤又轉過頭，看著陸小鳳，一字字道：「更謝謝你！」

杜白替他報了仇，陸小鳳保全了他的聲名，這正是武林中看得最重的兩件事。

華玉坤閉上眼睛，緩緩道：「你們都對我很好……很好……」

他慢慢的倒下去，嘴角竟彷彿真的露出一絲微笑，最後的微笑。

風從窗外吹過，寒意卻從心底升起。

過了很久，陸小鳳才長長吐出口氣，喃喃道：「爲什麼？這是爲了什麼……」

杜白臉上全無表情，緩緩道：「你應該知道這是爲什麼，我也知道！」

慾望！對金錢的慾望，對權力的慾望，對聲名的慾望，對性的慾望！

人類所有的苦難和災禍，豈非都是因爲這些慾望而引起的？

陸小鳳又不禁長長嘆息，轉身面對著杜白，道：「你……」

杜白冷冷道：「我不是你的敵手！」

陸小鳳笑了笑，笑得很凄涼，揮手道：「那麼你走吧！」

劍尖的鮮血已滴乾了，杜白慢慢收回他的劍，將劍入鞘，他已走到楚楚面前，道：「我們走吧！」

楚楚道：「走？你要我跟你走？」

杜白道：「是的，我要你跟我走。」

楚楚忽然笑了，笑得彎下腰，好像連眼淚都快笑了出來。

看到陳靜靜的笑，陸小鳳才知道笑有時比哭還痛苦。

看到楚楚的笑，陸小鳳才知道笑有時甚至比利劍尖針更傷人。

杜白的臉上已全無血色，一雙本來很鎮定的手，已開始不停的顫抖，卻還不肯放棄希望，又問了一句：「你不走？」

楚楚的笑聲突然停頓，冷冷的看著他，就好像完全不認得他這個人一樣，過了很久，才冷冷的說出了一個字：「滾！」

這個字就像是條無情的鞭子，一鞭子就已把杜白連皮帶骨抽開了兩半，把他的一顆心抽了出來，直滾在他自己腳下，讓他自己踐踏。

他什麼話也不再說，扭頭就走。楚楚卻忽然躍起，拔出了他背後揹著的劍，凌空翻身，反手一劍，向他的後心擲了過去。

杜白沒有倒下，就讓這把劍穿心而過。

但是他並沒有閃避，反而轉過身，面對著楚楚，冷冷的看著。

楚楚臉色也變了，勉強笑道：「我知道你不能沒有我的，所以還不如索性讓你死了算了！」

杜白的嘴角也有鮮血湧出，慢慢的點了點頭，道：「好，很好……」

第二個「好」字說出，他身子突然向前一撲，緊緊抱住了楚楚，死也不肯放。

他胸膛上的劍，也刺入了楚楚的胸膛，他心口裡的血，也流入了楚楚的心口。

楚楚的頭搭在他肩上，雙睛漸漸凸出，喘息愈來愈粗，只覺得抱住她這個人的身子已漸漸發冷，冷而僵硬，一雙手卻還是沒有放鬆。

然而她自己的身子也開始發冷，連骨髓都已冷透，但是她的眼睛卻反而亮了，忽然看著陸小鳳笑了笑，道：「你爲什麼不強姦我？爲什麼？……」

這就是她說的最後一句話。

九　香姨之死

一

陳靜靜並沒有死，而且一直都很清醒。

在這種情況下，清醒的本身就已是種無法忍受的痛苦，冥冥中竟像是真的有個爲世人主持公道的神祇，在故意折磨著她。

現在陸小鳳雖然已將她抱到另一間房裡，讓她靜靜的躺在床上，可是她的痛苦並沒有結束，也許已只有死才能解除她的痛苦。

痛苦已到了無法忍受時，死就會變得一點也不可怕了。

她想死，真的想死，她只希望陸小鳳能給她一個痛快的解脫，但是她絕不把自己的意思表露出來，因爲她很小的時候，就得到一個教訓。

——你愈想死，別人往往就愈要讓你活著，你不想死，別人卻偏偏要殺了你。

她至今還記得這教訓，因爲她看見過很多不想死的人死在她面前，也看見過很多活不下去的人偏偏還活著，她本是在苦難中生長的。

陸小鳳雖然一直都靜靜的站在床頭，她卻看得出他心裡也很不平靜。

無論誰看到了那些驚心動魄，慘絕人寰的事之後，心裡都不會好受的。

陳靜靜忽然勉強笑了笑，道：「我想不到你會來，但你卻一定早已想到是我了。」

陸小鳳並不否認。

陳靜靜道：「我本來一直認爲我做得已很好，假如楚楚也能小心一些，沒有讓箱子裡的石頭滾出來，也許你就不會懷疑我了！」

陸小鳳沉默著，過了很久，才緩緩道：「箱子裡裝的是石頭，你卻接受了，楚楚和你本該是從小認得的，卻故意裝作素不相識，這兩點雖然都讓我覺得很可疑，卻還不是最重要的線索！」

陳靜靜道：「最重要的是什麼？」

陸小鳳道：「是隻黑熊！」

陳靜靜道：「黑熊？」

陸小鳳道：「冷紅兒總認爲自己看見過一隻黑熊，其實那只不過是個披著黑熊皮的人而已，因爲這個人做的事很秘密，她的模樣又偏偏是別人容易認出來的，所以她就披上熊皮來掩人耳目，無論誰發現一隻黑熊，都一定會遠遠避開，絕不敢仔細去看的。」

陳靜靜道：「你認爲這個人就是我？」

陸小鳳道：「嗯！」

陳靜靜道：「因爲你看見我房裡有張熊皮？」

陸小鳳道：「你當然想不到我會到你房裡去，那本就是件很湊巧的事！」

陳靜靜嘆了口氣，道：「我的屋子確實從來都不讓別人進去的，這一點你沒有錯！」

陸小鳳道：「我哪點錯了？」

陳靜靜道：「你能到我房裡去，並不是因爲我恰巧暈倒，因爲那天我根本就沒有暈過去！」

她的聲音雖微弱，可是每句話都說得很清楚，因爲她一直都在控制著自己，這世上也許已很少有人能比她更會控制自己。

她接著道：「我讓你到我房裡去，只因爲你抱起我的時候，我忽然有了種從來都沒有過的感覺，我……我本來也想不到李神童會忽然闖進去。」

陸小鳳也勉強笑了笑，道：「我若是他，我也會忽然闖進去的！」

陳靜靜道：「同樣的熊皮，本來有兩張，還有一張是李霞的！」

陸小鳳道：「那天你們去埋藏羅剎牌的時候，身上就披著熊皮？」

陳靜靜道：「那時候已經是深夜了，我們想不到紅兒還坐在岸上發怔。我看見她的時候，她當然也看見了我！」

陸小鳳道：「但是她並沒有看清楚，她一直以爲你是隻黑熊！」

陳靜靜苦笑道：「不管怎麼樣，我還是不太放心，女人的疑心病總是比較大的！」

陸小鳳道：「所以你發現她昨天晚上又到那裡去了，你就殺了她滅口？」

陳靜靜居然承認：「丁香姨一向認爲心最狠的人就是我！」

陸小鳳道：「她本來雖然不知道你的秘密，但是你下手殺她的時候，她終於認出了你。」

陳靜靜嘆道：「她看見我的臉時，那種眼神我只怕一輩子都不會忘記！」

陸小鳳道：「那時你心裡也難免有點害怕，所以一擊得手，就立刻走了。」

陳靜靜道：「因爲我知道她已必死無疑。」

陸小鳳道：「可是你沒有想到，一個人臨死的時候，往往也就是他這一生中最清醒的時候。」

陳靜靜沒有開口，心裡卻有點酸酸的，現在她就很清醒。

陸小鳳道：「所以她臨死前，終於想到那天她看見的黑熊一定就是你，也想到了你一定是去埋藏羅剎牌的，所以她就掙扎著爬到那天你出現的地方！」

陳靜靜道：「所以你才知道我們是把羅剎牌藏在那裡的？」

陸小鳳黯然道：「不錯！」

陳靜靜忽然冷笑，道：「這麼說來，她的死對你豈非只有好處？你還難受什麼？」

陸小鳳想說話，又忍住。

陳靜靜道：「不該難受的你難受，真正應該難受的事，你反而覺得很高興。」

陸小鳳已閉上嘴，等著她說下去。

陳靜靜道：「那天我去找你，並不是替你送下酒菜，更不是爲了關心你、喜歡你，我去找你，只不過爲了要絆住你，好讓李神童把李霞的屍體凍在冰裡，所以我只有忍受你的侮辱，其實你一碰到我，我就想吐！」

陸小鳳忽然笑了笑，道：「我明白了！」

陳靜靜道：「你明白了什麼？」

陸小鳳道：「你想死。」

陳靜靜道：「你憑什麼認爲我想死？」

陸小鳳道：「因爲你一直在故意激怒我，想要我殺了你。」

陳靜靜冷笑道：「我知道你不敢的，你一向只會看著別人下手，你自己根本沒有殺人的膽子！」

陸小鳳又笑了笑，忽然轉身走出去。

陳靜靜失聲道：「你想去幹什麼？」

陸小鳳道：「去套車！」

陳靜靜道：「爲什麼現在要去套車？」

陸小鳳道：「因爲你既不能騎馬，也不能走路！」

陳靜靜道：「你……你要帶我走？」

陸小鳳道：「你穴道裡的暗器我雖然拿不出來，可是我知道有個人能拿出來！」

陳靜靜道：「你……你……你爲什麼不肯讓我死？」

陸小鳳淡淡道：「因爲今天死的人已太多了！」

他頭也不回的走出去。

陳靜靜看著他走出去，眼淚已慢慢的流下來，終於失聲痛哭，卻不知是爲了悲傷？是爲了悔恨？還是因爲感激？

不管怎麼樣，一個人想哭的時候，若是能自由自在的痛哭一場，也滿不錯的。

陸小鳳當然聽得見她的哭聲，他本就希望她能哭出來，把心裡的悲傷痛苦和悔恨全都哭出來，哭完了之後，她也許就不想死了。

陽光已消失，風更冷，那傻頭傻腦的髒小孩還站在那裡流著鼻涕傻笑，剛才發生的那些悲慘的事，對他竟似完全沒有影響。

別人雖然笑他傻，也許他活得反而比大多數人都快樂些。

陸小鳳在心裡嘆了口氣，微笑著拍這孩子的頭，道：「你去替我照顧照顧房裡的那個阿姨，她有好多好多錢，她會買糖給你吃！」

傻孩子居然聽懂了他的話，雀躍著跑進去：「我喜歡吃糖，好多好多糖！」

陸小鳳又嘆了口氣，剛走出門，就看見一隻手伸了過來。

他並不意外，他早已算準歲寒三友一定會在外面等著他的。

孤松先生道：「拿來！」

陸小鳳眨了眨眼，道：「你是想要錢？還是想要飯？」

孤松先生臉色又氣得發青，冷冷道：「也許我這次是想要你的命！」

陸小鳳微笑道：「要錢要飯都沒有，要命倒有一條。」

孤松怒道：「難道你一定要我先打斷你的腿，才肯交出羅剎牌？」

陸小鳳道：「就算你打斷我的腿，我也不會交出羅剎牌。」

孤松變色道：「你這是什麼意思？」

陸小鳳道：「我正想問你，你這是什麼意思？我幾時說過要把羅刹牌給你的？」

孤松厲聲道：「你準備給誰？」

陸小鳳道：「藍鬍子。」

孤松道：「一定要給他？」

陸小鳳道：「一定。」

孤松道：「爲什麼？」

陸小鳳道：「因爲我要去換回一樣東西。」

孤松道：「換什麼？」

陸小鳳道：「換我的清白。」

孤松盯著他，緩緩道：「難道你自己從來也沒有想過要把這羅刹牌佔爲己有？」

陸小鳳道：「我想過！」

孤松道：「現在你還想不想？」

陸小鳳道：「想！」

孤松臉色又變了。

陸小鳳淡淡的接著道：「我想的事很多，有時我想做皇帝，又怕寂寞，有時我想當宰相，又怕事多，有時我想發財，又怕人偷，有時我想娶老婆，又怕囉嗦，有時我想燒肉吃，又怕洗鍋，有時我甚至還想打你一巴掌，又怕惹禍。」

他的話還沒有說完，孤松已忍不住笑了，但是一轉眼他又板起臉，道：「所以你想的事雖多，卻連一樣也沒有做。」

陸小鳳嘆了口氣，苦笑道：「每個人活在世上，好像都是想得多，做得少的，又豈只我一個？」

孤松的目光忽然到了遠方，彷彿也在問自己——我想過什麼？做過什麼？

一個人只要活在世界上，就一定要受到各種的約束，假如每個人都把自己想做的事做出來，這世界還成什麼樣子？

過了很久，孤松才輕輕的嘆息了一聲，揮手道：「你走吧！」

陸小鳳鬆了口氣道：「我本來以爲你已不會讓我走的，想不到你居然還很信任我。」

孤松板著臉，冷冷道：「這已是最後一次。」

陸小鳳微笑道：「只要你想喝醉，隨時都可以來找我，我一定就在你附近。」

他也揮了揮手，剛想從他們中間走過去，寒梅忽然道：「等一等！」

陸小鳳只好站住，道：「有何吩咐？」

寒梅道：「我想看看你。」

陸小鳳笑了：「你盡量看吧，據說有很多人都認爲我長得很不錯。」

寒梅臉上既沒有笑容，也沒有表情，冷冷道：「我要看的並不是你這個人。」

陸小鳳道：「你要看我的是什麼？」

孤松道：「看你的功夫。」

陸小鳳的笑立刻變成苦笑，道：「我勸你不如還是看我的人算了，我可以保證，我的功夫絕沒有我的人好看。」

寒梅卻再也不看他一眼，忽然轉身，道：「你跟我來。」

陸小鳳遲疑著，看看枯竹，又看看孤松，兩個人的臉色也全無表情。

他嘆了口氣，只好跟著寒梅走，嘴裡還在喃喃的嘀咕：「你究竟想帶我到哪裡去？喝酒賭錢我都奉陪，若是要打架拚命，我就要開溜了。」

寒梅也不理他，三轉兩轉，走到一條大街上，街上有家很大的酒樓，門口停著十來輛鏢車，一桿紫緞鏢旗斜插在門外，迎風招展，上面繡著的是一條金龍，蟠著個斗大的「趙」字。

陸小鳳認得這桿鏢旗，「金龍鏢局」雖然遠在關外，主顧大多是到長白山來採參的參客，可是在關內的名頭也很響，因為這家鏢局的總鏢頭，「黑玄壇」趙君武，昔年本是中原極負盛名的鏢師，不久之前才被金龍鏢局重金聘來的。

現在他就在這家酒樓上喝酒，一個人有了他這樣的聲名地位，氣派當然不小。

寒梅一上了酒樓，就筆直走到他面前，冷冷的看著他，道：「你就是黑玄壇趙君武？」

趙君武怔了怔，上下打量著這不僧不道不俗的怪老頭，他眼力一向不錯，卻看不出這老頭是什麼來歷，只好點點頭，道：「我就是。」

寒梅道：「你知道我是誰？」

趙君武搖搖頭，道：「請教。」

寒梅道：「我就是崑崙絕頂大光明境，歲寒三友中的寒梅先生，也就是西方魔教中的護法長老。」

他每個字都說得很慢，聽到「歲寒三友」四個字，趙君武的臉已像是個面具忽然拉長了，聽到「西方魔教」四個字，趙君武額上已冒出冷汗。

寒梅道：「現在你是不是已知道我是誰？」

趙君武立刻站起來，搶步趕出，躬身道：「晚輩有眼無珠，不知道仙長大駕光臨……」

他還在不停的說，恨不得把所有的恭維客套話都說出來，寒梅卻已轉身走了，走到陸小鳳面前，道：「你知道他是誰？」

陸小鳳道：「聽說過。」

寒梅說道：「他的名頭並不小，他的武功也不弱，見到我時，還是恭敬得很，你在我們面前卻漫不爲禮。」

陸小鳳笑了，道：「他小時候家教一定很好，家教好的人，總是比較有禮貌的！」

寒梅道：「你呢？」

陸小鳳道：「我是個孤兒！」

寒梅道：「所以你沒有家教。」

陸小鳳道：「沒有。」

寒梅道：「那麼你就該受點教訓。」

他忽又轉身，指著陸小鳳問趙君武道：「你知不知道這個人是誰？」

趙君武搖搖頭。

寒梅道：「你也不必知道，我只要你替我教訓教訓他。」

趙君武面有難色，苦笑道：「可是在下與他素無過節，怎麼能……」

寒梅打斷了他的話，冷冷道：「我並不打算勉強你，你可以選擇，是要出手教訓他？還是要我教訓你？」

他一面說著話，一面從桌上拿起了個錫酒壺，隨隨便便的一捏一揉，酒壺就變成了一團，再輕輕一拉，就又變成條錫棍。

趙君武臉色變了，忽然一個箭步竄過來，反手一掌，猛砍陸小鳳後頸，這一著兇狠迅速，出手居然一點也不留情。

陸小鳳居然連動也沒有動，就這麼樣站在那裡挨了他一掌。

左頸後有條大血管，也是人身上的要害之一，趙君武雖然沒有練過內家掌力，可是一雙手粗糙堅硬如岩石，這一下打得實在很不輕，陸小鳳不被打死，也該立刻暈過去的。

誰知他卻偏偏還是好好的站在那裡，而且居然還面不改容。

趙君武臉上又冒出了汗，突然一個肘拳，用力撞在陸小鳳胸腹間。

陸小鳳又挨了他一拳，還是不動聲色。

趙君武滿頭汗如落雨，他兩次出手，明明都沒有落空，卻又偏偏像是打空了，只覺得對方整個人都像是空的，自己一拳打上去，竟連一點著力之處都沒有。

他第三拳本已準備出手，拳頭也已握緊，卻再也沒法子打得下去。

陸小鳳好像還在等著挨打，等了半天，忽然看著他笑了笑，道：「閣下是不是已教訓得夠了？」

趙君武也想勉強笑一笑，可是現在就算天上忽然有個大元寶掉在他面前，他也沒法子笑得出來。

陸小鳳又轉過頭看著寒梅笑了笑，道：「現在我是不是可以走了？」

寒梅臉色也變得很難看，還沒有開口，枯竹已搶著道：「你請吧！」

陸小鳳微笑道：「謝謝。」

他拍了拍衣襟，從桌上拿起個還沒有被捏扁的酒壺，對著嘴一飲而盡，大步從寒梅面前走了過去。

可是他還沒有走下樓，已有個店小二奔上來，手裡拿著封信，大聲道：「哪位是陸小鳳陸大俠？」

陸小鳳指指自己的鼻子，帶著笑道：「我就是陸小鳳，卻不是大俠，大俠只會揍人，不會挨揍！」

他臉上還帶著笑，並沒有生氣，因爲他知道世界上欺善怕惡的人很多，比趙君武更糟十倍的人卻有不少，這本就是人性中弱點之一。

他熱愛人類，熱愛生命，對這種事他通常都很容易就會原諒的。

可是等他看完了這封信之後，卻真的生氣了，不但生氣，而且著急。

「小鳳大俠吾兄足下：前蒙寵賜屁眼一枚，愧不敢當，只因無功不敢受祿，已轉贈靜靜陳姑娘，又恐吾兄旅途不便，阿堵物若干兩，弟也已代為運走，專此奉達，謹祝大安！」

下面的具名，赫然又是「飛天玉虎」。

陸小鳳在看著這封信的時候，歲寒三友卻在看著他。

他們也很吃驚，因爲他們從來也沒有想到，陸小鳳的臉色也會變得這麼可怕。

所以陸小鳳衝出去的時候，他們也跟著衝了出去，只留下趙君武一個人怔在那裡，臉上的表情好像恨不得馬上一頭撞死。

他做夢也想不到他剛才要教訓的那個人，就是名滿天下的陸小鳳。

陸小鳳雖然原諒了他，他卻永遠也沒法子原諒自己，陸小鳳雖然並沒有出手，卻已給了他一個很好的教訓。

可是陸小鳳自己也做錯了一件事，他本不該離開陳靜靜的，更不該離開那屋子，等他趕回去時，那地方幾乎已變成了一片火海。

幸好天寒地凍，到處都積著冰雪，所以火勢的蔓延並不廣，被波及的人家並不多，但卻還是難免有很多無辜的人受到連累。

陳靜靜那美麗柔軟的胴體，也無疑早已被燒成了一根根枯骨，一片片飛灰。

陸小鳳來的時候，已來遲了。

烈火烤紅了他的臉，烤紅了他的眼睛，他的手腳卻是冰冷的，心也是冰冷的。

巷子裡一片混亂，男人們在奔跑叱喝著救火，女人們在尖叫，孩子們在啼哭，他們過的本是簡樸平靜的生活，從沒有傷害到任何人，可是現在卻無緣無故的受到傷害。

陸小鳳忽然轉身，瞪著寒梅，厲聲道：「你看見了沒有？」

寒梅道：「看見了什麼？」

陸小鳳道：「這就是你造成的災禍，你自己難道看不見？」

寒梅閉上了嘴，心裡顯然也不太好受。

陸小鳳道：「現在你是不是還想看看我的功夫？」

寒梅道：「剛才我已看過。」

陸小鳳道：「剛才那只不過是挨揍的功夫，你想不想看看我揍人的功夫？」

這是挑戰。

他從未向任何人這麼樣挑戰過，他的態度雖然冷靜如磐石，可是這種殘酷的冷靜，卻使得他的憤怒更可怕。

極端的冷靜，本就是憤怒的另一種面具。

寒梅沉著臉，在閃動的火光下看來，他臉色也是蒼白的，連嘴唇都已發白。

從來沒有人敢這麼樣面對面的向他挑戰。

他並不怕這個年輕人，他從來也沒有怕過任何人，可是這一瞬間，他卻忽然感覺到一種從來未有過的緊張，緊張得連呼吸都已停頓！

因爲他一直都是站在上風的，他已習慣於用自己的聲名和地位去壓迫別人，現在，他卻第一次感覺到別人給他的壓力。

陸小鳳的壓力又來了：「你想不想看？」

寒梅還沒有開口，枯竹忽然道：「他不想！」

孤松立刻接著道：「他唯一想看的，就是羅刹牌，我也一樣。」

他擋在陸小鳳面前，讓枯竹拉走了寒梅，才慢慢的接著道：「所以你絕不能讓我們失望！」

他沒有轉身，只是面對著陸小鳳向後退，然後袍袖一揮，身形倒掠，忽然就看不見了。

陸小鳳沒有動，沒有攔阻，過了很久才輕輕的吐出一口氣。

他忽然發覺自己對這三個人已退讓得太久，現在已應該讓他們退一退了。

這是他第一次還擊，雖然沒有使劍出來，卻已贏得了勝利。

可是他也知道，他們絕不會退得很遠的，等到他們再逼過來時，會造成什麼樣的結果？

陸小鳳沒有想下去！

火還沒有滅，他絕不能就這麼樣站在這裡看著，縱然有很多問題需要他去想，也可以等到以後再說，現在他一定要先去救火。

他捲起衣袖，從別人手上搶過一桶水，躍上隔壁的牆頭，往火頭上澆了下去。

他的動作當然比別人快得多，一個人出的力量至少可以抵得十五個人，可是旁邊另外還有個人，動作居然也並不比他慢多少，甚至比他更賣力，有一次竟躍上已被火燒燬了的危牆，幾乎葬身在火窟裡。

冰雪溶化，打濕了易燃的木料，再加上大家同心合力，火勢很快就被遏阻，終於滅了。

陸小鳳總算鬆了口氣，用衣袖抹了抹汗，只覺得已有很久未曾這麼樣舒服過。

旁邊有個人在喘息著，帶著笑道：「你一共提了七十三桶水，我只比你少六桶。」

陸小鳳抬起頭，才發現這個跟他並肩救火的人，竟是「黑玄壇」趙君武！

趙君武笑得很開朗，道：「我剛才差點想一頭撞死，可是現在卻只想再活幾年，活得愈長愈好。」

陸小鳳微笑著，沒有問爲什麼，因爲他知道答案。

假如你自己也覺得自己是個有用的人，就絕不會想死的，因爲你的生命已有了價値，你就會覺得它可貴可愛。

假如你真正全心全意的去幫助過別人，就一定會明白這道理，因爲只要你肯去幫助別人，就一定是個有用的人。

陸小鳳微笑著拍了拍趙君武的肩，道：「我知道你剛才比誰都賣力，你揍我的時候，假如也這麼賣力，我就吃不消了！」

趙君武紅著臉笑道：「我揍人的時候絕不會這麼出力的，因爲揍人並不是件愉快的事，同時我又怕手疼！」

兩個人同時大笑，然後才發現他們四周已圍滿了人，站在那裡陪著他們笑，每個人眼睛裡都充滿了欣慰、敬佩和感激。

一個梳著兩條長辮子的小女孩，忽然衝出來，拉住了他們的手，在他們手心裡塞了塊冰糖，紅著臉道：「這是我最喜歡吃的，可是我情願讓你們吃，因爲你們都是好人，我長大了也要跟你們一樣，別人家裡著了火，我也會幫著去救的！」

陸小鳳輕撫著她的頭髮，想說話，咽喉裡卻像是被塞住了。

趙君武看著她，幾乎連眼淚都掉了下來，只覺得自己剛才就算真的被火燒死，也是值得的。

就在這時，忽然有個小小的黑腦袋，從旁邊一條又髒又窄的陰溝裡鑽出來，指著陸小鳳大聲道：「他不是好人，他騙我，阿姨沒有糖給我吃！」

一個小小的黑人從陰溝裡爬出來，竟是那傻頭傻腦的髒小孩。

他居然還沒有死，也許並不是因爲他運氣好，只因爲他的愚笨無知，除了他之外，無論大人小孩都不會把自己塞進這麼髒的陰溝裡。

可是他有眼睛，而且剛才也在陳靜靜屋裡，現在他已是唯一能說出當時情況來的人！

陸小鳳眼睛亮了，立刻迎上去，這孩子能不能把那兇手的樣子指敘出來？他雖然沒有把握確定，但希望總是有的。

忽然間，人叢中有人大叫道：「他雖然幫著救火，放火的也是他，大家莫要上了他的當。」

幾個人大叫著衝出來，往陸小鳳身上撲過去，情況立刻混亂，雖然有人堅決不信，有的人已在懷疑，有幾個房子已被燒光了的人，更是不分青紅皂白，也往陸小鳳身上撲。

他們本就是些頭腦簡單的小人物，看見自己的家被毀了，早已眼睛發紅，想找人拚命。

陸小鳳並不怪他們，更不願對他們出手，幸好有趙君武在旁邊擋著，他雖然挨了幾拳，總算還是衝了出去，可是那髒小孩卻已不見了。

陰溝旁邊還留著幾個水淋淋的髒腳印，火窟裡還在冒著青煙。

陸小鳳咬了咬牙，忽然又衝進火窟。

趙君武旗下的鏢師趟子手們，也已趕來壓住暴亂的人群，趙君武又以自己的身分保證，陸小鳳剛才一直跟他在一起，騷動平息，再問剛才第一個大叫的人是誰，就沒有人知道了。

這時陸小鳳居然還留在那滾燙的火窟裡，也沒有人知道他在找什麼。

二

「你剛才在找什麼？」

他們一離開火場，趙君武就忍不住問他，陸小鳳卻沒有回答。

他眼睛裡一直帶著種很奇怪的表情，也不知道是正在思索著一個難題，還是已經把這難題想通了。

趙君武沒有再問下去，也開始思索，忽然又道：「剛才冤枉你的那個人，一定就是放火的人，想要你替他揹黑鍋。」

陸小鳳又沉默了很久，才緩緩道：「他們並不是要我揹黑鍋，而是要滅口。」

趙君武道：「滅誰的口？從陰溝裡爬出來的那個傻小子？」

陸小鳳點點頭。

趙君武皺眉道：「那麼樣一個傻小孩，能懂得什麼？」

陸小鳳嘆了口氣，道：「他們本來的確不必這麼樣的！」

趙君武也嘆了口氣，道：「不管怎麼樣，事情總算已過去，咱們喝酒去！」

陸小鳳道：「你要我陪你喝酒，恐怕要等一等！」

趙君武道：「爲什麼？」

陸小鳳握緊雙拳，緩緩道：「不找到飛天玉虎，我從此絕不再喝一滴酒。」

趙君武道：「我能不能幫上你的忙？」

陸小鳳道：「能！」

趙君武道：「你說！」

陸小鳳道：「這一帶你比我熟，你……」

他聲音忽然壓得很低，好像生怕別人聽見，因爲他已發現飛天玉虎的勢力所及處，遠比他以前想像中還要大得多。

等他說完了，趙君武立刻道：「這件事我一定替你做到，有了消息後，怎麼通知你？」

陸小鳳道：「你有沒有到銀鈎賭坊去賭過錢？」

趙君武笑道：「不但去過，而且還跟那大鬍子賭過錢，居然還贏了他幾百兩銀子！」

陸小鳳道：「半個月之後，我們在那裡見面，先到的先等，不見不散。」

趙君武看著他，忽然道：「謝謝你。」

陸小鳳笑了，道：「我要你替我做事，我沒有謝你，你反而謝我？」

趙君武道：「就因爲你沒有謝我，所以我才要謝你！」

陸小鳳道：「爲什麼？」

趙君武眼睛裡發著光，道：「因爲我知道你一定已把我當作朋友！」

朋友！這兩個字多麼光榮！多麼美麗！

你若也想和陸小鳳一樣，受人愛戴尊敬，就一定要先明白一件事。

——真正能令人折服的力量，絕不是武功和暴力，而是忍耐和愛心。

這並不是件容易事，除了廣闊的胸襟外，還得要有很大的勇氣！

三

屋子裡佈置得幽雅而乾淨，雪白的窗紙還是新換上的，窗外天氣晴朗，陽光燦爛，窗台上擺著水仙和臘梅，丁香姨居然已能坐起來了，蒼白的臉上已有了紅暈，就像是一朵本已枯萎的花朵，忽然又有了生命。

這一切都是非常令人愉快的事，陸小鳳的心情顯然也比前幾天好了些！

「我答應過你，我一定會再來看你！」

「我知道！」丁香姨臉上居然露出溫暖的微笑，「我知道你一定會來的！」

她斜倚在床上，床上鋪著剛換過的被單，她身上穿著溫暖舒服的寬袍，袍子很長，袖子也很長，掩住了她的斷足和斷腕。

陽光穿過雪白的窗紙照進來，她看來還是那麼美麗。

陸小鳳微笑道：「我還帶了樣東西來！」

丁香姨眼睛裡發出了光，失聲道：「羅剎牌？」

陸小鳳點點頭，道：「我答應過你的事，一定會做到，我沒有騙你！」

丁香姨眨眨眼，道：「難道我又騙了你？」

陸小鳳拉過張椅子坐下，道：「你告訴我，陳靜靜是你的好朋友，我可以信任她！」

丁香姨承認。

陸小鳳道：「她真的是你的好朋友？你真的能信任她？」

丁香姨轉過頭，避開了他的目光，呼吸忽然變得急促，彷彿在勉強控制著自己，過了很久，還是忍不住說出了真心話：「她是個婊子！」

陸小鳳笑了：「可是你卻要我去信任一個婊子！」

丁香姨終於回過頭，勉強笑了笑，道：「因爲我是個女人，女人豈非總是常常會叫男人去做一些她自己不願做的事？」

這理由實在不夠好，陸小鳳卻似乎已很滿意，因爲她是個女人，你若要女人講理，簡直就好像要駱駝穿過針眼一樣困難。

丁香姨忽又問道：「她是不是真的已死了？」

陸小鳳道：「嗯！」

丁香姨輕輕吐出口氣，臉上的表情就像剛才吐出口濃痰。

陸小鳳盯著她，忽然問道：「你怎麼知道她已經死了？」

丁香姨又轉過頭，輕輕咳嗽了兩聲，才緩緩道：「我並不知道，只不過這麼樣猜想而已。」

陸小鳳道：「你怎麼會這樣想的？」

丁香姨道：「你剛才既然那麼樣問我，可見她一定做了很多對不起你的事，對不起你的人，豈非總是活不長的？」

這解釋更不夠好，陸小鳳居然也接受了。「不管怎麼樣，我總算已要回了羅刹牌，總算沒有白走一趟。」

聽到「羅刹牌」三個字，丁香姨眼睛裡又發出了光，看著陸小鳳的手伸進衣襟裡，看著他拿出了這塊玉牌，眼睛裡忽又流下淚來。

陸小鳳了解她的心情。

就為了這塊玉牌，她不惜毀了自己的家，毀了自己一生的幸福，連自己的人都變成了殘廢！

這塊玉牌縱然是無價之寶，可是幸福的價值豈非更無法衡量？

她這麼樣做是不是值得？現在她是不是已經在後悔？

陸小鳳也不禁嘆息，道：「假如這是我的，我一定送給你，可是現在……」

丁香姨打斷了他的話，道：「我明白你的意思，你用不著解釋，現在你就算送給我，我也沒有用了。」她的淚又流下，慢慢的接著道：「現在我只要能看看它，摸摸它，就已心滿意足了！」

她已沒有手，這塊她不惜犧牲一切來換取的玉牌，雖然就在她面前，她卻沒法子伸手來拿了，這種痛苦豈非已不是任何人所能忍受的，可是她卻偏偏只有忍受。

陸小鳳又不禁嘆息，勉強笑道：「我把它放在你身上好不好？你至少可以看得清楚些。」

丁香姨點點頭，看著陸小鳳把那塊玉牌放在她的胸膛上，含淚的眼睛裡忽然露出種誰也無法解釋的表情，也不知是感激？是欣慰？還是悲傷？

陽光滿窗，玉牌的光澤柔和而美麗，甚至還是溫暖的。

丁香姨垂下頭，用嘴唇輕吻，就像是在輕吻著初戀的情人。

「謝謝你，謝謝你……」

她反反覆覆不停的說著，用兩隻斷腕，夾起了玉牌，貼著自己的臉。

陸小鳳不忍去看她，他記得她的手本來是纖細而柔美的，指甲上總是喜歡染上一層淡淡的玫瑰花汁，使得她的手看來也像是朵盛開的玫瑰。

可是現在玫瑰已被無情的手摘斷了，只剩下一根光禿醜陋的枯枝。

玫瑰斷了，明年還會再生，可是她的手……

陸小鳳站起來，轉過身，突聽「噗」的一聲，一樣東西穿破窗戶，飛了出去，接著，又是「嗤」的一響，一樣東西穿破窗戶，飛了進來。

他立刻回頭，丁香姨用兩隻斷腕夾著的玉牌已不見了，心口上卻有一股鮮血泉水般湧了出來。

她嫣然的面頰又已變爲蒼白，眼角和嘴角在不停的抽動，看來彷彿是在哭，又彷彿是在笑。

就算是笑，那也是一種無可奈何的、淒涼痛苦的笑，一種甚至比哭還悲哀的笑。

她看著陸小鳳，發亮的眼睛也變成死灰色，掙扎著：「你……你為什麼不追出去？」

陸小鳳搖搖頭，臉上只有同情和憐憫，連一點驚訝憤怒之意都沒有。

丁香姨這麼樣的結果，竟好像早已在他意料之中，過了很久，他才黯然道：「你是不是又被人騙了？」

丁香姨的聲音更微弱，道：「我騙了你，他卻騙了我，每個人好像都命中注定了要被某一種人騙的，你說對不對，對不對？……」

她說得很輕、很慢，聲音裡已不再有悲傷和痛苦。

在臨死前的一瞬間，她忽然領悟到一種既複雜、又簡單，既微妙、又單純的哲理，忽然明白人生本就是這樣子的。

然後她的人生就已結束。

一個人為什麼總是要等到最後的一瞬間，才能了解到一些他本來早已了解的事？

十 重回賭坊

一

夜，冬夜。

黑暗的長巷裡，靜寂無人，只有一盞燈。

殘舊的白色燈籠，幾乎已變成死灰色，斜掛在長巷盡頭的窄門上，燈籠下，卻掛著一個發亮的銀鈎，就像是漁人用的釣鈎一樣。

銀鈎不住的在寒風中搖盪，風彷彿是在嘆息，嘆息世上爲何會有那麼多愚昧的人，願意被鈎上這個銀鈎？

方玉飛從陰暗潮濕的冷霧中，走進了燈光輝煌的銀鈎賭坊，脫下了白色的斗篷，露出了他那件剪裁極合身，手工極精緻的銀緞子衣裳。

每天這時候，都是他心情最愉快的時候，尤其是今天。

因爲陸小鳳已回來了，陸小鳳一向是他最喜歡、最尊敬的朋友。

陸小鳳自己當然更愉快，因爲他已回來了，從荒寒的冰國回來了。

佈置豪華的大廳裡，充滿了溫暖和歡樂！

酒香中，混合著上等脂粉的香氣，銀錢敲擊，發出一陣陣清脆悅耳的聲音，世間幾乎已沒有任何一種音樂能比這種聲音更動聽。

陸小鳳喜歡聽這種聲音。

就像世上大多數別的人一樣，他也喜歡奢侈和享受。

尤其是現在。

經過了那麼長一段艱辛的日子後，重回到這裡，他就像一個迷了路的孩子，又回到溫暖的家，回到母親的懷抱。

這次他居然還能好好的活著回來，實在不是件容易事。

他剛洗了個熱水澡，換了身新衣服，下巴上的假鬍子、眼角的假皺紋、頭髮上的白粉，全都已被他洗得乾乾淨淨。

現在他看來是容光煥發，精神抖擻，連他自己都對自己覺得滿意。

大廳裡有幾個女人正用眼角偷偷的瞟著他，雖然都已徐娘半老，陸小鳳卻還是對她們露出了最動人的微笑。

只要是能夠讓別人愉快的事，對他自己又毫無損失，他從來也不會拒絕去做的。

看見他的笑容，就連方玉飛都很愉快，微笑著道：「你好像很喜歡這地方？」

陸小鳳道：「喜歡這地方的人，看來好像愈來愈多了。」

方玉飛道：「這地方的生意的確愈來愈好，也許只不過是因為現在正是大家都比較悠閒寬裕的時候，天氣又冷，正好躲在屋子裡賭錢喝酒！」

陸小鳳笑道：「是不是也有很多女人特地爲了來看你的？」

方玉飛大笑。

他的確是個很好看的男人，儀容修潔，服裝考究，身材也永遠保持得很好，雖然有時顯得稍微做作了些，卻正是一些養尊處優的中年女人們，最喜歡的那種典型。

陸小鳳壓低聲音，又道：「我想你在這地方一定釣上過不少女人！」

方玉飛並不否認，微笑道：「經常到賭場裡來賭錢的，有幾個是正經人？」

陸小鳳道：「開賭場呢？是不是也……」

他聲音忽然停頓，因爲他已看到一個人，手裡拿著把尖刀，從後面撲過來，一刀往方玉飛的左腰刺了過去。

方玉飛卻沒有看見，他背後並沒有長眼睛。

陸小鳳看見的時候也已遲了，這個人手裡的刀，距離方玉飛的腰已不及一尺。

這正是人身的要害，一刀就可以致命，連陸小鳳都不禁替他捏了把冷汗。

誰知就在這時，方玉飛的腰突然一擰，一反手，就刁住了這個人握刀的腕子，「叮」的一聲，尖刀落地！

拿刀的人破口大罵，只罵出了一個字，嘴裡已被塞住，兩條大漢忽然出現在他身後，一邊一個，一下子就把他架了出去。

方玉飛居然還是面不改色，微笑道：「這地方經常都會有這種事的！」

陸小鳳道：「你知不知道他爲什麼要殺你？」

方玉飛淡淡道：「反正不是因爲喝醉了，就是因爲輸急了！」

陸小鳳笑了笑，道：「也許他只不過因爲氣瘋了！」

方玉飛道：「爲什麼？」

陸小鳳道：「因爲你給他戴了頂綠帽子！」

方玉飛又大笑。

在他看來，能給人戴上頂綠帽子，無疑是件很光榮、很有面子的事，無論誰都不必爲這種事覺得慚愧抱歉的。

陸小鳳看著他，就好像第一次才看見這個人。

剛才的事發生得很突然，卻還是引起了一陣小小的騷動，尤其是靠近他們的幾張賭桌，大多數人都已離開了自己的位子，在那裡竊竊私議，議論紛紛。

只有一個人還是動也不動的坐在那裡，盯著自己面前的兩張牌九出神，看來他在這副牌九上，不是贏了一大注，就是輸了不少。

這人頭戴著貂皮帽，反穿著大皮襖，還留著一臉大鬍子，顯然是個剛從關外回來的採參客，腰上的褡褳裡裝滿了辛苦半年換來的血汗錢，卻準備在一夜之間輸出去。

方玉飛也壓低聲音，道：「看樣子你好像很想過去贏他一票。」

陸小鳳笑道：「只有贏來的錢花起來最痛快，這種機會我怎麼能錯過？」

方玉飛道：「可是我妹夫已在裡面等了很久，那三個老怪物聽說也早就來了！」

陸小鳳道：「他們可以等，這種人身上的錢卻等不得，隨時都可能跑光的！」

方玉飛笑道：「有理！」

陸小鳳道：「所以你最好先進去通知他們，我等等就來！」

他也不等方玉飛同意，就過去參加了那桌牌九，正好就站在那大鬍子參客的旁邊，微笑道：「除了押莊的注之外，我們兩個人自己也來賭點輸贏怎麼樣？」

大鬍子立刻同意，道：「行，我賭錢一向是愈大愈風涼，你想賭多少？」

陸小鳳道：「要賭就賭個痛快，賭多少我都奉陪！」

方玉飛遠遠的看著他們，微笑著搖了搖頭，忽然覺得自己一雙手也癢了起來。

等他繞過這張賭桌走到後面去，陸小鳳忽然在桌子下面握住了這大鬍子的手——

二

藍鬍子正在欣賞自己的手。

他的手保養得很好，指甲修剪得很乾淨，手指長而秀氣。

這是雙很好看的手，也無疑是雙很靈敏的手。

他的手就擺在桌上，方玉香也在看著，甚至連孤松、枯竹、寒梅，都在看著。

他們看著的雖然是同樣一雙手，心裡想著的卻完全不同。

方玉香也不能不承認這雙手的確很好看、很乾淨。

但是卻又有誰知道，這雙看來乾乾淨淨的手，已做過多少髒事？殺過多少人？脫過多少女孩子的衣服？

她的臉微微發紅，她又想起了這雙手第一次脫下她的衣服，在她身上輕輕撫摸時那種感覺，連她自己都分不出那究竟是種什麼樣的感覺？

歲寒三友正在心裡問自己：除了摸女人和摸牌之外，這雙手還能幹什麼？

這雙手看來並不像練過武功的樣子，可是陸小鳳的手豈非也不像？

藍鬍子自己又在想什麼呢？他的心事好像從來也沒有人能看透過。

方玉飛已進來了很久，忍不住輕輕咳嗽，道：「人已來了！」

方玉香道：「人在哪裡？爲什麼沒有進來？」

方玉飛微笑道：「因爲他恰巧看見了一副牌九，又恰巧看見了一個油水很足的冤大頭！」

喜歡賭的人，若是同時看見這兩件事，就算老婆正在生第一胎孩子，他也會忘得乾乾淨淨的。

寒梅冷笑道：「原來他不但是個酒色之徒，還是個賭鬼！」

方玉飛道：「好酒好色的人，不好賭的恐怕還不多。」

方玉香瞪了他一眼，冷冷道：「你當然很了解這種人，因爲你自己也一樣。」

方玉飛嘆了口氣，道：「天下烏鴉一般黑，我們男人本來就沒有一個好東西！」

這本是女人罵男人的話，他自己先罵了出來。

方玉香也笑了，她顯然是個好妹妹，對她的哥哥不但很喜歡，而且很親熱。

藍鬍子忽然問道：「那冤大頭是個什麼樣的人？」

方玉飛道：「是個從關外來的採參客，姓張，叫張斌。」

藍鬍子道：「這人是不是還留著一嘴大鬍子？」

方玉飛道：「不錯！」

藍鬍子淡淡道：「鬍子若是沒有錯，你就錯了！」

方玉飛道：「我什麼地方錯了？」

藍鬍子道：「你什麼地方錯了，這人既不是採參客，也不叫張斌！」

方玉飛道：「哦！」

藍鬍子道：「他是個保鏢的，姓趙，叫趙君武！」

方玉飛想了想，道：「是不是那個『黑玄壇』趙君武？」

藍鬍子道：「趙君武只有一個！」

方玉飛道：「他以前到這裡來過沒有？」

藍鬍子道：「經過這裡的鏢客，十個中至少有九個來過！」

方玉飛道：「他以前既然正大光明的來過，這次爲什麼要藏頭露尾？」

藍鬍子道：「你爲什麼不問他去？」

方玉飛不說話了，眼睛卻露出種奇怪的表情。

這時候藍鬍子的手已擺下去，孤松的手卻伸了出來。

陸小鳳總算來了。

孤松伸著手道：「拿來。」

陸小鳳笑了笑，道：「你若想要錢，就要錯時候，我恰巧已經把全身上下的錢都輸得乾乾淨淨！」

孤松居然沒有生氣，淡淡道：「你本來好像是想去贏別人錢的！」

陸小鳳嘆了口氣，苦笑道：「就因爲我想去贏別人的錢，所以才會輸光，輸光了的人，一定都是想去贏別人錢的！」

孤松冷笑道：「難道你把羅刹牌也輸了出去！」

陸小鳳道：「羅刹牌假如在我身上，我說不定也輸了出去！」

孤松道：「難道羅刹牌不在你身上？」

陸小鳳道：「本來是在的！」

孤松道：「現在呢？」

陸小鳳道：「現在已經不見了！」

孤松看著他，臉上一點表情也沒有，瞳孔卻已突然收縮。

陸小鳳卻又笑了笑，道：「羅刹牌雖然不見了，我的人卻還沒有死！」

孤松冷冷道：「你爲什麼不去死！」

陸小鳳道：「因爲我還準備去替你把羅刹牌找回來！」

孤松又不禁動容，道：「你能找得回來？」

陸小鳳點點頭，道：「假如你一定想要，我隨時都可以去找，只不過……」

孤松道：「不過怎麼樣？」

陸小鳳道：「我勸你還是不要的好，要回來之後，你一定會更生氣！」

孤松道：「爲什麼？」

陸小鳳道：「因爲那塊羅刹牌也是假的！」

藍鬍子的手又擺到桌上來，孤松的手也擺在桌上。

他們是不是想用這雙手扼斷陸小鳳的脖子？

陸小鳳嘆了口氣，道：「我一共已找到兩塊羅刹牌，只可惜兩塊都是假的！」

大家都在聽著，等著他解釋。

陸小鳳道：「第一次我是從冰河裡找出來的，我們姑且就叫它冰河牌，第二次我是用馬鞭從人家手裡搶來的，我們不妨就叫它神鞭牌，因爲人家都說我那手鞭法滿神的！」

孤松道：「神鞭牌本是李霞盜去的，被陳靜靜用冰河牌換走，又落入你手裡！」

陸小鳳道：「完全正確！」

孤松道：「它絕不可能是假的！」

陸小鳳嘆道：「我也覺得它絕不可能是假的，但它卻偏偏是假的！」

孤松冷笑道：「你怎麼能看得出羅刹牌的真假？」

陸小鳳道：「我本來的確是看不出的，卻偏偏又看出來了！」

孤松道：「怎麼樣看出來的？」

陸小鳳道：「因爲我恰巧有個朋友叫朱停，神鞭牌也恰巧是他做出來的贗品！」

孤松道：「你說的是不是那個外號叫『大老闆』的朱停？」

陸小鳳道：「你也知道他？」

孤松道：「我聽說過！」

陸小鳳道：「這人雖然懶得出奇，卻是個不折不扣的天才，無論什麼稀奇古怪的東西，他都能做得出，僞造書畫玉石的贗品，更是天下第一把好手。」

說起朱停這個人，他臉上就不禁露出了微笑。

朱停不但是他的朋友，還是他的好朋友，在丹鳳公主那次事件中，若不是朱停，直到現在他只怕還被關在青衣樓後面的山洞裡。

陸小鳳又嘆了口氣，苦笑道：「假如不是他，我現在也不會有這麼多麻煩了，他替我惹的麻煩，簡直比我所有的朋友加起來都多！」

孤松道：「他也是你的朋友？」

陸小鳳道：「嗯！」

孤松道：「那神鞭牌是誰要他假造的？你去問過他沒有？」

陸小鳳道：「沒有！」

孤松道：「爲什麼？」

陸小鳳道：「我跟他至少已經有兩年沒說過話了。」

孤松道：「他跟你是朋友，彼此卻不說話？」

陸小鳳苦笑道：「因爲他是個大混蛋，我好像也差不多。」

孤松冷笑道：「若有人相信你的話，那人想必也是個混蛋！」

陸小鳳道：「你不信？」

孤松道：「無論那神鞭牌是真是假，我都要親眼看看。」

陸小鳳道：「我說過，假如你一定要看，我隨時都可以替你找回來！」

孤松道：「到哪裡去找？」

陸小鳳道：「就在這裡！」

孤松動容道：「就在這屋子裡？」

陸小鳳道：「現在也許還不在，可是等我吹熄了燈，唸起咒語，等燈再亮的時候，那塊玉牌就一定已經在桌子上。」

藍鬍子笑了，方玉飛也笑了。

這種荒謬的事，若有人相信才真是活見了鬼。

方玉香也忍不住笑道：「你真的認爲有人會相信你這種鬼話？」

陸小鳳道：「至少總有一個人會相信的！」

方玉香道：「誰？」

孤松忽然站起來，吹熄了第一盞燈，道：「我。」

屋子裡點著三盞燈，三盞燈已全都滅了，這密室本就在地下，燈熄了之後，立刻就變得伸手不見五指。

黑暗中，只聽陸小鳳嘴裡唸唸有詞，好像真的是在唸著某種神秘的魔咒，可是仔細一聽，卻好像是在反反覆覆的說著幾個地名：

「老河口，同德堂，馮家老舖，馮二瞎子……」

不管他唸的是什麼，他的聲音聽起來都顯得神秘而怪異。

大家只聽得彼此間心跳的聲音，有一兩個人心跳得愈來愈快，竟像是真的已開始緊張起來，只可惜屋子裡實在太黑，誰也看不見別人臉上的表情，也猜不出這個人是誰？

這人的心跳得愈來愈快，陸小鳳的咒語也愈來愈快，反反覆覆，也不知唸了多少遍，忽然大喝一聲，道：「開！」

火光一閃，已有一盞燈亮起！

燈光下竟真的赫然出現了一塊玉牌。

三

在燈光下看來，玉牌的光澤柔美而圓潤，人的臉卻是蒼白的，白裡透青。

每個人的臉色都差不多，每個人眼睛裡都充滿了驚奇。

陸小鳳得意的微笑著，看著他們，忽然道：「現在你們是不是已全都相信了我的鬼話？」

方玉香嘆了口氣，道：「其實我本就該相信你，你這個人本來就是個活鬼。」

孤松冷冷道：「但這塊玉牌卻不是鬼，更不是活的，絕不會自己從外面飛進來。」

陸小鳳道：「當然不會！」

孤松道：「它是怎麼來的？」

陸小鳳笑了笑，道：「那就不關你的事了，你若問得太多，它說不定又會忽然飛走的！」

它當然絕不會自己飛走，正如它不會自己飛來一樣，但是孤松並沒有再問下去。

這就是他所要的，現在他已得到，又何必再問得太多？

他凝視著桌上的玉牌，卻一直都沒有伸手，連碰都沒有去碰一碰。

這塊玉牌從玉天寶手裡交給藍鬍子，被李霞盜走，又被陳靜靜掉了包，再經過楚楚、陸小鳳和丁香姨的手，最後究竟落入了誰手裡？

在燈光下看來，它雖然還是晶瑩潔白的，其實卻早已被鮮血染紅，十個人的血，十條命，他們的犧牲是不是值得？

孤松忽然長長嘆了口氣，道：「那些人未免死得太冤了。」

藍鬍子道：「哪些人？」

孤松道：「那些為它而死的人！」

藍鬍子道：「這塊玉牌究竟是真是假？」

孤松道：「是假的！」

他慢慢的接著道：「這上面的雕刻，的確可以亂真，但玉質卻差得很多！」

藍鬍子沉默了很久，轉過頭，凝視著陸小鳳，道：「這就是你從楚楚手裡奪走的？」

陸小鳳點點頭。

藍鬍子也嘆了口氣，默然道：「她還年輕，也很聰明，本來還可以有很好的前途，但卻為了這塊一文不值的贗品犧牲了自己，這又是何苦？」

陸小鳳道：「她這麼樣做，只因爲她從未想到這塊玉牌是假的。」

藍鬍子同意。

陸小鳳道：「她是個很仔細的人，若是有一點懷疑，就絕不會冒這種險。」

藍鬍子也同意：「她做事的確一向很仔細。」

陸小鳳道：「這次她完全沒有懷疑，只因爲她知道這塊玉牌的確是李霞從你這裡盜走的，當時她很可能就在旁邊看著。」

藍鬍子嘆道：「但陳靜靜卻忘了李霞也是個很精明仔細的女人。」

陸小鳳道：「你認爲是李霞把羅刹牌盜走的？」

藍鬍子道：「你難道認爲不是？」

陸小鳳道：「我只知道丁香姨和陳靜靜都是從小跟著她的，沒有人能比她們更了解她，她們對她的看法，當然絕不會錯。」

藍鬍子道：「她們對她是什麼看法？」

陸小鳳道：「除了黃金和男人之外，現在她對別的事都已不感興趣，更不會再冒險惹這種麻煩。」

藍鬍子道：「難道李霞盜走的羅刹牌，就已是假的？」

陸小鳳道：「不錯。」

藍鬍子道：「那麼真的呢？」

陸小鳳笑了笑，忽然問道：「碟子裡有一個包子、一個饅頭，我吃了一個下去，包子卻還在碟子裡，這是怎麼回事？」

藍鬍子也笑了，道：「你吃下去的是饅頭，包子當然還在碟子裡。」

陸小鳳道：「這道理是不是很簡單？」

藍鬍子道：「簡單極了。」

陸小鳳道：「李霞盜走的羅剎牌是假的，陳靜靜換去的也是假的，真羅剎牌到哪裡去了？」

藍鬍子道：「我也想不通。」

陸小鳳又笑了笑，道：「其實這道理也和碟子裡的包子同樣簡單，假如你不是忽然變笨了，也應該想得到的。」

藍鬍子道：「哦？」

陸小鳳淡淡道：「別人手裡的羅剎牌，既然都是假的，真的當然在你手裡。」

藍鬍子笑了。

他是很溫文、很秀氣的人，笑聲也同樣溫文秀氣。

可是他笑的時候，從來也沒有看過別人，總是看著自己的一雙手。

這雙手是不是也和桌上的玉牌一樣？看來雖潔白乾淨，其實卻滿佈著血腥。

陸小鳳道：「你故意製造個機會，讓李霞偷走一塊假玉牌……」

藍鬍子微笑著打斷了他的話，道：「我爲什麼要這樣做？」

陸小鳳道：「這正是你計劃中最重要的一個關鍵，李霞中計之後，你的計劃才能一步步實現。」

桌上有酒。

藍鬍子斟滿一杯，用兩隻手捧住，讓掌心的熱力慢慢的把酒溫熱，才慢慢的喝下去。他的每一個動作都很優雅，神情更悠閒，就像正在聽人說一個有趣的故事。

陸小鳳道：「你早已對李霞覺得憎惡厭倦，因爲她已老了，對男人又需要太多，你正好乘這個機會，讓她自己走得遠遠的，而且永遠不敢再來見你，這就是你計劃的第一步。」

藍鬍子淺淺的啜了一口酒，嘆息著道：「好酒。」

陸小鳳道：「你知道李霞和丁香姨的關係，算準了李霞一定會去找丁香姨的，這也是你計劃中的一步，因爲你早就在懷疑她對你不忠，正好乘這個機會試探試探她，找出她的姦夫來。」

藍鬍子又笑了，道：「我爲什麼要試探她，她不是我的妻子。」

陸小鳳也笑了笑，道：「她不是？」

藍鬍子道：「她的丈夫是飛天玉虎，不是我。」

陸小鳳盯著他，一字字道：「飛天玉虎是誰呢？是不是你？」

藍鬍子大笑，就好像從來也沒有聽過這麼好笑的事，笑得連酒都嗆了出來。

陸小鳳卻不再笑，緩緩道：「飛天玉虎是個極有野心的人，和西方魔教勢不兩立，可是這次他並沒有參加來爭奪羅剎牌，因爲他早已知道別人爭奪的羅剎牌是假的。」

藍鬍子還在笑，手裡的酒杯卻突然「格」的一響，被捏得粉碎。

陸小鳳道：「丁香姨並不知道飛天玉虎就是藍鬍子，因爲她看見的藍鬍子是個滿臉鬍子的大漢，她從來沒有懷疑到這一點，因爲她跟大多數人一樣，認爲藍鬍子當然是有鬍子的，否則爲什麼叫做藍鬍子？」

他冷冷的接著道：「知道你這秘密的，也許只有方玉香一個人，就連她都可能是過了很久以後才發現的，所以最近找到這裡來。」

方玉香臉上一點表情也沒有，慢慢的站起來，從後面的櫃子裡取出個金杯，用一塊潔白的絲巾擦乾淨了，才爲藍鬍子斟了一杯酒。

藍鬍子輕輕握了握她的手，目光竟忽然變得溫柔了起來。

陸小鳳道：「你用藍鬍子的身分做掩護，本來很難被人發現，她找來之後，你本可殺了她滅口，但你卻不忍心下手，因爲她實在很迷人，你怕她爭風吃醋，洩露了你的秘密，只好把另外的四個女人都趕走。」

方玉飛一直站在旁邊，靜靜的聽著，連寒梅和枯竹都沒有開口，他當然更沒有插嘴的餘地。

但是現在他卻忽然問出句不該問的話：「既然你也承認他用藍鬍子的身分做掩護，是個很聰明的法子，你又是怎麼發現的？」

藍鬍子的臉色驟然變了，方玉飛問出這句話，就無異已承認他也知道藍鬍子和飛天玉虎本是同一個人。

陸小鳳卻笑了，淡淡道：「無論多周密的計劃，都難免會有些破綻。」

方玉飛道：「哦？」

陸小鳳道：「他本不該要你和方玉香去對付丁香姨，丁香姨若不是他的妻子，他絕不會叫你去下那種毒手，更不會去管別人這種閒事。」

方玉飛目中彷彿露出了痛苦之色，慢慢的垂下頭，不說話了。

藍鬍子忽然冷笑：「你怎麼知道是我要他去的？你怎麼知道飛天玉虎不是他？」

陸小鳳的回答簡單而明白：「因爲我是他的老朋友！」

藍鬍子也閉上了嘴。

陸小鳳忽又笑了笑，道：「我還有個朋友，你也認得的，好像還曾經輸給他幾百兩銀子。」

藍鬍子道：「你說的是趙君武？」

陸小鳳點點頭，道：「他見到的藍鬍子，也是個滿臉鬍子的大漢，別人見到的想必也一樣。」

藍鬍子冷冷道：「可是你見到的藍鬍子，卻沒有鬍子。」

陸小鳳微笑，道：「因爲你知道，有些人的眼睛裡是連一粒沙子都揉不進去的，何況那一大把假鬍子？」

藍鬍子道：「你就是這種人？」

陸小鳳道：「你自己難道不是？」

藍鬍子冷笑。

陸小鳳道：「你不但早已看破了丁香姨的私情，也早已知道她的情人是誰，你這麼樣做，不但可以乘機殺了他們，還可以轉移別人的目標。」

孤松忽然冷冷道：「你說的別人，當然就是我？」

陸小鳳道：「我說的本來就是你。」

孤松道：「你呢？」

陸小鳳苦笑道：「我只不過是個被他利用來做幌子的傀儡而已，就像是有些人獵狐時故意放出去的兔子一樣。」

一個人若是把自己比做兔子，當然是因為心裡已懊悔極了，無論誰發現自己被人利用了的時候，心裡都不會覺得太好受的。

孤松道：「兔子在前面亂跑，無論跑到哪裡去，狐狸都只有在後面跟著。」

陸小鳳道：「你們看見他費了那麼多事，為的只不過是要請我替他去找回羅剎牌，當然更不會懷疑羅剎牌還在他手裡。」

孤松承認。

陸小鳳道：「不管我是不是能找回羅剎牌，不管我找回的羅剎牌是真是假，都已跟他完全沒關係了，因為他已經把責任推在我身上。」

孤松道：「羅剎牌若是在你手裡出了毛病，我們要找的當然是你。」

陸小鳳嘆了口氣，道：「這段路實在很遠，簡直就像是充軍一樣，我們在路上喝西北風，他卻舒舒服服的坐在火爐旁等著，等到正月初七過去，就算有人能揭穿他的秘密，也只好乾瞪眼了。」

孤松道：「因爲那時他已經是西方羅刹教的教主。」

陸小鳳道：「那時他不但是羅刹教的教主，也是黑虎幫的幫主，只可惜……」

孤松冷冷道：「只可惜現在他還不是。」

陸小鳳道：「實在可惜。」

孤松道：「現在他只不過是條甕中的鼈，網中的魚。」

藍鬍子忽然也嘆了口氣，道：「實在可惜，可惜極了。」

陸小鳳道：「你覺得可惜的是什麼？」

藍鬍子道：「可惜我們都瞎了眼睛！」

陸小鳳道：「我們？」

藍鬍子道：「我們的意思，就是我和你。」

陸小鳳道：「我？……」

藍鬍子道：「只有瞎了眼的人，才會交錯朋友。」

陸小鳳道：「我交錯了朋友？」

藍鬍子道：「錯得厲害。」

陸小鳳道：「你呢？」

藍鬍子道：「我比你更瞎，因爲我不但交錯了朋友，而且還娶錯了老婆。」

「老婆」這兩個字還沒有說出口，他已經閃電般出手，一下扣住了方玉香的腕脈，厲聲道：「拿出來！」

方玉香美麗的臉孔已嚇成鐵青色，道：「我又不知道真的羅刹牌在哪裡，你叫我怎麼拿出來？」

藍鬍子道：「我要的不是羅刹牌，是……」

方玉香道：「是什麼？」

藍鬍子沒有回答，沒有開口，甚至連呼吸都似已停頓，就好像忽然有雙看不見的手，緊緊的扼住了他的咽喉。

他那張始終不動聲色的臉，也已忽然扭曲，變成了一種無法形容的慘碧色。

方玉香吃驚的看著他，道：「你……你要的究竟是什麼？」

藍鬍子的嘴緊閉，冷汗已雨點般落下。

方玉香的眼睛忽然又充滿了溫柔和憐惜，柔聲道：「我是你的妻子，無論你要什麼，我都會給你的，你又何必生氣？」

藍鬍子也在瞪著她，眼角突然崩裂，鮮血同時從他的眼角、嘴角、鼻孔，和耳朵裡流了出來。

是鮮血，卻不是鮮紅的血。

他的血竟赫然也已變成慘碧色的。

他的人竟已坐都坐不住，已開始往後倒。

方玉香輕輕一掙，就掙脫了他的手，方玉飛也趕過去扶住了他。

「你怎麼了？你……」

他們沒有再問下去，因爲他們知道死人是無法回答任何話的。

一瞬前還能出手如閃電般的藍鬍子，忽然間已變成了死人。

可是他那雙凸出來的眼睛，卻彷彿還在瞪著方玉香，眼睛裡充滿了悲憤和怨毒。

方玉香看著他，一步步往後退，晶瑩的淚珠，泉水般湧下。

「你這是何苦？……你這是何苦？……」

她的聲音慘切悲傷：「事情還沒有到不可解決的地步，你何苦一定要自尋死路？」

屋子裡沒有別的聲音，只能聽見她一個人悲傷低訴。

每個人都怔住了。

藍鬍子居然死了，這變化實在比剛才所有的變化都驚人。

奇怪的是，陸小鳳並沒有吃驚，甚至連一點吃驚的表情都沒有。

表情最痛苦的人是孤松，他也在喃喃自語：「真的羅刹牌還在他手裡，他一定收藏得很嚴密，這秘密一定只有他一個人知道，現在他卻死了……」

陸小鳳忽然道：「他死不死都無妨。」

孤松道：「無妨？」

陸小鳳淡淡道：「他的秘密，並不是只有他一個人知道。」

孤松道：「還有誰知道？」

陸小鳳道：「我。」

孤松霍然站起，又慢慢的坐下，神情已恢復鎮定，緩緩道：「你知道他把羅刹牌藏在哪裡？」

陸小鳳道：「他是個陰沉而狡猾的人，狡猾的人通常都很多疑，所以他唯一真正信任的人，也許只有他自己。」

孤松道：「所以羅刹牌一定就在他自己身上？」

陸小鳳道：「一定。」

孤松又霍然站起，準備衝過去。

陸小鳳卻又接著道：「你現在若要在他身上去找，一定找不到的。」

孤松道：「可是剛才你還說羅刹牌一定在他身上。」

陸小鳳道：「剛才是剛才，現在是現在，一瞬之間，往往就會發生很多變化。」

孤松道：「所以羅刹牌剛才雖然是在他身上，現在卻已不在了？」

陸小鳳道：「一定不在了。」

孤松道：「現在在哪裡？」

陸小鳳忽然轉過頭，面對著方玉香，慢慢的伸出手，道：「拿出來。」

方玉香咬著嘴唇，恨恨道：「連我丈夫的命都被你拿走了，你還要什麼？」

陸小鳳道：「羅刹牌。」

方玉香道：「羅刹牌怎麼會在我手上？況且他剛才問我要的也不是羅刹牌。」

陸小鳳道：「他剛才問你要的，的確不是羅刹牌，因爲那時羅刹牌還在他自己身上。」

方玉香道：「你知道他要的是什麼？」
陸小鳳道：「他要的是解藥。」
方玉香道：「解藥？」
陸小鳳笑了笑，拿起藍鬍子剛喝過的金杯，道：「他一向是個很謹慎的人，任何人要毒死他都很不容易，可是這一次……」
方玉香道：「這一次他難道是被人毒死的？」
陸小鳳點點頭道：「這一次他會中毒，只因爲他確定酒中無毒，杯上也沒有毒。」
方玉香道：「那末他怎麼會被毒死？」
陸小鳳道：「因爲他忘了一件事。」
方玉香道：「什麼事？」
陸小鳳道：「他忘了這金杯是你拿出來的，而且用你的絲巾擦過一遍。」
他看著掖在方玉香襟上的絲巾，慢慢的接著道：「他也忘了，酒裡雖然沒有毒，杯子裡也沒有毒，你的絲巾上卻有毒。」
方玉香沉默著，過了很久，才輕輕的說道：「我只想問你一句話。」
陸小鳳道：「我在聽。」
方玉香道：「我問你，像飛天玉虎這樣的人，該不該殺？」
陸小鳳道：「該。」
方玉香道：「那麼就算是我殺了他，你也不該怪我。」

陸小鳳道：「我並沒有怪你，只不過要你拿出來。」

方玉香道：「拿什麼？」

陸小鳳道：「羅剎牌。」

方玉香道：「羅剎牌？我哪裡有什麼羅剎牌！」

陸小鳳道：「你本來的確沒有，現在卻有了。」

方玉香道：「你要的就是……」

陸小鳳道：「就是你剛才從藍鬍子身上摸走的那一塊。」

方玉香又沉默了很久，才輕輕嘆了口氣，道：「陸小鳳果然不愧是陸小鳳，無論什麼事都好像瞞不過你。」

陸小鳳微笑，道：「有時我的眼睛雖然也會瞎，幸好大多數時候都是睜開著的。」

方玉香咬著嘴唇，看看陸小鳳，又看看歲寒三友，終於跺了跺腳，道：「好，拿出來就拿出來，反正這鬼東西能帶給人的只是噩運。」

她真的拿了出來，拿出來居然真是一塊晶瑩無瑕的玉牌，玉質之美，的確遠在另兩塊玉牌之上。

這塊玉牌剛落在桌上，孤松的長袖已流雲般飛出。

桌上的玉牌，立刻落入了他袖中。

陸小鳳微笑著，看著他，道：「完璧已歸，幸不辱命。」

孤松道：「前嫌舊怨，就此一『璧』已勾消。」

陸小鳳道：「多謝。」

孤松道：「多謝。」

方玉香板著臉道：「現在飛天玉虎已死了，羅剎牌也已還給了你們，你們還不走？」

陸小鳳道：「你在趕我們走？」

方玉香咬著嘴唇道：「難道你還想要什麼？要我的人？」

陸小鳳笑道：「要當然是想要的，只不過還有個小小的問題。」

方玉香道：「什麼問題？」

陸小鳳道：「你真的是個人？」

方玉香笑了，陸小鳳也笑了。

他大笑著走出去，忽又回過頭，拍了拍方玉飛的肩，道：「陳靜靜是個很聰明的女孩子，你既然喜歡她，就應該好好的對待她。」

方玉飛道：「陳靜靜？哪個陳靜靜？」

陸小鳳道：「當然就是我們都認得的那一個。」

方玉飛道：「那麼你當然也應該知道，她已死在火窟裡。」

陸小鳳道：「她沒有。」

方玉飛道：「沒有？」

陸小鳳道：「火窟裡的確有副女人的骸骨，卻不是陳靜靜。」

方玉飛道：「哦？」

陸小鳳道：「陳靜靜中了楚楚三枚透骨針，那女人骸骨上卻連一枚都沒有，你燒死她之前，難道還會先把她身上的暗器拔出來？」

方玉飛笑了笑，道：「我還沒有那麼大的工夫。」

陸小鳳道：「所以死在火窟裡的，絕不是陳靜靜。」

方玉飛笑得已有些勉強，道：「死的若不是陳靜靜，陳靜靜到哪裡去了？」

陸小鳳道：「包子既然還在碟子裡，你吃下去的當然是饅頭。」

方玉飛道：「死在火窟裡的既然不是陳靜靜，陳靜靜當然已被人帶走。」

陸小鳳道：「我說過，這道理本來就簡單極了。」

方玉飛道：「你知道她是被誰帶走的？」

陸小鳳道：「你。」

方玉飛閉上了嘴。

陸小鳳道：「我本來並沒有懷疑到這一點的，但你卻不該殺了那孩子。」

方玉飛垂下頭，看著自己的手。

陸小鳳道：「你當然也看得出那孩子是個白癡，絕不會認出你的真面目，但你卻還是要冒險殺他滅口，只因爲你怕他告訴我，那個要給他糖吃的阿姨並沒有死，他雖然癡呆，這一點總是看得出的。」

方玉飛道：「從那時你才開始懷疑我？」

陸小鳳道：「所以我才到火窟去找，才發現那女人的骸骨不是陳靜靜。」

方玉飛道：「但你卻還是不能證明，陳靜靜是被我帶走的？」

陸小鳳道：「所以我就託趙君武去幫我查一件事。」

方玉飛道：「什麼事？」

陸小鳳道：「那時陳靜靜的傷很重，你想要她活著，就得帶她去求醫，能救活她那種傷勢的大夫並不太多。」

方玉飛道：「在附近幾百里之內，也許只有一個。」

陸小鳳道：「絕對只有一個。」

方玉飛道：「老河口，同德堂，馮家老舖的馮二瞎子。」

陸小鳳道：「最妙的一點，就因爲他是個瞎子，瞎子看不見人，當然也認不出你。」

方玉飛淡淡道：「也許因爲這一點，所以他才活著。」

陸小鳳道：「只可惜陳靜靜中的透骨針，是種很少有的獨門暗器。」

方玉飛道：「所以趙君武到那裡一問，就問了出來。」

陸小鳳道：「由此可見，丁香姨是被你殺了的，她的情人就是你。」

方玉飛道：「哦？」

陸小鳳道：「因爲我拿給她看的玉牌，已落入你的手裡，所以我剛才提起馮二瞎子，你就乖乖的交了出來。」

他微笑著，接著道：「我那句咒語對別人一點用也沒有，對你卻是種威脅。」

方玉飛道：「救人活命，並不是丟人的事，我爲什麼要因此受你的威脅？」

陸小鳳道：「因爲你怕一個人知道這件事。」

方玉飛道：「我……我怕誰知道！」

陸小鳳笑了笑，轉過頭，看著方玉香。

方玉香的臉色已鐵青。

陸小鳳又拍了拍方玉飛的肩，微笑道：「我剛才已說過，陳靜靜的確是個很可愛的女孩子，不但聰明美麗，而且溫柔體貼，你既然冒險救了她，就應該好好待她，你說對不對？」

方玉飛道：「對，對極了。」

他在微笑，陸小鳳也在微笑，但兩個人的笑容看來卻連一點相同的樣子都沒有。

於是陸小鳳就微笑著走出去。

方玉香忽然大聲道：「等一等。」

陸小鳳停下。

方玉香道：「你還忘了一件事。」

陸小鳳道：「哦？」

方玉香道：「你還忘了送樣東西給他。」

「他」就是方玉飛。

她正在看著方玉飛，以前她看著他的時候，眼睛裡總是帶著甜蜜親切的笑容，現在卻連一點都沒有了。

現在她的眼睛裡只有痛苦、嫉妒、怨毒，一種幾乎已接近瘋狂的嫉恨和怨毒。

她一字一字的接著道：「你還忘了送他一個屁眼！」

四

燈蕊老了，燈光弱了。

屋子裡忽然又變得死寂如墳墓。

方玉飛動也不動的站在那裡，臉上一點表情都沒有，可是也不知爲了什麼，他那張本來極英俊動人的臉，現在已變得說不出的陰森可怖。

就連方玉香都似已不敢再看他。

她又向陸小鳳道：「我知道你說過，你要送給他的。」

陸小鳳道：「我說過。」

方玉香道：「一定？」

陸小鳳道：「一定。」

方玉香忽然笑了，瘋狂般大笑，笑得連眼淚都流了出來。

她就用掖在衣襟上的絲巾去擦眼睛。

「我寧可讓眼睛瞎了，也不願看見你跟那婊子在一起。」

她在嘶聲大呼，嘴角已沁出鮮血。

她就用絲巾去擦嘴。

「其實我早該明白，你一直都在利用我，但我卻想不到你會真的喜歡那婊子。」

她開始咳嗽：「你一直瞞著我，只不過怕我洩露你的秘密，等到這件事一結束，我就死無葬身之地了，因爲我知道你的秘密實在太多了，太多了……」

她還想再說下去，可是她的咽喉也彷彿突然被一雙看不見的手緊緊扼住。

然後她美麗的臉開始扭曲，鮮血也開始流下來。

血不是鮮紅的，是慘碧色的，她倒下去的時候，就恰巧倒在藍鬍子的身上。

方玉飛看著她倒下去，還是連動都沒有動，臉上還是完全沒有表情。

陸小鳳卻忍不住嘆了口氣，喃喃道：「有些話我本來並不想說的，只可惜……」

方玉飛忽然打斷了他的話，道：「只可惜你早就在懷疑我。」

陸小鳳點點頭，道：「你才是真正的飛天玉虎，藍鬍子只不過也是個被你利用的傀儡而已。」

方玉飛道：「你早已知道她不是我妹妹？」

陸小鳳道：「楚楚、靜靜，她們都是跟她在一起長大的，但卻從來也沒有提起過她有個哥哥！」

方玉飛道：「你很仔細。」

陸小鳳道：「飛天玉虎出現的時候，你總是在附近，藍鬍子卻始終沒有離開過這裡。」

方玉飛沒有否認。

陸小鳳道：「你知道羅剎牌在藍鬍子手裡，就叫陳靜靜鼓動李霞，盜走了它，再用方玉香做餌，釣上了我，然後又利用李霞引來賈樂山，最後，還是要藍鬍子做你的替死鬼，他們的財產，當然就全變成了你的。」

方玉飛淡淡道：「你應該知道我的開銷一向很大，我要養很多女人，女人都是會花錢的，尤其是聰明漂亮的女人。」

陸小鳳道：「這些女人的確每一個都很聰明，但在你的眼裡，她們只不過……」

方玉飛道：「只不過是一群母狗而已。」

陸小鳳道：「不管怎麼樣，你能夠利用這麼多女人，本事實在不小，只可惜……」

方玉飛又打斷了他的話，道：「只可惜到最後，我還是被一個女人害了。」

陸小鳳道：「真正害你的，並不是方玉香。」

方玉飛道：「不是她是誰？」

陸小鳳道：「陳靜靜。」

方玉飛道：「她……」

陸小鳳道：「只有她一個人能害你，因爲你只有對她是真心的，若不是爲了她，你怎麼會洩露出那麼多秘密？」

方玉飛閉上了嘴，臉上雖然還是全無表情，卻已看得出他是在勉強控制自己。

陸小鳳道：「就因爲你還有這一點真心，所以我也給你個機會。」

方玉飛道：「什麼機會？」

陸小鳳道：「對你這種人，我們本不必講什麼江湖道義的，這裡我們有四個人，我們若是同時出手，在一瞬間你就必死無疑。」

方玉飛沒有否認。

陸小鳳道：「可是現在我卻願意給你個公平決鬥的機會。」

方玉飛道：「由你對我？」

陸小鳳道：「不錯，我對你，一對一。」

方玉飛道：「我若勝了你又如何？」

陸小鳳道：「你若勝了我，我死，你走。」

方玉飛目光轉向歲寒三友。

孤松冷冷道：「你若勝了他，他死，你走。」

方玉飛道：「一言爲定。」

陸小鳳道：「絕無反悔。」

方玉飛忽然笑了，道：「我知道你爲什麼要如此做。」

陸小鳳道：「哦？」

方玉飛道：「因爲你一心想親手殺了我。」

陸小鳳也不否認。

方玉飛微笑道：「你錯了。」

陸小鳳道：「我常常做錯事，幸好我偶爾也會做對一次。」

方玉飛道：「你勝不了我的，只要你一出手，就必死無疑。」

陸小鳳也笑了。

方玉飛道：「你的武功，我已清楚得很，你的靈犀指，用來對付我根本連一點用都沒有，我卻有對付你的手段。」

陸小鳳微笑著，聽著。

方玉飛忽然轉身，等他轉回來時，手上已多了副銀光閃閃的手套。手套不但有尖針般的倒刺，還帶著虎爪般的鈎子。

方玉飛道：「這就是我特地練來對付你的，你的手指只要沾上它一點，保證走不出三步，就得倒地而死。」

陸小鳳道：「我能不能不去沾它？」

方玉飛道：「不能。」

他悠然接著道：「用手指去挾別人的武器，已成了你的習慣，多年的習慣，一時間是改不了的，尤其在遇著險招時，我保證你一定會遇著很多險招。」

陸小鳳看著他的銀手套，終於嘆了口氣，苦笑道：「這麼樣看來，我好像已死定了。」

方玉飛道：「你本來就已死定了。」

他的聲音和態度中都充滿自信，高手相爭，自信本來就是種很可怕的武器，甚至比他戴著的那雙奇異的銀手套更可怕。

陸小鳳臉上的笑容看不見了。

就在這時，方玉飛已出手。

十一 羅刹教主

一

銀光閃動，閃花了陸小鳳的眼睛。奇詭的招式，幾乎全封死了他的出手。

這屋子本不寬闊，他幾乎已沒有退路。

這世上本就沒有永遠不敗的人。

陸小鳳也是人。今天他是不是就要敗在這裡？

孤松背負著雙手，遠遠站在角落裡，冷冷的看著，忽然問道：「你看他是不是已必敗無疑？」

枯竹沉吟道：「你看呢？」

孤松道：「我看他必敗！」

枯竹嘆了口氣，道：「想不到陸小鳳也有被人擊敗的一天。」

孤松道：「我說的不是陸小鳳。」

枯竹很驚訝，道：「不是？」

孤松道：「必敗的是方玉飛。」

枯竹道：「可是現在他似已佔盡上風。」

孤松道：「先佔上風，只不過徒耗氣力，高手相爭，勝負的關鍵只在於最後之一擊。」

枯竹道：「但現在陸小鳳卻似已不能出手。」

孤松道：「他不是不能，是不願。」

枯竹道：「爲什麼？」

孤松道：「他在等。」

枯竹道：「等最好的機會，作最後的一擊？」

孤松道：「言多必失，佔盡上風，搶盡攻勢的人，也遲早必有失招的時候！」

枯竹道：「那時就是陸小鳳出手的機會了？」

孤松道：「不錯。」

枯竹道：「就算有那樣的機會，也必定如白駒過隙，稍縱即逝。」

孤松道：「當然。」

枯竹道：「你認爲他不會錯過？」

孤松道：「我算準他只要出手，一擊必中。」

寒梅一直靜靜的聽著，眼睛裡彷彿帶著種譏誚的笑意，忽然冷笑道：「只可惜每個人都有算錯的時候。」

就在他開始說這句話的時候，方玉飛已將陸小鳳逼入他們這邊的角落。

他這句話還沒有說完，突然拔劍。

沒有人能形容他拔劍的速度，沒有人能看清他拔劍的動作，只看見劍光一閃！

閃電般的劍光，直刺陸小鳳的背。

這才是真正致命的一擊！

陸小鳳前面的出路本已被逼死，只怕連做夢都想不到真正致命的一擊，竟是從他背後來的！

他怎麼能閃避？

他能！

因爲他就是陸小鳳。

一彈指間已是六十刹那，決定他生死的關鍵，只不過是一刹那。

就在這一刹那間，他突然擰身，整個人都好像突然收縮。

劍尖如飛矢，一發不可收拾。

劍光穿透了他的衣衫，卻沒有穿透他的背，飛矢般的劍光反而向迎面而來的方玉飛刺了過去。

方玉飛雙手一拍，夾住了劍鋒。

他已無處閃避，只有使出這一著最後救命防身的絕技。

只可惜他忘了他的對手不是寒梅，而是陸小鳳。

陸小鳳就在他身邊。

幾乎就在這同一刹那間，陸小鳳已出手。

更沒有人能形容這一擊的速度，更沒有人能看清他的出手。

可是每個人都能看見方玉飛的雙眉之間，已多了個血洞。

每個人都看得很清楚，因爲鮮血已開始從他雙眉之間流出來。

他整個人都已冰冷僵硬，卻沒有倒下去，因爲他前胸還有一把劍。

寒梅的劍！

真正致命的，也不是陸小鳳那妙絕天下的一指，而是這柄劍。

陸小鳳的手指點在他眉心時，他剛挾住劍鋒的雙手就鬆了。

劍的去勢卻未歇，一劍已穿胸。

寒梅的人似乎也已冰冷僵硬——每個人都有算錯的時候，這一次算錯的是他。

這件事的結果，實在遠出他意料之外。

陸小鳳看著方玉飛眉心之間的洞，緩緩道：「我說過我要送給你的，我一定要送出去。」

方玉飛茫然看著他，銳利如鷹的眼睛，已漸漸變得空洞灰白，嘴角卻忽然露出一絲譏誚的笑容，掙扎著道：「我本來一直很羨慕你。」

陸小鳳道：「哦？」

方玉飛道：「因爲你有四條眉毛。」

他喘息著，掙扎著說下去：「可是現在你已比不上我了，因爲我有了兩個屁眼，這一點我保證你永遠也比不上的。」

陸小鳳沒有開口，也無法開口。

方玉飛看著他，忽然大笑，大笑著往後退，劍出胸，血飛濺。

他的笑聲立刻停頓。他呼吸停頓的時候，寒梅手裡的劍尖還在滴著血。

寒梅的臉色蒼白。

從他劍尖上滴落的血，彷彿不僅是方玉飛的，也有他自己的。

他不敢抬頭，不敢去面對枯竹、孤松，他們卻一直盯著他。

孤松忽然嘆息，道：「你說的不錯，每個人都有看錯的時候，我看錯了你。」

枯竹也在嘆息，道：「你怎麼會和這個人狼狽爲奸，怎麼會做出這種事？」

寒梅忽然大喊：「因爲我不願一輩子受你們的氣！」

枯竹道：「難道你願意受方玉飛的氣？」

寒梅冷笑道：「這件事若成了，我就是羅剎教的教主，方玉飛主關內，我主關外，羅剎教與黑虎堂聯手，必將無敵於天下。」

枯竹道：「難道你忘了自己的年紀？我們在崑崙隱居二十年，難道還沒有消磨掉你的利慾之心？」

寒梅道：「就因爲我已老了，就因爲我過了幾十年乏味的日子，所以我才要趁我還活著的時候，做一番轟轟烈烈的事。」

孤松冷冷道：「只可惜你的事沒有成。」

寒梅冷笑道：「無論是成也好，是敗也好，我反正都不再受你們的氣了。」

死人永遠不會受氣的。

二

夜。

黑暗的長巷，淒迷的冷霧。

陸小鳳慢慢的走出去，孤松、枯竹慢慢的跟在他身後，稀星在沉落。

他們的心情更低落——成功有時並不能換來真正的歡樂。

可是成功至少比失敗好些。

走出長巷，外面還是一片黑暗。

孤松忽然問道：「你早已算準背後會有那一劍？」

陸小鳳點點頭。

孤松道：「你早已看出他已跟方玉飛串通？」

陸小鳳又點點頭，道：「因爲他們都做錯了一件事。」

孤松道：「你說。」

陸小鳳道：「那天寒梅本不該逼著我去鬥趙君武的，他簡直好像是故意在替方玉飛製造機會。」

孤松道：「哼。」

陸小鳳道：「一個人的秘密已被揭穿，已到了山窮水盡的時候，本不該還有方玉飛剛才那樣的自信，除非他另有後著。」

孤松道：「所以你就故意先將自己置之於死地，把他的後著誘出來？」

陸小鳳道：「每個人都應該有自信，可是太自信了，也不是好事。」

孤松道：「就因爲他們認爲你已必死無疑，所以你才沒有死。」

陸小鳳笑了笑，道：「一個人最接近成功的時候，往往就是他最大意的時候。」

孤松道：「因爲他認爲成功已垂手可得，警戒之心就鬆了，就會變得自大起來。」

陸小鳳道：「所以這世上真正能成功的人並不多。」

孤松沉默著，過了很久，忽又問道：「我還有一件事想不通。」

陸小鳳道：「你說。」

孤松道：「你並沒有看見過真正的羅剎牌？」

陸小鳳道：「沒有。」

孤松道：「可是你一眼就分辨出它的真假。」

陸小鳳道：「因爲那是朱大老闆的手藝，朱大老闆是我的朋友，我知道他的毛病。」

孤松道：「什麼毛病？」

陸小鳳道：「他仿造贋品時，總喜歡故意留下一點痕跡，故意讓別人去找。」

孤松道：「什麼樣的痕跡？」

陸小鳳道：「譬如說，他若仿造韓幹的馬，就往往會故意在馬鬃間畫條小毛蟲。」

孤松道：「他仿造羅剎牌時，留下了什麼樣的痕跡？」

陸小鳳道：「羅刹牌的反面，雕著諸神諸魔的像，其中有一個是散花的天女。」
孤松道：「不錯。」
陸小鳳道：「贋品上那散花天女的臉，我一眼就可以認出來。」
孤松道：「爲什麼？」
陸小鳳道：「因爲那是老闆娘的臉。」
孤松道：「老闆娘？」
陸小鳳微笑，道：「老闆娘當然就是朱大老闆的老婆。」
孤松的臉色鐵青，冷冷道：「所以你當然也已看出來，方玉香從藍鬍子身上拿出來的那個羅刹牌，也是假的？」
陸小鳳嘆了口氣，道：「我本來並不想看的，卻又偏偏忍不住看了一眼，所以……」
孤松道：「所以怎麼樣？」
陸小鳳道：「所以我現在很快就要倒楣了。」
孤松道：「倒什麼楣？」
陸小鳳道：「倒寒梅那種楣。」
孤松的臉沉下。
陸小鳳道：「寒梅那麼做，是因爲不肯服老，不甘寂寞，你們呢？」
孤松閉著嘴，拒絕回答。
陸小鳳道：「你們若真是那種淡泊自甘的隱士，怎會加入羅刹教？你們若真的不想做羅刹教的教主，怎麼會殺了玉天寶？」

枯竹的臉色也變了，厲聲道：「你在說什麼？」

陸小鳳淡淡道：「我只不過在說一個很簡單的道理。」

枯竹道：「什麼道理？」

陸小鳳道：「你們若真的對羅剎教忠心耿耿，爲什麼不殺了我替你們教主的兒子復仇？」

他笑了笑，自己回答了這問題：「因爲你們也知道玉天寶並不是死在我手裡的，我甚至連他的人都沒有看見過，究竟是誰殺了他，你們心裡當然有數。」

枯竹冷冷道：「你若真的是個聰明人，就不該說這些話。」

陸小鳳道：「我說這些話，只因爲我還知道一個更簡單的道理。」

枯竹再問：「什麼道理？」

陸小鳳道：「不管我說不說這些話，反正都一樣要倒楣了。」

枯竹道：「爲什麼？」

陸小鳳道：「因爲我看過了羅剎牌，因爲世上只有我一個人知道那塊羅剎牌是假的，你們想用這塊羅剎牌去換羅剎教教主的寶座，就只有殺了我滅口。」

他嘆了口氣，接著道：「現在四下無人，又恰巧正是你們下手的好機會，松竹神劍，雙劍合璧，我當然不是你們的對手。」

孤松冷冷的看著他，忽然道：「你給了方玉飛一個機會，我也可以給你一個。」

陸小鳳道：「什麼機會？」

孤松道：「現在你還可以逃，只要這次你能逃得了，我們以後絕不再找你。」

陸小鳳道：「我逃不了。」

孤松、枯竹雖然好像是在隨隨便便的站著，佔的方位卻很巧妙，就好像一雙鉗子，已將陸小鳳鉗在中間。

現在鉗子雖然還沒有鉗起來，卻已蓄勢待發，天上地下，絕沒有任何一個人能從這把鉗子間逃走。

陸小鳳看得很清楚，卻還是笑得很愉快：「我知道我逃不了，有件事你們卻不知道。」

孤松道：「哦？」

陸小鳳道：「就算我能逃得了，也絕不會逃，就算你們趕我走，我都不想走。」

孤松道：「你想死？」

陸小鳳道：「更不想。」

孤松不懂。陸小鳳做的事，世上本就沒有幾個人能懂。

陸小鳳道：「近六年來，我最少已經應該死過六十次了，可是直到現在，我還是好好的活著，你們知道爲什麼？」

孤松道：「你說。」

陸小鳳道：「因爲我有朋友，我有很多的朋友，其中湊巧還有一兩個會用劍。」

他的「劍」字說出口，孤松背脊上立刻感覺到一股森寒的劍氣。

他霍然回頭，並沒有看到劍，只看到一個人！

森寒的劍氣，就是從這個人身上發出來的，這個人的本身，就似已比劍更鋒銳。

有霧，霧漸濃。

這個人就站在迷迷濛濛，冰冰冷冷的濃霧裡，彷彿自遠古以來就在那裡站著，又彷彿是剛剛從濃霧中凝結出來的。

這個人雖然比劍更鋒銳，卻又像霧一般空濛虛幻縹緲。

孤松、枯竹看不見他的臉，只能看見他一身白衣如雪。

絕世無雙的劍手，縱然掌中無劍，縱然劍未出鞘，只要他的人在，就會有劍氣逼人眉睫。

孤松、枯竹的瞳孔已收縮：「西門吹雪！」

他們並沒有看見這個人的臉，事實上，他們根本從來也沒有見過西門吹雪，可是就在這一瞬間，他們已感覺到這個人一定就是西門吹雪！

天上地下，獨一無二的劍。

天下地下，獨一無二的西門吹雪！

三

西門吹雪沒有動，沒有開口，沒有拔劍，他身上根本沒有劍！

陸小鳳在微笑。

孤松忍不住問道：「你幾時去找他來的？」

陸小鳳道：「我沒有去找，只不過我的朋友中，湊巧還有一兩個人會替我去找人。」

孤松道：「你總算找對人了。」

枯竹冷冷道：「我們早已想看看『月明夜，紫禁巔，一劍破飛仙』的西門吹雪。」

西門吹雪冷冷道：「你說錯了。」

枯竹道：「錯在哪裡？」

西門吹雪道：「白雲城主的劍法，已如青天白雲無瑕無垢，沒有人能破得了他那一著天外飛仙。」

枯竹道：「你也不能？」

西門吹雪道：「不能。」

枯竹道：「可是你破了。」

西門吹雪道：「破了那一著天外飛仙的人，並不是我。」

枯竹道：「不是你是誰？」

西門吹雪道：「是他自己。」

枯竹不懂，孤松也不懂，西門吹雪的話，世上沒有幾個人能懂。

西門吹雪道：「他的劍法雖已無垢，他的心中卻有垢。」

他的眼睛發光，慢慢的接著道：「劍道的精義，就在於『誠心正意』，一個人的心中若有垢，又豈能不敗？」

枯竹忽然又覺得有股劍氣逼來，這些話彷彿也比劍更鋒銳。

這是不是因爲他的心中也有垢？

西門吹雪道：「心中有垢，其劍必弱……」

枯竹終於忍不住打斷了他的話，厲聲道：「你的劍呢？」

西門吹雪道：「劍在！」

枯竹道：「在哪裡？」

西門吹雪道：「到處都在！」

這也是很難聽懂的話，枯竹卻懂了，孤松也懂了。

——他的人已與劍融爲一體，他的人就是劍，只要他的人在，天地萬物，都是他的劍。

——這正是劍法中最高深的境界。

陸小鳳微笑道：「看來你與葉孤城一戰之後，劍法又精進了一層。」

西門吹雪沉默著，過了很久，才緩緩道：「還有一點你不明白。」

陸小鳳道：「哦？」

西門吹雪發亮的眼睛，忽然又變得霧一般空濛憂鬱，道：「我用那柄劍擊敗了白雲城主，普天之下，還有誰配讓我再用那柄劍？」

枯竹冷笑道：「我……」

西門吹雪不讓他開口，冷冷道：「你更不配，若要靠雙劍聯手才能破敵制勝，這種劍只配去剪花裁布。」

忽然間，「嗆」一聲，劍已出鞘。

枯竹的劍！

劍光破空，一飛十丈。

這一劍的氣勢，雖不如「天外飛仙」，可是孤峭奇拔，正如寒山頂上的一根萬年枯竹。

西門吹雪還是沒有動，沒有拔劍。

他手中根本無劍可拔，他的劍在哪裡？

忽然間，又是「嗆」的一聲清吟，劍光亂閃，人影乍合又分。

霧更濃，更冷。

兩個人面對面的站著，枯竹的劍尖上正在滴著血……

他自己的劍，他自己的血。

劍已不在他手上，這柄劍已由他自己的前心穿入，後背穿出。

他吃驚的看著西門吹雪，彷彿還不能相信這是真的。

西門吹雪冷冷道：「現在你想必已該知道我的劍在哪裡。」

枯竹想開口，卻只能咳嗽。

西門吹雪冷冷道：「我的劍就在你手裡，你的劍就是我的劍。」

枯竹狂吼，再拔劍。

劍鋒從他胸膛上拔出來，鮮血也像是箭一般飛激而出。

西門吹雪還是沒有動。

鮮血飛濺到他面前，就雨點般落下，劍鋒到了他面前，也已垂落。

枯竹倒下去時，他甚至連看都沒有去看一眼。

他在看著陸小鳳。

陸小鳳不禁嘆息，孤松卻已連呼吸都停頓。

西門吹雪道：「你找人叫我來，我來了！」

陸小鳳道：「我知道你會來。」

西門吹雪道：「因為我欠你的情。」

陸小鳳道：「因為你是我的朋友。」

西門吹雪道：「縱然我們是朋友，這也是我最後一次。」

陸小鳳道：「最後一次？」

西門吹雪冷冷道：「我已還清了你的債，既不想再欠你，也不想你欠我，所以……」

陸小鳳苦笑道：「所以下次你就算眼見著我要死在別人手裡，也絕不會再出手？」

西門吹雪冷冷的看著他，並沒有否認。

然後他的人就忽然消失，消失在風裡，就像是他來的時候那麼神秘而突然。

孤松沒有動，很久很久都沒有動，就像是真的變成了一株古松。

冷霧迷漫，漸漸連十丈外枯竹的屍身都看不見了，西門吹雪更早已不見蹤影。

孤松忽然長長嘆息，道：「這個人不是人，絕不是。」

陸小鳳雖然沒有否認，也沒有承認。

——一個人的劍法若已通神，他的人是不是也已接近神？

——他的人就是他的劍，他的劍就是他的神！

陸小鳳的眼睛裡忽然露出種說不出的同情和憂鬱。

孤松居然看出來了，冷冷的問道：「你同情他？」

陸小鳳道：「我同情的不是他。」

孤松道：「不是？」

陸小鳳道：「他已娶妻生子，我本來認爲他已能變成真正的一個人。」

孤松道：「可是他沒有變。」

陸小鳳道：「他沒有。」

孤松道：「劍本就是永恆不變的，他的人就是劍，怎麼會變？」

陸小鳳黯然嘆息。

——劍永恆不變，劍永能傷人。

孤松道：「一個女人若是做了劍的妻子，當然很不好受。」

陸小鳳道：「當然。」

孤松道：「所以你同情他的妻子？」

陸小鳳又不禁嘆息。

孤松凝視著他，緩緩道：「你們之間，一定有很多悲傷的往事，他的妻子很可能也是你的朋友，往事不堪回首，你……」

「你」字剛說出口，他的劍已出手。

限。

劍光如電，直刺陸小鳳的咽喉！

咽喉是最致命的要害，現在正是陸小鳳心靈最脆弱的時候。

不堪回首的往事，豈非總是能令人變得悲傷軟弱？

孤松選擇了最好的機會出手！

他的劍比枯竹更快，他與陸小鳳的距離，只不過近在咫尺。

這一劍無疑是致命的一擊，他出手時已有了十分把握。

只可惜他忽略了一點——

他的對手不是別人，是陸小鳳！

劍刺出，寒光動。

就在這同一刹那間，陸小鳳也已出手——只伸出了兩根手指，輕輕一挾！

沒有人能形容這一挾的神奇和速度，這一挾表現出的力量，幾乎已突破了人類潛能的極限。

寒光凝結，劍也凝結，劍鋒忽然間就已被陸小鳳兩根手指挾住。

孤松拔劍，再拔劍！

劍不動！

孤松的整個人已恐懼而顫動，突然撒手，凌空倒掠，掠出五丈。

這一掠的力量和速度，也是令人不可想像的，因爲他知道這已是他的生死關頭。

人類爲了求生而發出的潛力，本就是別人很難想像的。

陸小鳳沒有追。

就在這時，他忽然發覺濃霧中又出現了一條人影。

一條淡淡的人影，彷彿比霧更淡，比霧更虛幻，更不可捉摸。

就算你親眼看見這個人出現，也很難相信他真的是從大地上出現的，就算你明知他不是幽靈、鬼魂，也很難相信他真的是個人。

孤松夭矯如龍的身形突然停頓，墜下，他的力量就好像已在這一瞬間突然崩潰，完全崩潰。

因爲他看見了這個人，這個似人非人，似鬼非鬼的人。

「砰」的一聲，這輕功妙絕的武林高手，竟像是石塊般跌落在地上，就動也不再動。

看來非但他的力量完全崩潰，就連他的生命也完全崩潰。

這突然的崩潰，難道只不過因爲他看見了這個人？

這個人身上難道帶著種可以令人死亡崩潰的力量？難道他本身就是死亡？

霧未散，人也沒有走。

霧中人彷彿正在遠遠的看著陸小鳳，陸小鳳也在看著他，看見了他的眼睛。

沒有人能形容那是雙什麼樣的眼睛。

他的眼睛當然是長在臉上的，可是他的臉已溶在霧裡，他的眼睛雖然有光，可是連這種光也彷彿與霧溶爲一體。

陸小鳳雖然看見他的眼睛，看見的卻好像只不過還是一片霧。

霧中人忽然道：「陸小鳳？」

陸小鳳道：「你認得我？」

霧中人道：「非但認得，而且感激。」

陸小鳳道：「感激？」

霧中人道：「感激兩件事。」

陸小鳳道：「哦？」

霧中人道：「感激你爲我除去了門下敗類和門外仇敵，也感激你不是我的仇敵。」

陸小鳳深深吸了口氣，道：「你就是……」

霧中人道：「我姓玉。」

陸小鳳輕輕的將一口氣吐出來，道：「玉？寶玉的玉？」

霧中人道：「寶玉無瑕，寶玉不敗。」

陸小鳳道：「不敗也不死？」

霧中人道：「西方之玉，永存天地。」

陸小鳳再吐出一口氣，道：「你就是西方玉羅刹？」

霧中人道：「我就是。」

霧是灰白色的，他的人也是灰白色的，煙霧迷漫，他的人看來也同樣迷迷濛濛，若有若無。

他究竟是人？還是鬼魂？

陸小鳳忽然笑了，微笑著搖頭，道：「其實我早就該想得到的。」

西方玉羅剎道：「想到什麼？」

陸小鳳道：「我早就該想到，你的死只不過是一種手段。」

玉羅剎道：「我爲什麼要用這種手段？」

陸小鳳道：「因爲西方羅剎教是你一手創立的，你當然希望它能永存天地。」

玉羅剎承認。

陸小鳳道：「可是西方羅剎教的組織實在太龐大，份子實在太複雜，你活著的時候，雖然沒有人敢背叛你，等你死了之後，這些人是不是會繼續效忠你的子孫呢？」

玉羅剎淡淡道：「連最純的黃金裡，也難免有雜質，何況人？」

陸小鳳道：「你早就知道你教下一定會有對你不忠的人，你想要替你的子孫保留這份基業，就得先把這些人找出來。」

玉羅剎道：「你想煮飯的時候，是不是也得先把米裡的稗子剔出來？」

陸小鳳道：「可是你也知道這並不是容易事，有些稗子天生就是白的，混在白米裡，任何人都很難分辨出來，除非等到他們對你已全無顧忌的時候，否則他們也絕不會自己現出原形。」

玉羅剎道：「除非我死，否則他們就不敢！」

陸小鳳道：「只可惜要你死也很不容易，所以只有用詐死這種手段。」

玉羅剎道：「這是種很古老的計謀，它能留存到現在，就因爲它永遠有效。」

陸小鳳微笑道：「現在看起來，你這計謀無疑是成功了，你是不是真的覺得很愉快？」

他雖然在笑，聲音裡卻彷彿帶著種說不出的譏誚之意。

玉羅剎當然聽得出來，立刻反問道：「我爲什麼不愉快？」

陸小鳳道：「就算你已替你的子孫們保留了永存天地，萬世不變的基業，可是你的兒子呢？」

玉羅剎忽然笑了。

他的笑聲也像他的人一樣，陰森縹緲，不可捉摸，笑聲中彷彿也充滿了一種說不出的譏誚。

陸小鳳實在不懂他怎麼還能笑得出。

玉羅剎還在笑，帶著笑道：「你若以爲死在他們手裡的真的是我兒子，你也未免太低估了我。」

陸小鳳道：「死在他們手裡那個人，難道不是真的玉天寶？」

玉羅剎道：「是真的玉天寶，玉天寶卻不是我的兒子。」

陸小鳳道：「他們都已跟隨你多年，難道連你的兒子是誰都不知道？」

玉羅剎悠然道：「我的兒子在他出生的那一天，就不是我的兒子了。」

陸小鳳更不懂。

玉羅刹道：「這種事我也知道你絕不會懂的，因爲你不是西方羅刹教的教主。」

陸小鳳道：「如果我是呢？」

玉羅刹道：「如果你是，你就會知道，一個人到了這種地位，是絕對沒法子管教自己的兒子，因爲你要管的事太多。」

他的聲音忽然又變得有些傷感：「爲我生兒子的那個女人，在她生產的那一天就已死了，假如一個孩子一生下來就是西方羅刹教未來的教主，又沒有父母的管教，他將來會變成一個什麼樣的人？」

陸小鳳道：「當然是像玉天寶那樣的人。」

玉羅刹道：「你願不願意那樣的人來繼承你的事業？」

陸小鳳在搖頭，也在嘆息。

他忽然發現要做西方羅刹教的教主固然不容易，要將自己的兒子教養成人也很不容易。

玉羅刹道：「所以我在他出世後的第七天，就將他交給一個我最信任的人去管教，也就在那一天起，我收養了別人的兒子作爲我的兒子，這秘密至今還沒有別人知道。」

陸小鳳道：「現在你爲什麼要告訴我？」

玉羅刹道：「因爲我信任你。」

陸小鳳道：「我們並不是朋友。」

玉羅刹道：「就因爲我們既不是仇敵，也不是朋友，所以我才信任你。」

他眼睛裡又露出那種譏誚的笑意：「如果你是西方羅剎教的教主，就會明白我這是什麼意思了。」

陸小鳳已明白。有些朋友往往遠比仇敵更可怕。

只不過他雖然也有過這種痛苦的經驗，卻從來也沒有對朋友失去過信心。

因爲他並不是西方羅剎教的教主。

他也不想做，不管什麼教的教主，他都不想做，就算有人用大轎子來抬他，他也絕不會去的。

陸小鳳就是陸小鳳。

玉羅剎的目光彷彿已穿過了迷霧，看透了他的心，忽又笑道：「你雖然不是羅剎教的教主，可是我知道你已很了解我，就等於我雖然不是陸小鳳，也已經很了解你。」

陸小鳳不能不承認。

他雖然還是看不清這個人的臉，可是在他們之間卻無疑已有種別人永遠無法明白的了解和尊敬。

一種互相的尊敬。

他知道玉羅剎思慮之周密，眼光之深遠，都是他自己永遠做不到的。

玉羅剎彷彿又觸及了他的思想，慢慢的接著道：「我感激你不是我的仇敵，只因爲我發現了一件很可怕的事。」

陸小鳳道：「什麼事？」

玉羅剎道：「你是我這一生中所遇見過最可怕的人，你能做的事，有很多都是我做不到的，所以我這次來，本想殺了你。」

陸小鳳道：「現在呢？」

玉羅剎道：「現在我只想問你一件事。」

陸小鳳道：「你問。」

玉羅剎道：「現在我們既非朋友，也非仇敵，以後呢？」

陸小鳳道：「但願以後也一樣。」

玉羅剎道：「你真的希望如此？」

陸小鳳道：「真的。」

玉羅剎道：「可是要保持這種關係並不容易。」

陸小鳳道：「我知道。」

玉羅剎道：「你不後悔？」

陸小鳳笑了笑，道：「我也希望你能明白一件事。」

玉羅剎道：「你說。」

陸小鳳道：「我這一生中，也曾遇見過很多可怕的人，也沒有一個比你更可怕的！」

玉羅剎笑了，他開始笑的時候，人還在霧裡，等到陸小鳳聽到他笑聲時，卻已看不見他的人了。

在這迷夢般的迷霧裡，遇見了這麼樣一個迷霧般的人，又看著他迷夢般消失。

陸小鳳忽然覺得連自己都已迷失在霧裡。

這件事他做得究竟是成功？還是失敗？連他自己也都分不清了……

《銀鉤賭坊》完，相關情節請續看《幽靈山莊》

【附錄】

不唱悲歌

古龍

這個世界上有很多種人，有的人喜歡追憶往事，有的人喜歡憧憬未來，但是也有些人認爲，老時光並不一定就是好時光，未來的事也不是任何人所能預測的，只有「現在」最真實，所以一定要好好把握。

這種人並不是沒有事值得回憶，只不過通常都不太願意去想它而已。

往事如煙，舊夢難尋，失去的已經失去了，做錯的已經做錯了，一個人已經應該從其中得到教訓，又何必再去想？再想又有什麼用？

可是每當良朋快聚，在盈樽的美酒漸漸從瓶子裡消失，少年的豪情漸漸從肚子裡升起來的時候，他們也難免提起一些往事，一些只要一想起就會讓人覺得心裡快樂得發瘋的往事，每件事都值得他們浮三大白。

讓人傷心失望痛苦悔恨的事，他們是絕不會去想的。他們總是希望自己能爲自己製造一點歡愉，也希望別人同樣快樂。

不如意事常有八九，人生中的苦難已經夠多了，爲什麼還要自尋煩惱？我很了解這種人的想法和心情，因爲我就是這種人。

現在我要說的這些事，每當我一想起，就會覺得好像是在一個零下八度的嚴冬之夜，冒著風雪回到了家，脫下了冷冰冰濕淋淋的衣服，鑽進了一個熱烘烘的被窩。

朋友和酒都是老的好。

我也很了解這句話，我喜歡朋友，喜歡喝酒，陪一個二十多年的老朋友，喝一杯八十年陳年的白蘭地，那種感覺有誰能形容得出？

可惜在現在這種社會裡，這種機會已經越來越小了。

社會越進步，交通越發達，天涯如咫尺，今夜還在你家裡跟你舉杯話舊的朋友，明日很可能已遠在天涯。

我的運氣比較好，現在我還是可以時常見到很多很老很老的朋友。遠在我還沒有學會喝酒的時候，就已經認得他們。

淡水之夜

喝酒無疑是件很愉快的事，可是喝醉酒就完全是另外一件事了。

你大醉之後，第二天醒來時，通常都不在楊柳岸，也沒有曉風殘月。

你大醉之後醒來時，通常都只會覺得你的腦袋比平常大了五六倍，而且痛得要命，尤其是在第一次喝醉的時候更要命。

我有過這種經驗。

那時候我在唸淡江（校名），在淡水，幾個同學忽然提議要喝酒，於是大家就想法子去「找」了幾瓶酒回來。

大概有五六個人，找來了七八瓶酒，中國酒、外國酒、紅露酒、烏梅酒、老米酒，雜七雜八的一大堆酒，買了一點鴨頭、雞腳、花生米、豆腐乾，先在一個住在淡水的同學用一百二十塊錢一個月租來的一間小破屋子裡喝，喝到差不多了，陣地就轉移到淡水海邊的防波堤上去。不是楊柳岸，是防波堤。

那天也沒有月，只有星——繁星。

大家提著酒瓶，躺在涼冰冰的水泥堤上，躺在亮晶晶的星光下，聽海風吹動波浪，聽海濤輕拍堤岸，你把酒瓶傳給他，他喝一口，他把酒瓶遞給我，我喝一口，又喝了一輪之後，大家就開始比賽放屁，誰放不出就要罰一大口。

隨時都能夠把屁放出來絕不是件容易的事，身懷這種「絕技」的只有一個人，他說放就放，絕對沒有一點拖泥帶水的情況發生。

所以他拚命放屁，我們只有拚命喝酒。

那天大家真是喝得痛快得要命，所以第二天就難受得要命。

可是現在想起來，難受的感覺已經連一點都沒有了，那種歡樂和友情，那一夜的海浪和繁星，卻好像已經被「小李」的「飛刀」刻在心裡，刻得好深好深。

員。

太保與白癡

我當然不是那位在「流星・蝴蝶・劍」上映之後，忽然由「金童」改名為「古龍」的名演員。

可是我居然也演過戲。

我演的當然不是電影而是話劇，演過三次，在學生時代學生劇團裡演的那種話劇，當然沒有什麼了不起。

可是那三次話劇的三位導演，卻真是很了不起，每一位導演都非常了不起。——李行、丁衣、白景瑞，你說他們是不是很了不起？

所以我常常喜歡吹牛，這三位大導演第一次導演的戲裡面就有我。

在這裡情況下，這種牛皮我怎麼能不吹？

我想不吹都不行。

第一次演戲是在附中，那時候我是師範學院附屬中學初中部第三十六班的學生，李行先生是我們的訓育組長，還在和他現在的夫人談戀愛，愛得水深火熱，我們早就知道他們是會白首偕老、永結連理的。

那一次我演的角色叫「金娃」，是個白癡，演過之後，大家都認為我確實很像是個白癡。

直到現在他們還是有這種感覺。

我自己也有。

第二次演戲我演的那個角色也不比第一次好多少，那次我演的是個小太保，一個被父母寵壞了的小太保。

那時候我在唸「成功中學」，到復興崗去受訓，第一次由青年救國團主辦的暑期戰鬥文化訓練。我們的指導老師就是丁衣先生。

現在我還是時常見到丁衣先生。他臉上有兩樣東西是我永遠都忘不了的。——一副深度近視眼鏡和一臉溫和的笑。

我也忘不了復興崗。

復興崗的黃昏

多麼美麗的復興崗，多麼美麗的黃昏。

復興崗當然絕不是只有在黃昏時才美麗。早上、晚上、上午、中午、下午，每天每一個時候都一樣美。

早上起來，把軍毯摺成一塊整整齊齊的豆腐乾，吃兩個減肥節食的人連碰都不能碰的白麵大饅頭，就開始升旗、早操、上課。

中午吃飯，吃得比平時在家裡最少多兩倍。

下午排戲，每個人都很認真，每一天每一個時候都過得認真而愉快。

可是我最忘不了的還是黃昏，復興崗的黃昏。

「黃昏時，你言詞優美，化做歌曲。」

有一個年紀比我大一點的女孩子，有一對小小的眼睛，一個小小的鼻子，一張小小的嘴，在黃昏的時候，總是喜歡唱這支歌。

她唱，我聽。

剛下了課，剛洗完澡，剛把一身臭汗洗掉，暑日的酷熱剛剛過去，絢麗的晚霞剛剛昇起，清涼的風剛剛從遠山那邊吹過來，風中還帶著木葉的芬芳。

我陪她走上復興崗的小路上，我聽她唱，輕輕的唱。

她唱的不是一支歌，她唱的是一個使人永遠忘不了的夢。

現在想起來，那好像已經是七八十個世紀以前的事情，卻又好像是昨天的事。

直到現在，我還不知道那時候我對她究竟是一種什麼樣的感情，只知道那時候我們都很快樂，在一起既沒有目的，也沒有要求，我們什麼事都沒有做，有時甚至連話都不說。

可是我們彼此都知道對方心裡很快樂。

話劇演了三天，最後一天落幕後，台下的人都散了，台上的人也要散了。

我們來自不同的學校，不同的地方，在一起共同生活了五個星期，現在戲已散了，我們一排躺在舞台上，面對著台下一排排空座位。

就在片刻前，這裡還是個多麼熱鬧的地方，可是忽然間就已曲終人散，我們大家也要各分東西。

——那天晚上跟我一起躺在舞台上的朋友們，那時你們心裡是什麼感覺？

那時候連我們自己也許都不知自己心裡是什麼感覺，可是自從那天晚上離別後，每個人都好像忽然長大了許多。

第三次演戲是在「成功」，我們的訓育組長是趙剛先生，演戲的導演卻是從校外請來的，就是現在的「齊公子」小白。

最佳讀者

白景瑞先生不但導過我的戲，還教過我圖畫，畫的是一個小花瓶和一隻大蘋果，花瓶最後的下落不明，唯一可以確定的是，蘋果絕沒有被人吃進肚子，因爲那是蠟做的，吃不得。

直到現在，我還是稱白先生爲「老師」，可見我們之間並沒有代溝。

我寫第一本武俠小說時候，他在自立晚報做記者，住在李敬洪先生家裡，時常因爲遲歸而歸不得，那時我住在他後面一棟危樓的一間斗室裡，我第一本武俠小說剛寫了兩三萬字時，他忽然深夜來訪，於是就順理成章的做了我第一位讀者。

前兩年他忽然又看起我的書來，前後距離達十八年之久，對一個寫武俠小說的人來說，這樣的讀者只要有一個就已經應該覺得很愉快了。

從圖畫到文字

沒有寫武俠小說之前，我也像倪匡和其他一些武俠作者一樣，也是個武俠小說迷，而且也是從「小人書」看起的。

「小人書」就是連環圖畫，大小大約和現在的卡式錄音帶相同，一本大約有百餘頁，一套大約有二三十本，內容包羅萬象，應有盡有，其中有幾位名家如趙宏本、趙三島、陳光鎰、錢笑佛，直到現在，我想起來印象還是很鮮明。

陳光鎰喜歡畫滑稽故事，從一隻飛出籠子的雞開始，畫到雞飛、蛋打、狗叫、人跳、碗破、湯潑，看得我們這些小孩幾乎笑破肚子。

錢笑佛專畫警世說部，說因果報應，勸人向善。趙宏本和趙三島畫的就是正宗武俠了，「七俠五義」中的展昭和歐陽春，鄭證因創作的鷹爪王和飛刀談五，到了他們筆下，好像都變成活生生的人。

那時候的小學生書包裡，如果沒有幾本這樣的小人書，簡直是件不可思議的事。

可是不知不覺小學生都已經長大了，小人書已經不能再滿足我們，我們崇拜的偶像就從趙宏本轉移到鄭證因、朱貞木、白羽、王度廬和還珠樓主，在當時的武俠小說作者中，最受一般人喜愛的大概就是這五位。

然後就是金庸。

金庸小說結構精密，文字簡練，從「紅樓夢」的文字和西洋文學中溶化蛻變成另外一種新的型式，新的風格。如果我手邊有十八本金庸的小說，只看了十七本半我是絕對睡不著覺的。

於是我也開始寫了。

引起我寫武俠小說最原始的動機並沒有什麼冠冕堂皇的理由，而是爲了賺錢吃飯。

那時我才十八九歲，寫的第一本小說叫「蒼穹神劍」。

從「蒼穹神劍」到「離別鈎」

那是本破書，內容支離破碎，寫得殘缺不全，因爲那時候我並沒有把這件事當做一件正事。

如果連寫作的人自己都不重視自己的作品，還有誰會重視它？

寫了十年之後，我才漸漸開始對武俠小說有了一些新觀念、新的認識，因爲直到那時候，我才能接觸到它內涵的精神。

一種「有所必爲」的男子漢精神，一種永不屈服的意志和鬥志，一種百折不回的決心。

一種「雖千萬人吾往矣」的戰鬥精神。

這些精神只有讓人振作向上，讓人奮發圖強，絕不會讓人頹廢消沉，讓人看了之後想去自殺。

於是我也開始變了，開始正視這一類小說的型態，也希望別人對它有正確的看法。

武俠小說也是小說的一種，它能夠存在至今，當然有它存在的價值。

最近幾年來，海外的學者已經漸漸開始承認它的存在，漸漸開始對它的文字、結構、思想和其中那種人性的衝突，有了一種比較公正客觀的批評。

近兩年來，台灣的讀者對它的看法也漸漸改變了，這當然是武俠小說作者們共同努力的結果。

可是武俠小說之遭人非議，也不是完全沒有原因的，其中有些太荒謬的情節，太陳舊老套的故事，太神化的人物，太散漫的結構，太輕率的文筆，都是我們應該改進之處。

要讓武俠小說得到它應有的地位，還需要我們大家共同努力。

從「蒼穹神劍」到「離別鈎」，已經經過了一個漫長而艱苦的過程，一個十八九歲的少年，已經從多次痛苦的經驗中得到寶貴的教訓。

可是現在想起來這些都是值得的，無論付出多大的代價都是值得的。

因爲我們已經在苦難中成長。

一個人只要能活著，就是件愉快的事，何況還在繼續不斷的成長。

所以我們得到的每一次教訓，都同樣值得我們珍惜。都可以使人奮發振作，自強不息。

一個人如果能時常這樣去想，他的心裡怎麼會有讓他傷心失望、痛苦悔恨的回憶？

一九七八、六、廿一夜

古龍精品集 27

陸小鳳傳奇（三）銀鉤賭坊

作者： 古龍
發行人：陳曉林
出版所：風雲時代出版股份有限公司
地址：10576台北市民生東路五段178號7樓之3
電話：(02) 2756-0949　　傳真：(02) 2765-3799
封面原圖：明人出警圖（原圖為國立故宮博物館典藏）
封面影像處理：風雲編輯小組
執行主編：劉宇青
行銷企劃：林安莉
業務總監：張瑋鳳
出版日期：古龍80週年紀念版2019年1月
ISBN：978-986-146-414-5

風雲書網：http://www.eastbooks.com.tw
官方部落格：http://eastbooks.pixnet.net/blog
Facebook：http://www.facebook.com/h7560949
E-mail：h7560949@ms15.hinet.net
劃撥帳號：12043291
戶名：風雲時代出版股份有限公司

風雲發行所：33373桃園市龜山區公西村2鄰復興街304巷96號
電話：(03) 318-1378　　傳真：(03) 318-1378
法律顧問：永然法律事務所 李永然律師
　　　　　北辰著作權事務所 蕭雄淋律師

行政院新聞局局版台業字第3595號 營利事業統一編號22759935
©2019 by Storm & Stress Publishing Co.Printed in Taiwan
◎ 如有缺頁或裝訂錯誤，請退回本社更換

定價：240元　　**版權所有　翻印必究**

國家圖書館出版品預行編目資料

陸小鳳傳奇.三, 銀鉤賭坊／古龍作. -- 再版.
-- 臺北市：風雲時代, 2007.11
面； 公分.
ISBN: 978-986-146-414-5（平裝）
857.9　　96019981